Gigi E. Winter

Fernweh: Marie sucht das Weite

AF237497

Impressum

1. Auflage 2021
Bibliographische Information der Deutschen Nationalbibliothek: Die Deutsche Nationalbibliothek verzeichnet
diese Publikation in der Deutschen Nationalbibliografie;
detaillierte bibliografische Daten sind im Internet über
dnd.dnd.de aufrufbar.

Lektorat: Mentorium
Cover: Christian Adna (migunastudio); Tobias Eichberger
Herstellung und Verlag: BoD – Books on Demand,
Noderstedt

ISBN: 9783753435961

Für alle Träumer

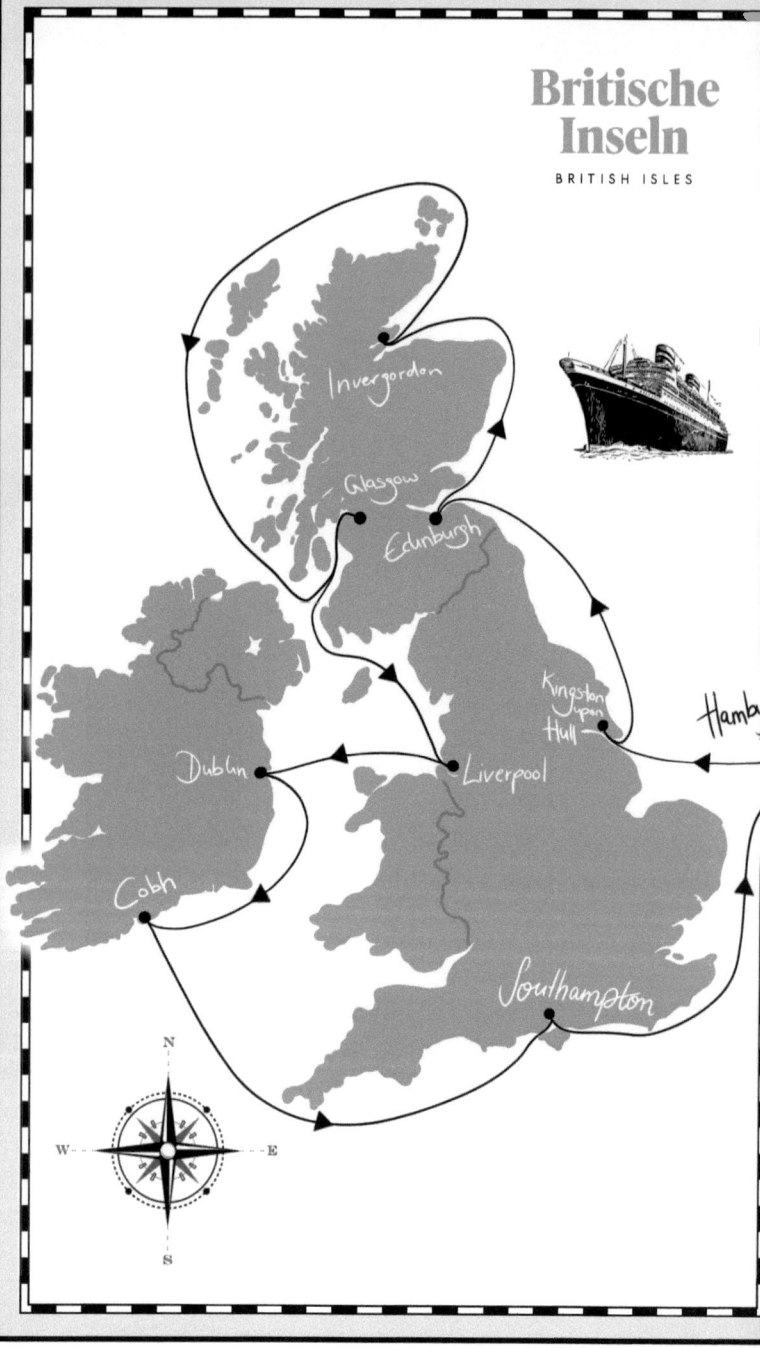

Britische Inseln

BRITISH ISLES

Invergordon

Glasgow

Edinburgh

Kingston upon Hull

Hambur

Dublin

Liverpool

Cobh

Southampton

N
W — E
S

Kapitel 1

In Westerby veränderte sich nur selten etwas. Eigentlich nie. So fuhr wie ich gewöhnlich mit meinem alten, klapprigen Fahrrad die Hauptstraße des Dorfes entlang. Ich erwiderte die Begrüßungen von Bekannten, die mir entgegenkamen. Sie brachten ihre Kinder zur Schule, waren auf dem Weg zur Arbeit oder drehten die erste Runde mit dem Hund.

»Alles Gute zum Geburtstag, Marie!«, riefen sie mir winkend entgegen, und ich wünschte mir, dass ich mich tatsächlich über die Beglückwünschungen hätte freuen können. Später kamen die meisten von ihnen noch für einen kleinen Umtrunk vorbei, das war bei Geburtstagen oder an Feiertagen gang und gäbe in Westerby. Dieser Ort war ein beschauliches und eher verschlafenes Nest, in dem nichts Weltbewegendes geschah. Gedankenverloren schloss ich mein Fahrrad an und betrat die örtliche Bäckerei, um frisch gebackene Brötchen zum Frühstück zu kaufen.

»Na, Marie, was darf es an deinem Ehrentag denn sein?« Antje, die Inhaberin des Geschäfts, betrachtete mich aufmerksam.

»Das Gleiche wie immer«, antwortete ich.

»Och, seinen Geburtstag muss man doch feiern! Ich packe dir noch etwas schönes Süßes mit dazu.« Es hatte wenig Sinn, mit Antje zu diskutieren oder ihr zu erklären, dass ich womöglich den ganzen Tag lang mit Kuchen überhäuft werden würde und somit gar keine Lust auf noch mehr zuckrige Speisen hatte.

»Ich bin nachher natürlich auch dabei. Deine Mutter hat bestimmt schon den Sekt kaltgestellt.« Antje grinste wie ein Honigkuchenpferd. »Bleibst du jetzt vorerst länger bei deinen Eltern wohnen?«, fragte sie ganz unverblümt. Das Gespräch, oder genauer gesagt Antjes Monolog, driftete immer weiter in eine Richtung ab, auf die ich mich nicht einlassen wollte. Ich legte das Geld auf den Tresen und nahm meine Brötchen samt süßer Überraschung.

»Ich muss dann«, sagte ich im Gehen.

»Noch mal alles Gute, Marie. Heute ist dein Tag!«, rief Antje mir hinterher. Mit nicht der allzu besten Stimmung setzte ich meinen Weg fort. Ein Vibrieren in meiner Tasche lenkte mich ab, und ich holte mein Handy hervor. Die Nachricht war von meiner Schwester Linnea. Sie wünschte mir alles Gute und sagte, ich solle mich von den Dorfbewohnern nicht verrückt machen lassen. Ha. Sie hatte gut reden. Schließlich war sie weit von dieser Einöde hier entfernt. Und sie war fast sieben Jahre jünger als ich. Ihr stand doch die ganze Welt offen. Westerby war mir noch nie so trostlos vorgekommen wie an diesem Tag. Es herrschte der Eindruck, als würde nichts und niemand sich hier jemals bewegen. Unmotiviert in die Pedalen tretend passierte ich den kleinen Kiosk, an dem ich mir schon als Schulkind meine Naschitüten zusammengestellt hatte. Es wunderte mich überhaupt nicht, wenn an irgendeiner der bunten Karten, die draußen an dem maroden Holzhäuschen hingen, nach wie vor Preise in D-Mark aufgelistet waren. In diesem Ort wurden alle schlicht und ergreifend immer älter, so wie ich heute, doch außer der Anzahl an Kerzen auf der Torte veränderte sich rein gar nichts. Nach einer kurzen Fahrt hatte ich Bettys Salon erreicht. Sie selbst und Leila standen bereits draußen, waren mit Partyhüten dekoriert und hielten bunte Tröten in den Händen.

»Happy Birthday to you …«, stimmten sie an, als sie mich sahen. Es war schief, nicht synchron, und es war unmöglich, ein einziges Mal ein echtes *th* rauszuhören.

»Alles Gute zum Geburtstag!« Betty, die eigentlich Bettina hieß, kam auf mich zu, zerquetschte mich fast zwischen ihren Armen und knutschte meine Wangen ab. Leila hingegen gratulierte mir etwas verhaltener, aber nicht weniger herzlich. Auch wenn es nicht ganz so rüberkommen mochte, war ich dankbar dafür, welchen Aufwand meine Kolleginnen für mich betrieben. Doch ich war mental derzeit wirklich nicht in der Verfassung, Geburtstag zu haben. Es war offen gesagt zu viel passiert. Leider blieb mir nicht die Möglichkeit, die Situation zu ändern. Meine einzige Option war, alles so hinzunehmen, wie es jetzt in diesem Moment war.

»Na, kommt doch erst mal rein und lasst uns gemeinsam frühstücken, ehe die ersten Kunden kommen«, schlug Betty vor. Wie jeden Morgen betrachtete ich beim Betreten des Kosmetikstudios zuerst das riesige Bild von einem weißen Sandstrand, das über der Anmeldung hing. Es wäre buchstäblich zu schön, um wahr zu sein, wenn ich in diesem Moment an einem fernen Ort meine Zehenspitzen in das türkisfarbene Wasser halten könnte. Ich sah mich mit einem rot-weißen Sonnenhut aus einer Kokosnuss trinken, dort, wo mein altes Leben in Westerby keine Rolle spielte. Genau da, wo ich in aller Ruhe sein konnte, ohne Verpflichtungen oder Termine. Aber es war nur eine Tagträumerei.

»Sieh, was ich für dich gezaubert habe!« Mit einem breiten Lächeln im Gesicht kam Betty samt einer bunten Torte in den Händen aus der Teeküche. Für meinen Geschmack fand ich auf ihr zu viele Kerzen.

»Los, puste sie aus und wünsch dir etwas!«, sagte Betty, und Leila ermunterte mich ebenfalls. Ich war umgeben von zwei echten Frohnaturen, gegen deren Laune ich an diesem Morgen ausnahmsweise immun war. Trotzdem schloss ich meine Augen und holte tief Luft. In Gedanken sah ich nichts weiter als unbekannte Länder, aufregende Reisen und Abenteuer. Wenn ich nicht gewillt war, bald den Verstand zu verlieren, hatte ich keine andere Wahl als meine Träume festzuhalten. Wahrscheinlich war es sogar wichtiger als jemals zuvor. Und darüber hinaus sah ich mich in der Pflicht, alles dafür zu geben, sie wahr werden zu lassen. Auch wenn ich noch keinen blassen Schimmer hatte, wie das funktionieren sollte. Mit der Luft, die ich aus meinem Mund pustete, versuchte ich, sämtliche Negativität abzuschütteln. Das Feuer der Kerzen erlosch, und das Einzige, was blieb, war eine graue Rauchwolke, deren Duft ich überaus gern einatmete. Zusammen machten wir uns über die Torte her. Als Betty gerade dabei war, das dritte Stück für sich abzuschneiden, schrillte die Glocke oberhalb der Eingangstür.

»Hallo ihr Lieben! Und da ist ja das Geburtstagskind!« Ich hatte gestern im Auftragsbuch gesehen, dass Paula Marquart heute einen Termin bei uns hatte. Sie war mit einigen schrillen Tüten beladen und stürmte auf mich zu.

»Nun ist es so weit, auch die Kleinen werden mal groß!« Sie umarmte mich und legte eine Kette aus Plastik um meinen Hals. An dieser waren zahlreiche Elemente eingefasst, die wie die Verkehrsschilder einer dreißiger Zone aussahen.

»Alles Gute zum Geburtstag, Marie! Ich habe dir auch ein Paar Kleinigkeiten mitgebracht« Paula holte die Pakete aus den Tüten hervor. Sie waren allesamt in dasselbe Geschenkpapier eingewickelt, das ebenfalls mit Verkehrsschildern, die das Tempolimit von 30 km/h anzeigten, bedruckt waren. Es war erst kurz nach neun Uhr morgens, und schon jetzt war dieser Tag für mich der reinste Alptraum.

»Na los, pack aus!«, forderte Paula mich auf. Ich hatte keine andere Wahl, als ihrer Anweisung nachzugehen. Ich zerriss das Papier und konnte es kaum erwarten, dieses endlich in die Mülltonne zu donnern. Wie kamen Menschen nur auf so bescheuerte Ideen? Und wer verkaufte überhaupt Geschenkpapier, das so geschmacklos war? Doch was ich nach der Vernichtung des Papiers in den Händen hielt, schlug dem Fass endgültig den Boden aus.

30, noch bei den Eltern und kein Traumprinz in Sicht? lautete der Titel des Ratgebers. Wenn ich vorher schon niedergeschmettert gewesen war, rutschte ich jetzt noch weiter Richtung Erdkern. Ich knirschte mit den Zähnen.

»Lustig, nicht?«, sagte Paula und hatte wohl wirklich keine Ahnung, was sie gerade bei mir angerichtet hatte. »Ich fand das so passend bei deiner jetzigen Situation.« Sie lachte laut auf. Ich hatte den Eindruck, dass sie echt davon ausging, mit ihrer Aktion den Scherz des Jahres hingelegt zu haben. Am liebsten hätte ich ihr gesagt, dass es überhaupt nicht lustig war, doch ich hatte schlichtweg keine Energie dazu. Meine Motivation, die weiteren Geschenke auszupacken, hielt sich dementsprechend in Grenzen.

»Du kommst am besten schon mal mit mir, dann können wir gleich anfangen.« Betty nahm Paula beiseite und führte sie nach hinten zu den Behandlungsräumen. Nur um dieses grässliche Papier nicht mehr sehen zu müssen, wandte ich mich auch den restlichen Paketen zu. Ich bekam jede Menge Pflegeprodukte, Cremes, Seren, Masken. Hauptsache Anti-Aging. Natürlich, das lag ja auf der Hand. Was schenkte man einer Kosmetikerin? Cremes. Und einem Bäcker Brötchen, einem Schuhmacher Schuhe und einer Frisörin Scheren ... Ich verfrachtete die Waren in eine der Tüten und nahm mir vor, das alles mit weiteren unliebsamen Geschenken zu verbrennen, wenn sich die nächstbeste Gelegenheit dazu bot. Leila sah mich mit einem mitleidigen Blick an.

»Sie ist ein bisschen durch, weißt du doch. Gib da nicht zu viel drauf, da stehst du doch drüber. Bald werden wir über die ganze Geschichte nur noch lachen.« Leilas Aufmunterungsversuche in allen Ehren, doch mit ihren knackigen achtundzwanzig Jahren konnte sie mich wohl kaum verstehen. Mit dreißig sah die Welt schon komplett anders aus.

Der weitere Tagesverlauf gestaltete sich ähnlich. Ich wurde beglückwünscht, aber unterschwellig genauso immer wieder für meine momentane Situation bemitleidet. Mir entging nicht, wie die Gäste und Kunden mit den anderen tuschelten, wenn sie davon ausgingen, dass ich außer Hörweite war.

Gegen Feierabend stießen Betty, Leila und ich auf meinen Geburtstag an. Ich trank zwei oder drei Sekt mehr als ich ursprünglich vorhatte und fuhr leicht beschwipst denselben Weg wie am Morgen auf meinem Fahrrad nach Hause. Immer wieder der gleiche Weg, hin und zurück. Niemals änderte sich auch nur eine Kleinigkeit. Außer zur Weihnachtszeit, da war das Dorf wenigstens mit ansprechenden Lichtern geschmückt.

Derzeit wohnte ich in meinem alten Jugendzimmer im Haus meiner Eltern. Verständlicherweise war dies nur eine Übergangslösung. Die Trennung von Jonathan hatte sich überaus kurzfristig ereignet. Äußerst spontan hatte er sich dazu entschlossen, sich in seine Kollegin zu verlieben. Oder er war einer Art Midlife-Crisis erlegen und probierte noch einmal aus, wie er bei der Damenwelt ankam. Jedenfalls hatte ich die beiden in einer extrem unschönen Situation erwischt, als ich ihn zum Feierabend überraschend abholen wollte. Im Nachhinein kann ich gar nicht genau sagen, für wen von uns beiden die Aufdeckung dieser Affäre unangenehmer war. Ich war wütend auf die zwei, aber genauso auf mich selbst, da ich schon länger merkte, dass die Beziehung zwischen Jonathan und mir über die Zeit in immer kühlere Distanz umgeschlagen war. Und ich hatte nichts dagegen unternommen, sondern es stillschweigend akzeptiert. Also konnte ich, wenn man so wollte, froh darüber sein, ihn endlich losgeworden zu sein. Nun hatte ich die Möglichkeit, wieder jemand Neues kennenzulernen, der sich ernsthaft für mich interessierte. Außer in Westerby. Hier lag der Altersdurchschnitt nämlich gefühlt bei 65 Jahren, und so verzweifelt war ich dann doch noch nicht. Ich hatte bisher gar nicht darüber nachgedacht, wie ich reagieren würde, wenn Jonathan heute Abend vorbeikommen würde? Besaß er den Mut dazu, mir vor allen anderen gegenüberzutreten? Wohl kaum. Und das konnte er mir und sich selbst doch nicht antun. Oder?

Je näher ich dem Haus meiner Eltern kam, desto weniger wollte ich ein Teil dieser kleinen Feier sein. Unbemerkt hatte ich mich heute früh zur Arbeit geschlichen, um wenigstens ihrem Geburtstags-Tara aus dem Weg zu gehen. Nun wartete die geballte Ladung auf mich. Schon als ich mein Rad an der Hauswand parkte, waren die laute Musik und das schallende Gelächter der Anwesenden nicht zu überhören. Bevor ich das Haus betrat, erhaschte ich im Vorgarten durch eines der Wohnzimmerfenster einen Blick nach drinnen. Vorsichtig verschaffte ich mir einen Eindruck davon, was dort auf mich wartete. Full House. Nur ich, die Hauptattraktion, fehlte noch. Ich erlaubte mir den Spaß und achtete deutlich auf die Lippenbewegungen der Gäste. Seitdem meine Schwester und ich als kleine Kinder zufällig eine Dokumentation darüber gesehen hatten, wie es möglich war, mit Hilfe der Fähigkeit des Lippenlesens miteinander zu kommunizieren, war ich von diesem Können mehr als begeistert. Von diesem Zeitpunkt an hatte ich mit meiner Schwester geübt und geübt und tatsächlich etwas wie ein Talent für diese Kunst in mir entdeckt. Sie war eine der Errungenschaften, die ich aus meiner Kindheit mitgenommen hatte und hin und wieder anwendete. Selbstverständlich versuchte ich dabei stets, nicht zu tief in die Privatsphäre anderer einzudringen. Aber manchmal war die Versuchung eben zu groß.

Antje unterhielt sich mit meiner Mutter und sagte etwas wie *das arme Ding muss noch ein bisschen aufgepäppelt werden* und *nichts, was ein leckerer Kuchen nicht regeln könnte.* Ich rollte mit den Augen. Immer dieser elende Kuchen …

Ich atmete mehrere Male tief ein, da es sich nicht weiter verhindern ließ, dem Unausweichlichen entgegenzutreten. Ich war überhaupt nicht bereit, doch es gab keinen anderen Weg. Langsam drehte ich den Haustürschlüssel im Schloss herum und wurde im Flur sofort von einer opulenten Dekoration erschlagen. Überall hingen Girlanden und Fähnchen, alle mit der Zahl 30 bedruckt. Bevor jemand vergessen sollte, wie alt ich heute wurde. An Konfetti war ebenfalls nicht gespart worden, das mir mitteilte, welches Alter ab jetzt wie ein Damoklesschwert über mir schwebte.

Luftballons versperrten meinen Weg, und ich boxte einen zur Seite, um meine Jacke an der Garderobe aufzuhängen und die Tüten mit den albernen Geschenken abzustellen. Ich nahm an, meine Mutter hatte hier selbst für ihre Verhältnisse dick aufgetragen, doch als ich im Wohnzimmer ankam, wurde alles, was ich bisher gesehen hatte, noch mal übertroffen. Hier stapelten sich Nachbarn, Freunde und Verwandte, allesamt mit einem Glas Sekt bewaffnet, zwischen Luftschlangen und Partyhüten. Meine Mutter hatte es sich nicht nehmen lassen, ein kleines Büfett bestehend aus Schnittchen, Frikadellen und Käsewürfeln vorzubereiten.

»Da ist sie ja endlich!« Meine Mutter befreite sich aus einer Traube Leuten und eilte auf mich zu. »Alles Gute zum Geburtstag mein Schatz! Oh warte, das Beste kommt noch …« So schnell wie sie gekommen war, tippelte sie auch wieder in die Küche. Mein Vater nutzte die Gelegenheit, mir ebenfalls zu gratulieren. Kurz darauf kam meine Mutter mit einer Torte zurück, auf der die Wunderkerzen nur so strahlten und funkelten.

Alle Anwesenden stimmten an und sangen mir ein Ständchen. Ich hingegen machte mir Sorgen darüber, was passieren würde, wenn ich jetzt weitere Süßspeisen aß. Entweder ich würde mich übergeben oder wachte morgen mit Diabetes auf. Alle jubelten und klatschten.

Ich täuschte vor, die Torte zu essen, während ausgelassen geplaudert wurde und man mich hochleben ließ. Ich verspürte den Drang, diese einengende Szenerie zu verlassen, und brauchte frische Luft zum Atmen. Also entschuldigte ich mich bei meinen Eltern und schnellte durch die Terrassentür in die hinterste Ecke des Gartens. Die Party würde auch ohne mich weitergehen, da war ich mir sicher.

Draußen angekommen, ließ ich mich völlig erschöpft auf die Holzbank fallen, die mein Vater vor geraumer Zeit selbst gebaut hatte. An der Wand seines Werkzeugschuppens hing schief die inzwischen leicht gammelige Dartscheibe, an der ich als Kind unermüdlich mit ihm das Zielen geübt hatte. Eine seltsame Stimmung überkam mich.

War ich nicht vor Kurzem noch zur Schule gegangen und hatte keine weiteren Sorgen als meine Mathenoten und welches Pony ich im Reitunterricht reiten durfte? Und auf einmal saß ich hier, allein, war verdammt noch mal dreißig und fragte mich, wann in meinem Leben ich falsch abgebogen war. Oder hatte ich gar das Abbiegen vergessen und war nur deshalb in dieser nicht endenden Einöde gelandet? Grübelnd betrachtete die Feuerschale vor mir, die bereits an etlichen lauen Sommernächten zum Einsatz gekommen war. Da gab es doch noch etwas, das ich zu tun hatte. Eine Mission, die mich zumindest ein wenig ablenken würde.

Schnell flitzte ich zurück in den Flur, durch den Vordereingang, nicht durch das Wohnzimmer, ich war ja nicht lebensmüde. Ich sammelte die Tüten mit all den schrecklichen Geschenken ein und griff nach dem Feuerzeug, das in der Schale auf der Kommode lag. Wieder bei der Feuerschale angekommen, stapelte ich Holzscheite und kleine

Äste übereinander. Zum Glück hatte mein Vater immer genügend Brennmaterial gelagert. Gerade, als ich ein altes Werbeprospekt als Anzündhilfe in die Schale legen wollte, wurde ich auf eine Anzeige aufmerksam.

Erleben Sie alles, wovon Sie je geträumt haben auf einer unserer unvergesslichen Kreuzfahrten!

Der bunte Schriftzug auf dem Foto einer paradiesischen Landschaft stach mir sofort ins Auge. Hm, das hörte sich durchaus verlockend an. Vorsichtshalber steckte ich das Papier in meine Hosentasche, um es mir später noch einmal genauer ansehen zu können. Doch vorerst entfachte ich ein herrliches Feuer, machte es mir auf der Bank gemütlich und genoss den Anblick, wie dieser lächerliche Ratgeber von Paula Marquart endlich in Flammen aufging. Jeder hatte seine Bestimmung. Und dieses Werk war dazu bestimmt, in der Hölle zu schmoren.

»Alles ein bisschen viel, hm?« Ich drehte mich um und sah, wie mein Vater mit den Händen in den Hosentaschen hinter mir stand.

»Manches muss einfach nicht sein, weißt du«, antwortete ich ihm. Er setzte sich neben mich.

»Gewiss, manches muss nicht sein«, gab er zu. »Aber es passiert trotzdem, und dann ist es meistens das Beste, etwas daraus zu lernen. Denke ich … Das Leben ist eine einzige Lernstunde, und deine letzte Lektion war vielleicht schmerzhaft, aber dafür auch wirkungsvoll.« Nachdenklich verzog er seine buschigen Augenbrauen. Ich seufzte.

»Ich weiß jetzt, dass Jonathan ein Vollidiot ist. Aber ich glaube, ich habe ihn schon länger nicht mehr geliebt. Ich bin froh, dass mir die Augen geöffnet wurden.«

»Du versuchst es zu verdrängen … Aber vergiss nicht, dass es ebenso wichtig ist, sich mit allen Erlebnissen auseinanderzusetzen. Nur dann kannst du mit dir im Reinen sein.« Mich überkam der Verdacht, dass mein Vater in letzter Zeit zu oft in Meditationszeitschriften gelesen hatte. Erneut überwältigte mich ein nicht zu leugnendes Fluchtgefühl. Aber wenn ich das hier allen ungefiltert und unverblümt klarmachen würde, machte ich sie damit nur traurig. Und dafür wollte ich wiederum genauso wenig verantwortlich sein.

Mir schwirrte der Kopf, und nach einer reflektierten Auseinandersetzung über die Fragen des Lebens mit meinem Vater war mir in diesem Moment auch nicht. Ich wusste, dass er es nur gut meinte, vielleicht hatte er sogar recht. Doch mir stand nicht der Sinn danach, etwas zu lernen oder für die Enttäuschungen, die ich erfahren hatte, dankbar zu sein. Ich wollte wütend sein, am liebsten wie Rumpelstilzchen um das Feuer tanzen und meinem Ärger freien Lauf lassen. Gleichzeitig wollte ich in Selbstmitleid versinken wie eine dramatische Hollywood-Diva. Und das war unmöglich, wenn mein Vater mir zu allem Überfluss irgendwelche philosophischen Zitate um die Ohren warf.

Ich wünschte ihm eine gute Nacht und verschwand wie ein lautloser Schatten auf mein Zimmer. Morgen würde die Welt hoffentlich schon anders aussehen. Das war doch das, was Menschen in solchen Situationen zu sagen pflegten.

Als ich dabei war, in meinen Pyjama zu schlüpfen, segelte der Zettel mit dem Angebot für eine Kreuzfahrt aus meiner Hosentasche. Den hatte ich fast schon wieder vergessen. Sorgsam faltete ich das Papier auseinander, strich es glatt und öffnete meinen Laptop, um nach näheren Informationen im Internet zu suchen. Im Handumdrehen fand ich die gesuchte Webseite, auf der mir alles möglich zu sein schien. Die Côte d'Azur, Südafrika, die Karibik ... Jedes erdenkliche Reiseziel und tausend weitere, die mir bis zum jetzigen Zeitpunkt gänzlich unbekannt waren, wurden hier beworben.

Wieder sah ich mich in Sandalen und Sommerkleid durch die kleinen Gassen eines malerischen Städtchens schlendern, Sonnenbrillen aufprobieren und frische Früchte unweit des Meeres verspeisen. Ich hatte schon so gut wie auf *buchen* geklickt, da hielt mich eine unliebsame Kleinigkeit zurück.

Das konnte ich mir beim besten Willen nicht leisten. Selbst mit meinem gesamten Geburtstagsgeld wäre es mir unmöglich. Außerdem hatte ich vor, mir so schnell es ging eine eigene Wohnung suchen. Ich nahm mein Kopfkissen, hielt es mir vors Gesicht und schrie hinein, um wenigstens einen geringen Bruchteil des Frustes in mir loszuwerden. Ich hatte die Seite schon beinahe geschlossen und mich von meinen Träumen verabschiedet, da fiel mir im letzten Moment etwas auf. Ein kleines Detail, das in seiner Wirkung so wichtig war, dass es die gesamte Lage umkehren konnte. War es möglich? Konnte das wirklich sein? Ja, ich war mir sicher, im allerletzten Moment einen Notausgang aus meinem Dilemma gefunden zu haben.

Kapitel 2

»Ach, Mariechen, was ist das denn für ein Einfall?« Meine Mutter sah besorgt erst auf mich und dann auf die weiße Mappe, die ich in der Hand hielt. Ihre Augen wurden groß. Auf ihrer Stirn stapelten sich zahlreiche Falten, und insgesamt war ihre Körperhaltung der Inbegriff von aufkommender Panik. Immer wenn sie mich so betrachtete, hatte ich das Gefühl, ihre Augenbrauen könnten jeden Moment an ihren Schläfen seitlich von ihrem Gesicht rutschen. Meine Idee, auf einem Kreuzfahrtschiff arbeiten zu wollen, hatte sie mit enormer Skepsis aufgenommen. Seufzend stellte sie die Kaffeetassen für meinen Vater und mich auf den Tisch, ehe sie Platz nahm. Es war nichts weiter zu hören als das Ticken der Küchenuhr und die elende Ruhe Westerbys, die mir manchmal den Eindruck vermittelte, dass die Zeit hier tatsächlich stehengeblieben war.

Mein Blick wanderte zu einem gerahmten Foto auf der Fensterbank, auf dem eine alte Frau zu sehen war. Ihre langen weißen Haare waren zu einem Knoten gebunden. Die knochigen Hände ruhten auf ihrem Schoß über einer grau-grünen Decke, und sie lächelte in die Kamera. Sie war meine Oma, Rosalind, die ich seit ich denken konnte stets Omi nannte. Es war inzwischen über ein Jahr her, dass sie von uns gegangen war. Unaufhörlich durchzuckte mich ein stechender Schmerz, wenn ich daran dachte, nie wieder ihr helles Lachen hören oder ihren ganz eigenen pudrig-blumigen Duft einatmen zu können. Omi hatte immer ein offenes Ohr für mich gehabt, und wenn ich es wollte, auch einen passenden Ratschlag parat. Was würde sie über die gesamte Situation und mein Vorhaben denken? Hätte sie fröhlich gekichert, mich in den Arm gekniffen und gefragt, worauf ich bloß noch wartete?

Sorgfältig schnitt meine Mutter drei gleich große Stücke aus dem Kuchen, der wie immer von meinem Geburtstag übrig geblieben war. Die Reste waren allesamt eingefroren worden, und so hatte sich ein Vorrat aufgebaut, der mindestens ein Jahr halten würde. Die Äußerungen meiner Eltern holten mich zurück in die Gegenwart.

»Nun warte erst mal ab, Helga«, sagte mein Vater und sah dabei gar nicht von seinem Kreuzworträtsel auf. »Das hört sich doch eigentlich ganz spannend an.«

»Spannend? Meinst du, das ist das Richtige? Wir reden doch hier von einem Job, der muss doch nicht spannend sein.« Ich sah, dass meine Mutter nur zu gern etwas von dem Rum, der auf dem Regal über der Spüle stand, in ihren Kaffee schütten wollte. Doch sie riss sich zusammen, immerhin war noch nicht einmal Zeit für das Mittagessen.

»Gut, dann eben vielversprechend«, lenkte mein Vater ein. »Klingt das besser?« Zufrieden füllte er die nächste Zeile aus.

»Ach, ich hab da einfach so ein komisches Bauchgefühl …« Nervös spielte meine Mutter mit den Ringen an ihren Fingern. »Ist es vielleicht wegen Jonathan?«, fragte sie.

»Du musst ja nicht gleich wegen seiner Affäre auf Welt-reise gehen … Wir könnten über das Wochenende an die Nordsee fahren.«

Ich stöhnte genervt, vielleicht einen Hauch zu laut, aber ich war nun mal wirklich am Ende meiner Geduld. Das mit Jonathan und mir hatte eben nicht geklappt. Das wusste ich, das wussten meine Eltern und sowieso wusste es das ganze verdammte Dorf. Aber das war jetzt doch gar nicht das Thema, also ging ich nicht weiter darauf ein.

»Ich hab ja auch immer diese Bilder von der Titanic im Kopf …« Meine Mutter war aufgestanden und lief aufge-wühlt durch die Küche wie ein Tiger in einem zu kleinen Käfig.

»Mama, jetzt wird es aber wirklich albern.« Ich schüt-telte den Kopf, ermahnte mich dennoch gleichzeitig, sach-lich zu bleiben. Ich hatte nicht vor, im Streit oder mit ungeklärten Fragen meine Sachen zu packen.

»Und haben die da überhaupt laktosefreie Milch? Damit ist bei dir ja nicht zu spaßen.« Sie wies auf das Tetrapack auf dem Esstisch.

»Es ist ein ganz normaler Job, bei dem man darüber hinaus bestens versorgt wird«, erklärte ich. »Nur, dass man sich eben auf dem Meer befindet, immer andere Menschen um sich herum hat und die tollsten Städte kennenlernt.« Meine Gedanken schweiften zu meiner Schwester, die in Berlin voraussichtlich von einem hippen Laden zum nächs-ten tingelte, bis sie abends mit ihren Freunden das pulsie-rende Nachtleben der Stadt genoss. Was ganz klar schön für sie war. Aber ich steckte hier eben immer noch fest, mitten im Dorf. Tagein, tagaus sah ich die gleichen Gesichter und kam mir so vor, als fände mein Leben in einer Schallplatte statt, die einen Sprung hatte und über eine gewisse Stelle nicht hinauskam. Da draußen gab es doch so viel anderes zu entdecken. Und meiner Meinung nach war ich endlich an der Reihe, das Leben jenseits von Westerby zu erkunden. Als wäre sie imstande, diese Gedanken zu lesen – und ich dachte oft, dass Mütter diese Fähigkeit tatsächlich besaßen – war meine Mutter auch schon beim Thema.

»Ich weiß, Linnea probiert sich woanders aus und entdeckt die Großstadt. Du könntest ja schauen, ob es vielleicht in Berlin einen passenden Salon …«

»Mama, nein!« Sie wollte diskutieren, ich nicht. Meine Entscheidung stand fest. Warum schien mich dieses Dorf fest in seinen Armen zu halten und vor möglichen Erfahrungen außerhalb fernzuhalten? Warum nur fühlte ich mich so hilflos wie ein Kleinkind, gefangen im eigenen Kinderzimmer? Es fehlte nur noch, dass ich mich gleich heulend auf den Boden warf und meinen Unmut in einem lebhaften Tobsuchtsanfall verdeutlichte.

»Ich möchte nicht mehr nur noch träumen, ich möchte erleben!« Ich griff nach der Hand meiner Mutter. Jetzt setzte sie ihren Dackelblick auf. »Ich möchte euch ja auch nicht verlassen oder allein lassen, aber ich habe das Gefühl, dass es für mich jetzt an der Zeit ist, etwas Neues zu entdecken. Alles neu zu gestalten!« Ich musste meinen Eltern deutlich verklickern, wie wichtig diese Entscheidung für mich war. »Ich muss es jetzt machen, sonst werde ich für immer hier hängenbleiben! Und dann werde ich irgendwann vor lauter Langeweile eingehen, oder sterben, ohne es zu merken.« Mein Vater war weiterhin in seinem Kreuzworträtsel versunken.

»Es ist noch niemand an Langeweile gestorben«, sagte er sachlich. »Denk nur an deinen Onkel Ludwig.« In mir begann es zu brodeln, als ich an meinen ausdruckslosen Onkel dachte, der nur so vor sich hin zu existieren schien. Möglich, dass er glücklich und zufrieden war, aber es war trotzdem nicht die Zukunft, die ich mir vorstellte. Oder etwas, das ich mir für mich selbst wünschte. Mit immenser Kraft pressten mein Ober- und Unterkiefer gegeneinander. Ich würde morgen höllische Kopfschmerzen haben. Meine Mutter jedoch schien inzwischen zu begreifen, wie die Welt in mir drin aussah.

»Ach Mäuschen …«, sagte sie mit leiser Stimme. »Ich versteh das doch auch irgendwie. Aber deine Schwester ist wenigstens an einem festen Ort, und sie könnte jederzeit wieder hierherkommen.« Ihr Blick wanderte zu unserem Familienfoto, das auf der Fensterbank stand. Ja, meine Familie war mir ebenfalls enorm wichtig. Bis jetzt hatte ich ja auch meine Gründe dafür gehabt, dass ich in Westerby geblieben war. Aber sagte man nicht, dass das Leben Veränderung war? Alles hatte seine Zeit, und ich war mehr als bereit für den Beginn von etwas fernab dieser starren Routinen.

»Du hingegen wärst ja … Sozusagen überall und nirgends und nicht wirklich zu erreichen.« Die Überfürsorglichkeit meiner Mutter entlockte mir ein Lächeln.

»Aber ich bin doch nicht aus der Welt, Mama! Es gibt ja Telefone und das Internet, und alle paar Monate bin ich auch wieder hier.« Als ich meine Gedanken aussprach, fiel mir auf, dass ich selbst von der Idee mehr und mehr überzeugt war. »Und ich habe immer viel Neues zu erzählen. Von fremden Städten und Kulturen. All das werde ich mit eigenen Augen sehen und ...«

»Du bist aber eigentlich zum Arbeiten dort, nicht?«, wandte mein Vater ein. Spielverderber.

»Ja, natürlich. Aber wie alle anderen Menschen auch haben wir auch unsere Freizeit.« Ich war immer wieder verwundert, wie er so vertieft in eine andere Angelegenheit wirken konnte und ihm dennoch keine wichtige Information entging.

»Na komm, zeig das doch noch mal her«, bat Mama mich und deutete auf die weiße Mappe, die unter meinen Händen auf dem Küchentisch lag. Ich rutschte mit dem Stuhl näher zu ihr heran und zeigte ihr aufgeregt die Bilder und Informationstexte auf den Zetteln.

»Das hier ist der Wellness und Spa-Bereich, also mein zukünftiger Arbeitsplatz«, erklärte ich. »Und hier gibt es Essen, immer mehr als genug, darüber brauchst du dir also keine Sorgen zu machen.« Sie nickte, wenn auch verhalten. Der schlimmste Teil war unter Umständen schon überwunden. »Man braucht sich quasi um nichts zu kümmern. Und dann gibt es je nach Reiseroute eben verschiedene Häfen, die angelaufen werden ...« Ich erzählte meiner Mutter alles bis ins kleinste Detail.

Kapitel 3

Nur wenige Wochen später erhielt ich eine Zusage für meine Bewerbung, sodass meiner Tätigkeit als Kosmetikerin auf einem Kreuzfahrtschiff nichts mehr im Wege stand. Es war der Tag der Abreise, und meine Eltern und ich fuhren vorerst für das letzte Mal durch Westerby. Ich betrachtete die vorbeiziehenden Wohnhäuser sowie die wenigen Fußgänger und Radfahrer, die unterwegs waren, deren Namen und Lebensgeschichte ich genau kannte. Wenn sie uns sahen, winkten sie freundlich. Mein Vater hielt öfter, als mir lieb war, an und kurbelte das Fenster runter, um ein kurzes Gespräch über Banalitäten zu führen.

Als wir am Marktplatz parkten, fiel mir auf, dass es nicht auf den ersten Blick ersichtlich war, ob die kleinen Geschäfte in der Ladenzeile überhaupt geöffnet waren oder etwa leerstanden. Westerby war so verschlafen, und die Zeit schien in ihrem ganz eigenen Tempo zu vergehen. Unser Ziel war Bettys Beauty. Meine ehemaligen Kolleginnen waren traurig darüber, dass ich fortging. Doch gleichzeitig freuten sie sich auch für mich und wünschten mir alles Gute.

»Och, meine Marie, wir werden dich hier ordentlich vermissen.« Betty nahm mich in ihre Arme und drückte mich wie immer sehr fest an sich. Ich hatte die Befürch-

28

tung, dass nun irgendwo in meinem Gesicht oder in meinen Haaren etwas von ihrem feuerroten Lippenstift klebte. Sie betonte stets, dass sie die Farbe selbst zusammengemischt hatte und es sie nirgends so zu kaufen gäbe. Auch Leila, mit der ich etliche Jahre Seite an Seite zusammen gearbeitet hatte, umarmte mich. Ich musste diesen Abschied so schnell wie möglich über die Bühne bringen, denn ich war äußerst gerührt und den Tränen nahe. Dennoch nahm ich genauso das Kribbeln in meinem Bauch wahr, ein Anzeichen für die angenehme Aufregung in mir.

Meine Eltern fuhren mich zum Bahnhof, und ich sah, dass die bevorstehende Trennung vor allem meiner Mutter schwerfiel. Ihre Augen waren bereits deutlich wässrig, und es schien, als hielte sie sich mit aller Kraft an einer Packung Taschentücher fest.

»Tschuldigung«, schluchzte sie. »Ich will ja gar nicht so einen Wirbel machen, aber ich kann nicht anders.« Beherzt schnäuzte sie ihre Nase, während ich meine Tasche und den knallroten Koffer aus dem Auto hievte.

»Wäre doch schlimmer, wenn wir nicht traurig wären, sondern wenn es uns egal wäre, dass du fortgehst«, entgegnete mein Vater. Ja, da hatte er recht.

»Du kannst jederzeit zurückkommen, wenn es dir nicht gefällt oder du Heimweh bekommst.« Meine Mutter nahm mich fest in ihre Arme, und es kam mir vor, als würde ich eine Klassenfahrt antreten.

»Ich werde euch auch vermissen«, sagte ich. Trotzdem konnte ich es schon kaum erwarten, meine Reise zu beginnen. Es folgten weitere Umarmungen, Küsschen und allerlei Ratschläge, ehe ich mich zum Gleis begab und im Zug Platz nahm. Endlich verließ ich Westerby und rollte einer ungewissen Zukunft entgegen.

***

Die Zeit verging wie im Flug, und plötzlich stand ich hier. Die Möwen kreischten und zogen hoch oben am Himmel ihre Kreise. Ich hielt mir die Hand gegen das blendende Sonnenlicht schützend über die Augen und beobachtete einen Moment lang die Umgebung. In den nächsten Augenblicken würde sich mein ganzer Alltag komplett ändern, und ich war felsenfest davon überzeugt, mich dann genauso frei zu fühlen wie eben diese Vögel, die ich beobachtete. All meine Mühen und Anstrengungen hatten sich gelohnt.

Am Hafen herrschte reger Betrieb. Es waren zahlreiche Autos und LKW unterwegs. Auf den Gehwegen tummelten sich Urlauber, die den Terminal zum Einchecken suchten. Hafenarbeiter und die Crews der verschiedenen Schiffe kümmerten sich um diverse neue Lieferungen. Allerdings empfand ich das Wort Schiff für das, was sich mir bot, mehr als untertrieben. Es war ein Koloss, der viele Meter in die Höhe ragte und gar kein Ende zu nehmen schien, sodass er mit den Schornsteinen und oberen Stockwerken die Wolken zu berühren drohte. Unzählige Fenster mit Balkonen und Terrassen waren zu erkennen, und zu diesem Zeitpunkt konnte ich mir nicht vorstellen, wie diese ganzen Menschen, die darin ihre Unterkunft fanden, während der Reisen auf hoher See eine eigene Kleinstadt bilde-ten. Das Schiff selbst strahlte eine gewaltige Ruhe aus, doch das Getümmel drumherum verkörperte das exakte Gegenteil.

Ich war zunächst so überfordert, dass ich gar nicht genau wusste, wo ich zuerst hinschauen sollte. Daraus resultierend beschloss ich, mich dieser Dynamik getrost anzuschließen. Aufgeregt schritt ich näher zum Terminal. Mein Gepäck machte den Eindruck, immer schwerer zu werden, und angesichts des milden Wetters hatte ich nichts dagegen, mich in den klimatisierten Eingangsbereich des Check-in zu begeben. Ein Blick auf meine Armbanduhr verriet mir, dass ich für die Anmeldung neuer Mitarbeiter zwar recht früh dran war, aber das war erfahrungsgemäß besser als zu spät. Meine Nervosität würde sich ohnehin erst legen, sobald ich mein neues Zuhause und die fremde Umgebung genauer kennengelernt hatte. Mit klopfendem Herzen trat ich durch die Glastür. Freundlich begrüßte mich eine junge Frau, die hinter einem Tresen stand.

»Hallo und willkommen an Bord bei uns! Wie kann ich Ihnen helfen?« Ihr blonder Pferdeschwanz wippte tänzelnd und her.

»Mein Name ist Marie Brook, und ich trete heute meinen Job auf dem Schiff an«, erklärte ich.

»Oh, wie wundervoll!« Sie war vor Begeisterung voll-kommen außer sich. »Leider müssen Sie sich noch einen Augenblick gedulden, bis alles fertig vorbereitet ist. Dann wird Sie einer unserer Mitarbeiter abholen und Ihnen alles zeigen.« Sie lächelte, und ich wurde von einer Horde weißer Zähne geblendet. Ich bedankte mich und nahm vorerst auf einem der Sessel Platz. Ein leises Brummen in meiner Handtasche brachte mich dazu, mein Handy hervorzuholen. Hatte meine Mutter etwa jetzt schon Sehnsucht nach mir, oder hatte ich etwas Wichtiges zu Hause vergessen? Nichts dergleichen war der Fall. Stattdessen erschien auf dem Display der Name, den ich sowohl aus meinem Kopf als auch aus meinem Herzen komplett entfernen wollte. Allerdings hatte ich das immer noch nicht geschafft. Er hatte sich in einer der hintersten Ecken verschanzt und eingeschlossen und kam genau dann zum Vorschein, wenn ich am wenigsten mit ihm konfrontiert werden wollte. Jonathan.

Hey, ich konnte mich gar nicht richtig von Dir verabschieden. Ich wünsche Dir alles Gute.

Was sollte das? Was versprach er sich davon? Sollte ich ihm jetzt aus Pflichtbewusstsein antworten? Etwas wie »Ich wollte mich auch gar nicht von Dir verabschieden und hab ohne Dich jetzt die Zeit meines Lebens«? Nein. In bestimmten Situationen sollte man vorerst schweigen, hat meine Omi mir immerzu eingetrichtert.

»Tue nichts, das schwerwiegende Folgen haben kann, wenn deine Emotionen dich beherrschen, du übermüdet bist oder nichts im Magen hast«, waren stets ihre mahnenden Worte. Ich mag eine ihrer schwierigsten Schülerinnen gewesen sein, doch in diesem Moment hielt ich mich an ihren Leitsatz und erinnerte mich daran, dass ich

Jonathan nicht mit auf das Schiff nehmen wollte. Nicht in meinen Gedanken und nicht in irgendeinem belanglosen Chatverlauf. Er musste verstehen, dass ich einen klaren Schlussstrich ziehen wollte, ob es ihm nun passte oder nicht. Außerdem fragte ich mich, woher er überhaupt die Informationen hatte, dass sich meine Lebenspläne gehörig verändert hatten? Aber er konnte sie durch so gut wie jede Quelle erhalten haben. Das war geradezu der Charakter unseres Dorfes. Jeder wusste immer bestens über alle anderen Bescheid, im schlimmsten Fall sogar, bevor die betreffende Person es selbst erfahren hatte. In Westerby war es schier unmöglich, Geheimnisse zu wahren, und wer einmal etwas Neues oder Gewagtes ausprobierte, musste sich darüber im Klaren sein, dass das scharfe Urteil der Gemeinde nicht lange auf sich warten ließe.

Ich schob mein Handy zurück in die Tasche und beschloss, dass all dies der Vergangenheit angehörte, die mich jetzt nicht mehr belasten sollte. Stattdessen nutzte ich die Zeit, um mir meine Unterlagen einmal genau anzusehen. Es war erstaunlich, wie viele Formulare, Stempel und Unterschriften nötig waren, um die Genehmigung für die Arbeit an Bord zu bekommen. Meine Aufmerksamkeit richtete ich jedoch auf die Karte, die sich ebenfalls inmitten dieser gesamten Bürokratie versteckte. Sie zeigte die Route der MS Esperanza. Eindringlich inspizierte ich die beiden Inseln, die auf dem Zettel abgedruckt waren. Sie waren in der Tat nicht so weit von meiner gewohnten Umgebung entfernt, wie ich es mir gewünscht hatte. Von karibischen Temperaturen waren sie ebenfalls nicht gesegnet, doch es war immerhin ein Anfang. Vorerst würde ich um Großbritannien und Irland herum schippern. Die Zielhäfen waren Kingston upon Hull, Edinburgh, Invergorden, Glasgow, Liverpool, Dublin, Cobh und Southampton, bis am Ende der Starthafen in Hamburg wieder erreicht war. Ich erinnerte mich, das letzte Mal mit einem Schüleraustausch in Großbritannien gewesen zu sein. Ich kam nicht darauf, wie lange dieser inzwischen zurücklag, doch extrem zuckrige und mundverklebende Süßigkeiten hatten einen bleibenden Eindruck hinterlassen. Wer wusste, was mich etliche Jahre später dort erwartete?

Ich sortierte den Stapel an Zetteln wieder zurück in meine Handtasche und kramte nach einem der fünf Lippenstifte, die sich tief hier drin verstecken mussten. Leider blieb meine Hand unvorhergesehen an einem klebrigen Bonbonpapier haften. Just in diesem Moment sah ich, wie ein Mann in Uniform mir entgegenkam.

»Hallo, Sie sind Marie Brook, nehme ich an?« Er streckte mir seine Hand zur Begrüßung entgegen. Ich hatte nur den Bruchteil einer Sekunde Zeit zu überlegen, ob ich das Bonbonpapier von meiner Hand streifen und einen schmierigen Gruß erwidern oder das Papier an meinem Finger lassen und so tun sollte, als wäre daran nichts ungewöhnlich.

»Mein Name ist Tim Petersen, und ich bin für das Personal an Bord zuständig. Ich hoffe, es ist okay, wenn wir uns duzen?«, stellte er sich vor, und unsere Hände pappten zusammen.

»Ja, die bin ich«, bestätigte ich seine Annahme und bemühte mich, das kleine Malheur charmant wegzulächeln.

»Wunderbar, dass du so zeitig hier bist. Dann kannst du dich gleich in Ruhe einrichten, ehe dir der neue Arbeitsplatz gezeigt wird.« Ohne große Umschweife ging er zügigen Schrittes zur Gangway. Nebenbei fragte er mich im Plauderton nach meiner Anreise. Ich wurde allerdings davon abgelenkt, dass er sich die ganze Zeit über bemühte, unbemerkt die rechte Hand an seiner Hose abzuwischen. Hätte ich doch das Bonbonpapier an meinem Finger lassen sollen? Gedanklich verfasste ich eine Notiz an mich selbst für zukünftige Situationen.

Wir betraten das Innere des Schiffs, und es war umwerfender, als ich es mir je hätte ausmalen können. Vor uns erstreckte sich die Rezeption, an der die Mitarbeiter bereits die Buchungen der Gäste überprüften und die Fertigstellung ihrer Zimmer checkten. Der imposante dunkelbraune Holztresen sorgte für eine gemütliche und dennoch elegante Atmosphäre, die von den roten Teppichen, mit denen die Flure ausgelegt waren, abgerundet wurde. Ich blickte mich um und kam mir vor wie eine Märchenprinzessin, die nach etlichen Strapazen endlich in ihrem Schloss angekommen war. Tim Petersen machte mich kurz mit den Mitarbeitern bekannt und ging mit mir sämtliche Dokumente durch. Ausweis, Reisepass, eine Arbeitsgenehmigung und weitere Formalitäten mussten überprüft und abgeglichen werden.

»Ich kann dir übrigens schon die frohe Botschaft verkünden, dass du beim Ausflug nach Edinburgh teilnehmen darfst.« Tim verglich und unterzeichnete mehrere Papiere, während er mir diese Nachricht mitteilte.

»Dazu bekommen unsere Mitarbeiter immer mal wieder die Gelegenheit, und ich habe dich als neues Mitglied direkt dafür eingetragen. Ich hoffe, das ist in Ordnung?« Fragend sah er mich an.

»Natürlich, das hört sich hervorragend an«, sagte ich und freute mich sofort auf den Städtetrip. Bisher hätte nichts besser sein können.

Als Nächstes konnte ich dann mein Zimmer beziehen. Die Ankunft in dieser neuen Welt wurde plötzlich überaus real, und ich konnte es gar nicht erwarten, alles zu erkunden und mit der Arbeit zu beginnen. Kurz blickte ich über eine Schulter zurück zur Gangway und sagte in Gedanken der alten Welt Lebewohl.

Kapitel 4

Im Anschluss an diese ersten Eindrücke führte mein Weg immer weiter nach unten. Zumindest räumlich gesehen. Die Treppenstufen nahmen gar kein Ende, und ich war überrascht, wie viele Etagen ein Schiff überhaupt besitzen konnte. Nach meinen Berechnungen musste ich mich inzwischen nahezu unterhalb des Meeres befinden.

»Das hier gehört alles zum Mitarbeiterbereich. Du gehst den Flur immer weiter nach rechts, bis das Zimmer 306 kommt.« Tim Petersen hatte mich bis hierher begleitet. Jetzt sah er etwas unglücklich zu den oberen Stockwerken, als zählte er im Geiste die Stufen, die er auf seinem Weg nach oben wieder bewältigen musste.

»Mit dem Kärtchen bekommst du die Tür auf. Für deinen Arbeitsbereich nimmst du dann diese Karte hier.« Er zückte eine zweite hervor, und ich merkte mir, dass die mit dem roten Punkt für die Arbeit und die mit dem blauen für mein Zimmer war.

»Ich hoffe, du hast erst mal alles«, sagte er und schaute nebenbei auf sein Handy. Offenbar warteten bereits die nächsten Termine auf ihn.

»Vielen Dank für die Hilfe«, entgegnete ich. Tim hatte inzwischen wieder zum Rückweg angesetzt.

»Keine Ursache!«, rief er durch das Treppenhaus. »Die ersten Wochen wirst du dich wahrscheinlich sowieso andauernd verlaufen.« Diese letzten Worte verursachten ein merkwürdiges Ziehen in meinem Bauch. Es war eine gefühlte Ewigkeit her, dass ich die Neue gewesen war und mich in einem unbekannten Lebensumfeld befunden hatte. In diese fremde Situation musste ich mich vorerst einfinden.

Ich schleppte mein Gepäck durch den mir beschriebenen Flur, der leider nicht mehr so märchenhaft aussah wie der Eingangsbereich, in dem ich vor wenigen Augenblicken angekommen war. Hier reihten sich ausschließlich Türen mit aufsteigenden Nummerierungen aneinander, keine Spur von schnörkeligen Details oder einer gemütlichen Wohlfühlatmosphäre. Doch das spielte keine Rolle. Mittlerweile leicht verschwitzt war ich endlich an meinem angestrebten Zielort angekommen. Blaue Ziffern formten die Zahl 306 und lächelten mich förmlich zur Begrüßung an. Kurzfristig hatte ich diese Nummer zu meiner zukünftigen Glückszahl ernannt. Vom einem bis zum anderen Ohr grinsend zückte ich die Zimmerkarte und betrat mein neues Reich.

Die Tür flog indessen mit einem solch enormen Schwung auf, dass ich zwangsweise in das Zimmer hineinstolperte. Ich verhedderte mich in den Riemchen und Schlaufen meines Gepäcks, verlor das Gleichgewicht und segelte durch das kleine Kabuff. Glücklicherweise waren sechs Quadratmeter recht überschaubar, sodass ich noch gerade rechtzeitig nach der Leiter des Doppelstockbetts greifen konnte, um nicht mit dem Kopf zuerst auf den Boden zu fallen. Mit aller Kraft krallte ich mich fest und japste nach Luft, erschrocken darüber, wie schmerzhaft dieses Missgeschick hätte ausgehen können. Allmählich hatte ich wieder einen festen Stand, sodass ich mich beruhigte. Direkt im nächsten Moment öffnete sich die schmale Tür am Fuße des Bettes, hinter der ich das Badezimmer vermutete.

»Hallo, ist da jemand? Ah, du bist schon da! Herzlich willkommen!« Eine junge Frau, sie musste ungefähr in meinem Alter sein, stürmte auf mich zu und schlang direkt ihre Arme um mich. Ohne die kleinste Spur von Zurückhaltung fing sie in aller Ausführlichkeit an zu erzählen.

»Ich war schon die ganze Zeit so aufgeregt, seitdem ich wusste, dass ich eine neue Zimmergenossin bekomme. Es ist nicht die spektakulärste Unterkunft, aber man hat alles, was man braucht! Und man lernt sich auch viel besser kennen, wenn alles etwas übersichtlicher gehalten ist. Ich freue mich schon riesig, alles über dich zu erfahren! Woher kommst du, was machst du hier und wie ist es dazu gekommen? Oh, du wirst es lieben, allein das Essen! Habe ich mich schon vorgestellt? Ich bin Lynn.« Ein Wasserfall aus Worten war auf mich eingestürzt, und es kündigten sich direkt leichte Kopfschmerzen bei mir an.

»Ja ... Ich bin Marie«, antwortete ich irritiert, doch Lynn übernahm sofort wieder den Gesprächsfaden.

»Oh Marie, was für ein schöner Name! Ich hatte mal eine Freundin, die auch Marie hieß, aber dann sind wir weggezogen. Also meine Familie und ich. Manchmal hat man das Gefühl, man kommt hier vom Schiff, weil das eine ganz eigene Welt ist, aber jeder hat ja seine ganz eigene Geschichte vom Festland zu erzählen. Hast du denn einen Freund? Na ja, wahrscheinlich eher nicht, sonst würde man es sich doch noch mal genau überlegen, ob das hier etwas für einen ist. Magst du Schokolade?« Fürsorglich streckte sie mir eine Packung Süßigkeiten entgegen, aus der ich mich bedienen sollte. Ich nickte stumm und fing nebenbei an, meine Sachen auszupacken. Ich war zwar noch nicht ganz sicher, wie ich alles in diesem kleinen Zimmer unterbringen sollte, aber das würde sich mit der Zeit zeigen. Währenddessen plapperte Lynn immer weiter.

»Ich bin hier Kellnerin im Pepper and Salt. Insgesamt gibt es sieben große Restaurants auf dem Schiff. Eigentlich arbeiten wir in Schichten, aber meistens ist so viel zu tun, dass man den ganzen Tag beschäftigt ist. Und manchmal auch noch die halbe Nacht. Das schlaucht echt ganz schön, das ganze Hin- und Herlaufen mit den Bestellungen der Gäste. Da falle ich dann irgendwann nur noch total platt ins Bett und schlafe sofort ein!« Das wiederum konnte ich nach dieser Vorstellung beim besten Willen nicht glauben. Noch konnte ich generell nicht nachvollziehen, dass Lynn überhaupt irgendwann mal schlief oder etwas tat, wobei sie den Mund hielt. Wenn ich Glück hatte, arbeiteten wir zu unterschiedlichen Zeiten, sodass wir uns hier im Zimmer aus dem Weg gehen konnten. Ich war ansonsten überfragt, wie ich das während des Arbeitsalltags durchstehen sollte.

Na ja, auch hier ergab sich mit Sicherheit bald ein klares Bild.

»Und in welchem Bereich arbeitest du?« Ich hatte schon darauf gewartet, dass Lynn noch zehn weitere Fragen hinterher schießen würde, doch ich sollte wohl tatsächlich nur diese eine beantworten.

»Ich bin im Spa-Bereich, bei den Kosmetikerinnen«, antwortete ich.

»Oh wow, das ist ja echt so was von cool!« Lynn klatschte vor Freude in die Hände. Sie erinnerte mich an einen kleinen Seehund, und ich musste mich anstrengen, um nicht laut loszuprusten.

»Dann bist du ja auch genau die Richtige für mich! Ich habe nämlich hier ein Problem mit meinen Augenbrauen.« Sie trat näher an mich heran, sodass ihre Stirn unmittelbar vor meinen Augen war.

»Das ist ein bisschen schief da an der Stelle.« Mit ihrem Zeigefinger tippte sie auf die kleine Unebenheit.

»Na ja, das wächst eben so«, antwortete ich. »Am besten zeichnest du die Augenbraue einfach nach und gleichst sie so an die andere an.« Ich widmete mich demonstrativ wieder meinem Gepäck, da das Thema für mich als erledigt galt. Ich hatte nicht im Geringsten vor, mich zusätzlich in meiner Freizeit und ohne Bezahlung um das Auffrischen verschiedenster Gesichter zu kümmern.

»Das klappt? Ich bin da nicht so begabt drin, weißt du? Hab nicht so ein ruhiges Händchen …« Lynn war wieder ungewollt komisch. Gefühlt hatte ich in diesen zehn Minuten schon mehr erlebt als im gesamten letzten Jahr in Westerby. Ich grinste in mich hinein und hoffte dennoch, dass Lynns Überschwänglichkeit bald etwas nachlassen würde.

»Wenn wir demnächst etwas mehr Zeit haben, werde ich es dir einmal zeigen. Aber es ist wirklich keine Wissenschaft für sich, also probier es doch einfach mal aus.« Ich hatte alles andere als Lust dazu, mich näher mit Lynn zu beschäftigen, doch ich wollte freundlich bleiben. Immerhin wohnten wir ab jetzt zusammen, da war es keine gute Idee, schon am ersten Tag eine Auseinandersetzung zu provozieren.

»Oh, aber jetzt gerade ist es doch noch ganz ruhig!«, entgegnete Lynn. »Bis die Gäste kommen, dauert es noch, und soweit ist alles vorbereitet. Ich weiß gar nicht, wohin mit meiner … Energie!« Hätte ich Lynn ernsthaft einen Rat geben wollen, hätte ich ihr vorgeschlagen, so lange um das Hafengebiet zu laufen, bis das Schiff ablegte. Oder damit aufzuhören, Kaffee und Energy Drinks zu mischen, da das meine Vermutung war, warum sie so unermüdlich erschien. Doch stattdessen vertröstete ich sie.

»Das hört sich zwar alles ganz toll an, aber das schaffe ich leider nicht.« Aus meinen Unterlagen holte ich einen Zettel hervor, auf dem ein Zeitplan abgedruckt war. »Ich bin schließlich noch ganz neu hier, und es dauert nicht mehr allzu lange, bis die Kosmetikerinnen Besprechung haben und wir unseren Arbeitsplatz gezeigt bekommen. Vorher wollte ich mich noch auf dem Schiff umsehen und …« Ich hatte noch nicht zu Ende gesprochen, da hielt Lynn schon meinen Zettel in den Händen. Interessiert betrachtete sie die darauf vermerkten Informationen.

»Oh, da hast du aber noch eine Menge Zeit«, entgegnete sie und wirkte voller Tatendrang. »Ich kenne das Schiff ja quasi wie meine Westentasche. Komm mit, ich zeige dir alles!« Es war unmöglich. So lange Lynn heute nicht arbeiten musste oder irgendeine andere Verpflichtung auf sie wartete, würde sie mein persönlicher Guide sein und nicht von meiner Seite weichen. Sie besaß keinen Schalter, an dem man sie ausstellen konnte, und ihre Batterien würden sich wie durch Zauberei immer wieder von selbst aufladen.

Ich war erschöpft. Mein Magen grummelte vor Hunger, und ich wollte ehrlich gesagt mein Zimmer einrichten und mich danach ganz entspannt auf dem Schiff umsehen. Doch das konnte ich jetzt wohl knicken. Außerdem wollte ich vermeiden, direkt von Beginn an als *die unfreundliche Norddeutsche* abgestempelt zu werden. Ich seufzte innerlich und stimmte Lynns Vorschlag zu, ging nur vorher kurz in das Badezimmer und nahm eine Kopfschmerztablette. Mir fiel auf, dass das winzige Badezimmer sowieso kaum Stauraum besaß, also musste ich, was die Unterbringung meiner Pflegeartikel anging, kreativ werden. Vielleicht war das aber auch besser so, bevor es zur Routine wurde, dass Lynn sich fortan an meiner Bandbreite von Kosmetika bediente. Ich wollte sie nicht verurteilen oder gemein zu ihr sein, doch wenn sie sich weiterhin so verhielt wie jetzt, würde sie mir früher oder später den letzten Nerv rauben. Eher früher. Vorerst war es aber an der Zeit, meine neue Umgebung genauer kennenzulernen.

Kapitel 5

Wie erwartet zeigte mir Lynn jeden kleinsten Winkel des Schiffs und hatte zu fast allen Orten und Beschäftigten eine Anekdote parat. Ich erfuhr, dass sie selbst inzwischen seit gut fünf Jahren hier arbeitete. Sie war zuvor schon in vielen Restaurants angestellt gewesen, doch dort wurde nicht immer geschätzt, dass sie so auf Zack war. Im Besonderen die nobleren Etablissements setzten vorrangig auf einen besonnenen und gehobenen Service. In etlichen dieser Lokale widersprach ihre Herangehensweise der Art von Bedienung, die von den Kunden erwartet wurde. Auf dem Schiff hingegen konnte kein Mitglied der Crew schnell genug sein. Es gab ein extremes Aufgebot an Essen für zahlreiche hungrige Gäste, sodass Lynns ausgeprägte Schnelligkeit sehr gefragt war. Auch ich hatte gerade Probleme damit, mich von ihr nicht abhängen zu lassen. Wenn das ihr normales Gehtempo war, wusste ich nicht, wie sie dieses noch steigern wollte.

Lynn zeigte mir die Wäscherei, in der rund um die Uhr geschuftet wurde. Die Luft war stickig, es roch muffig, und es herrschte eine immense Hitze. Auf den Gängen kamen uns etliche Asiaten entgegen, die entweder mit vollem Körpereinsatz arbeiteten oder nach Empfang für ihre Mobiltelefone suchten. Sie waren Tausende Kilometer von ihren Familien entfernt und wie allen anderen Mitarbeitern auch blieb ihnen nur die Kommunikation über das Internet.

Danach suchten wir die überdimensionale Großküche auf, die einige Stockwerke unter den Restaurants angesiedelt war und in der die Mahlzeiten für die zahlreichen Gäste zubereitet wurden. Lynn erklärte mir, welche Teile des Schiffs speziell für uns Mitarbeiter waren, wie zum Beispiel der separierte Essensbereich. Anschließend setzten wir unsere Tour bei den unterschiedlichsten Aufenthaltsorten für die Urlauber fort.

Lynn und ich standen inzwischen auf dem Außendeck. Zu unserer rechten Seite erstreckte sich der Hafen und zur linken das grenzenlos weite Meer. Ich konnte es kaum erwarten, dass wir endlich ablegten und die Silhouetten der Stadt Stück für Stück in der Ferne verschwanden, bis sie nur noch kleine Punkte am Horizont waren, die sich letztendlich komplett auflösten.

»Bist du eigentlich seefest?« Lynn riss mich mit ihrer Frage aus meinen Gedanken. Ich überlegte kurz. War ich überhaupt schon mal mit einem richtigen Schiff gereist? In meinen Erinnerungen kamen nur Rundfahrten mit kleinen Booten auf behaglichen Flüssen vor, die wohl wenig mit dem zu tun hatten, was mir jetzt bevorstand.

»Ehrlich gesagt weiß ich das noch gar nicht so genau«, antwortete ich und zuckte mit den Schultern.

»Na ja, du wirst es herausfinden. Und glaub mir, man gewöhnt sich an alles!« Sie lächelte. Es bereitete ihr sichtlich Spaß, ihre eigenen Erfahrungen mit einem kompletten Neuling zu teilen. Ein erneuter Blick auf meine Uhr verriet mir, dass in wenigen Minuten die Besprechung für die Mitarbeiter im Wellnessbereich losging. Fürs Erste würde ich Lynn also loswerden, es sei denn, sie hatte die Idee, mich zu begleiten. Momentan traute ich ihr alles zu.

»Von hier aus ist es nicht weit bis zum Spa-Bereich«, erklärte sie. »Komm mit, ich bringe dich noch hin.«

Gemeinsam machten wir uns auf den Weg zum sogenannten Sonnendeck. Allein der Name klang schon nett und vielversprechend, und ich konnte mich mehr als gut damit anfreunden, dass sich mein neuer Arbeitsplatz auf eben diesem Sonnendeck befand. Nebenbei gab ich mir alle Mühe, mir die Strecken und Wege genauestens einzuprägen. Auf dem Schiff gab es so viele Verwinkelungen und Etagen, dass ich mich nach diesem einen Rundgang wohl kaum problemlos zurechtfand. Ich wollte alles daransetzen, mich nicht andauernd zu verlaufen, so, wie es Tim vorhin prophezeit hatte.

Da uns auf den Treppenstufen jemand entgegenkam, stellte ich mich so dicht wie möglich an die Seite. Hier konnte es sehr schnell eng werden.

»Hi Ben! Das hier ist Marie, meine neue Mitbewohnerin.« Ich reichte Ben die Hand zur Begrüßung und konzentrierte mich darauf, sein Gesicht im Gedächtnis zu behalten. Es würde nicht leicht sein, mir all die Namen meiner neuen Kollegen auf Anhieb zu merken.

»Ben gehört zum Barpersonal und macht die besten Cocktails überhaupt! Für uns natürlich alkoholfrei, denn nach der Arbeit ist vor der Arbeit!« Ben und Lynn lachten.

»Freut mich, dich kennenzulernen, Marie«, sagte er. »Und Lynn hat ganz recht. Ich will dich ja nicht mit einem Kater in den nächsten Tag starten lassen.« Er quetschte sich seitlich an uns vorbei. »Ich muss mich auch schon von euch verabschieden, die ersten Gäste erwarten bald ihre Begrüßungsgetränke.« Er winkte kurz, dann war er schon so gut wie verschwunden.

»Wir sehen uns, bis dann!« Während wir weitermarschierten, erzählte Lynn mir ebenfalls einen Großteil der Lebensgeschichte von Ben. Ich hörte nur halb zu. Mein Gehirn hatte ich vorübergehend abgeschaltet, und ich fragte mich, wie viele Informationen ein Mensch an nur einem Tag überhaupt verarbeiten konnte? Oder ob es vielleicht schädlich für die Gesundheit war, wenn eine gewisse Anzahl überschritten wurde?

»So, hier sind wir auch schon.« Zufrieden zeigte Lynn auf das Schild *Ocean Spa*. Ich ließ die ersten Eindrücke auf mich wirken und stellte fest, dass sich eine euphorische Vorfreude in mir ausbreitete. Dieses Gefühl erinnerte mich an die Zeiten, als ich in den Nächten vor Heiligabend kaum ein Auge zubekam und bei jedem Geschenk, das ich auspackte, vor Glück fast platzte.

»Ich wünsche dir viel Spaß und bin schon ganz gespannt, was du nachher alles berichten wirst.« Lynn schien sich genauso zu fühlen wie das Kind in mir, an das ich soeben denken musste. »Weißt du, in der ersten Nacht schläft man sowieso kaum, und ich könnte mir nichts Schöneres vorstellen als mit dir zu plaudern, während ...«

Es ging nicht anders. Ich musste Lynn unterbrechen, wenn ich noch heute zu meiner Besprechung gehen wollte.

»Ich muss jetzt wirklich erst mal los«, erklärte ich ihr. »Danke, dass du mir alles gezeigt hast. Wir sehen uns später.« Wir verabschiedeten uns voneinander, und ich hatte das dumpfe Gefühl, dass ich Lynn im Laufe meines Aufenthaltes beibringen musste, wie wichtig mir Schlaf war. Im Gegensatz zu ihr musste ich meine Energietanks durch Ruhe und Erholung immer wieder neu aufladen. Doch dieses Thema sollte mich in diesem Augenblick nicht weiter beschäftigen. Jetzt würde ich zunächst meine neuen Kolleginnen kennenlernen.

Kapitel 6

Obwohl wir so rechtzeitig mit dem Rundgang über das Schiff gestartet waren, betrat ich offenbar als Letzte den Wellnessbereich. Es herrschte ein lautes Geplauder und Gekicher unter den Mitarbeiterinnen. Die männlichen Kollegen waren an einer Hand abzuzählen. Als die Anwesenden meine Ankunft bemerkten, drehten sich einige zu mir um und musterten mich. Ich schloss die Tür hinter mir und bekam nichts weiter als ein leises »Hallo« heraus. Rasch stellte ich mich zu den anderen und richtete meinen Blick nach vorn, wo eine rothaarige Frau ein Klemmbrett in der Hand hielt. Sie war nicht mehr die Jüngste, doch ich konnte ihr Alter schwer einschätzen, da es so wirkte, als habe sie die eine oder andere Kleinigkeit in ihrem Gesicht richten lassen. Mir persönlich gefiel dieser Look nicht unbedingt. Doch jeder hatte seine eigene Definition von Schönheit, und das war mir recht so. Ihre Figur war tadellos, und so vermutete ich, dass hier nicht annähernd so viel Kuchen gegessen wurde wie bei Betty. Ohne weitere Zeit zu verschwenden, begrüßte die Frau uns.

»Jetzt, wo alle da sind, möchte ich Sie hier herzlich willkommen heißen.« Ihre Worte hörten sich kühl und hart an, fast so, als müsste sie lügen, wenn sie sagte, dass sie sich freue.

»Mein Name ist Marta Ostrowski, ich bin die Leiterin des gesamten Wellnessbereichs. Die meisten hier kennen mich ja inzwischen.« Ihr ganzes Auftreten strotzte nur so vor Stolz und Selbstbewusstsein. »Könnten die Damen bitte etwas leiser sein? Danke.« Angestrengt hielt sie die Hand an ihre Schläfe. Ging es ihr etwa nicht sonderlich gut? »Wir haben Unterstützung bekommen. Neu bei uns ist ...« Es dauerte einen Moment, bis sie die richtige Zeile auf ihrem Klemmbrett gefunden hatte. Ihr Finger sauste quer über das Blatt, von oben nach unten und von links nach rechts. »Eine Maria ... Ist die da?« Fragend schaute sie in die Runde. Ich hob meine Hand und trat einen Schritt nach vorn.

»Marie«, korrigierte ich. »Mein Name ist Marie.«

»Das ist nicht so wichtig«, stellte Frau Ostrowski fest. »Gut, dass Sie uns gefunden haben. Die anderen prüfen jetzt nach, was wir noch aus dem Lager holen müssen, und Sie kommen zu mir. Dann zeige ich Ihnen, was Sie wissen müssen.« Abrupt löste sich die kleine Versammlung auf und die Anwesen unterhielten sich in einem gedämpften Gemurmel.

»Und bitte machen Sie nicht so einen Lärm, sonst bekomme ich Migräne!«, wies Frau Ostrowski die Mitarbeiter an. Zwei Dinge konnte ich schon jetzt mit ziemlicher Sicherheit feststellen. Erstens: Ich sollte mich auch dann angesprochen fühlen, wenn es um eine Maria ging. Zweitens: Frau Ostrowski und Lynn konnten nicht unterschiedlicher sein. Ich holte tief Luft und ging zu meiner neuen Chefin.

»So, haben Sie einen Stift und einen Zettel mitgenommen?«, fragte sie mich, ohne von ihren Aufzeichnungen aufzusehen.

»Nein, das habe ich leider ganz vergessen«, antwortete ich und ärgerte mich selbst. Ein gelungener Start sah anders aus, doch ich wollte trotzdem das Beste aus der Situation machen.

»Gut, dann müssen Sie sich eben alles merken«, lautete die knappe Schlussfolgerung von Frau Ostrowski. Ich merkte schnell, dass sie niemand war, der sich mit irgendwelchen Nichtigkeiten beschäftigte, die für sie nicht von Belang waren. Ohne weitere Umschweife ging sie alle möglichen Hinweise durch.

»Sie machen überwiegend Gesichtsbehandlungen. Gleich morgen früh haben wir die ersten Buchungen. In dem Kalender auf unserem Computer sehen Sie die Einteilungen, wer wann gebucht ist und in welchem Raum.« Sie lachte kurz auf, doch das Lachen wirkte nicht entspannt oder aufrichtig, sondern regelrecht zynisch.

»Aber Sie werden sowieso fast immer eingeplant sein, so wie wir alle. Sie müssen schnell sein zwischen den Behandlungen und alles saubermachen und neu herrichten. Die Kunden kommen nicht zum Warten hierher.« Das war eine klare Ansage. Mein bevorstehender Zeitplan würde um einiges straffer gestaltet sein als bei Betty. Doch da ich routiniert arbeitete, machte ich mir darüber keine allzu großen Sorgen. Ich nickte durchgängig und versuchte jedes

51

Detail, das Frau Ostrowski mir mitteilte, in meinem Kopf abzuspeichern.

»Das sind die Anmeldung und der Wartebereich für unsere Kunden. Hier hinter dem Tresen haben Sie ein Fach, das mit Ihrem Namen beschriftet ist. So können auch Kollegen aus anderen Bereichen Ihnen schnell Mitteilungen oder Ähnliches überbringen. Aber bitte nur, wenn es um etwas Wichtiges geht. Als Nächstes kommen die Behandlungsräume.« Es ging ihr offensichtlich lediglich darum, die Checkliste abzuarbeiten. Ganz anders als Lynn waren Frau Ostrowski persönliche Details vollkommen egal. Wir verließen den Eingangsbereich und betraten einen Flur, der zu verschiedenen Zimmern führte.

»Wenn Sie den Flur bis zum Ende gehen, gelangen Sie auf eine Terrasse mit Liegen und Tischen. Diese ist allerdings ausschließlich für die Kunden, die sich dort nach einer Behandlung noch in Ruhe entspannen können.« Ich hätte mir gerne die Terrasse angesehen, doch Frau Ostrowski hatte andere Pläne.

»Und jetzt zeige ich Ihnen die Behandlungsräume«, verkündete sie. Sie waren jeweils mit unterschiedlichen Namen gekennzeichnet. Die *salzige Seeluft* ließen wir links liegen und betraten die *frische Brise*. Passenderweise waren die farblichen Akzente und Dekorationselemente im maritimen Stil gehalten. Ein Highlight in dem Zimmer war ein rechteckiges Aquarium, das in der Mitte des Raumes stand. In dem klaren Wasser schwammen verschiedenste tropische Fische hin und her. Alle besaßen leuchtende Farben und waren zauberhaft gemustert. Gerne hätte ich die kleinen Lebewesen einen Augenblick lang beobachtet, doch ich musste mich zunächst voll und ganz auf Frau Ostrowski konzentrieren. So wie ich sie nach diesen wenigen Minuten einschätzte, würde sie keine der Informationen, die sie mir mitteilte, gerne wiederholen.

Als ich die Produkte sah, die auf einem Regal an der Wand aufgestellt waren, fiel mir auf, dass wir bei Bettys Beauty keine der Linien verwendet hatten. Darauf würde ich mich erst mal einstellen müssen.

»Hier machen Sie die Gesichtsbehandlungen.« Frau Ostrowski zeigte auf den Behandlungsstuhl. »Entweder Sie arbeiten alleine oder mit einer Kollegin direkt neben Ihnen, wenn zwei Kundinnen zusammen einen Termin gebucht haben.« Es kam mir so vor, als erzählte Frau Ostrowski das alles nicht mir, sondern einem kleinen Kind, das gar nicht genau verstand, was es hier tun sollte. So langsam gab ich es auf, mir jedes ihrer Worte zu Herzen zu nehmen und fragte mich, ob es einen Unterschied machen würde, wenn ich bald auf dem offenen Meer arbeitete. Vom rein Äußerlichen zumindest nicht, denn Fenster gab es in diesem Raum keine.

»Gibt es eine Informationsmappe zu den Produkten?«, fragte ich Frau Ostrowski. »In dem Studio, in dem ich vorher war, haben wir ausschließlich mit anderen gearbeitet.« Diese Tatsache schien ihr nicht zu gefallen. Angestrengt rieb sie sich mit Daumen und Zeigefinger die Nasenwurzel.

»Das haben wir nicht. Sie müssen sich die Beschreibungen auf den Produkten selbst durchlesen und morgen

Bescheid wissen.« Mit ordentlichem Schwung öffnete sie eine Schublade, in der Cremedosen, Tuben und allerlei Glasfläschchen gelagert wurden.

»Wir haben hier etwas für Feuchtigkeit und für reifere Haut ...« Ohne sich die Mühe zu geben, mir eines der Produkte genauer zu zeigen oder zu erklären, begutachtete sie einige der Fläschchen. Dieser kurz aufkeimende Motivationsschub verließ sie genauso schnell, wie er gekommen war. Es nützte nichts, darum würde ich mich allein kümmern müssen.

»Wie gesagt, da müssen Sie mal selber schauen«, bestätigte Frau Ostrowski meine Annahme. Stattdessen war sie wieder dabei, die nächsten Punkte auf der Checkliste abzuarbeiten.

»Das Wichtigste ist Pünktlichkeit. Wir haben zwar einen Warteraum, das heißt aber nicht, dass die Kunden auch wirklich warten sollen.« Erneut lachte sie schrill auf, wobei ich es nur schwer als ein wahrhaftiges Lachen identifizieren konnte. Allmählich ging es mir etwas auf die Nerven, dass Frau Ostrowski mich behandelte, als hätte ich keinen blassen Schimmer von der Arbeit, die auf mich zukam. Und wenn ich dann mal eine Frage hatte, wollte sie mir diese nicht beantworten. Doch sie fuhr gleich mit dem nächsten Thema fort.

»Ihr Platz muss immer rechtzeitig aufgebaut sein. Das heißt mit Laken, Handtüchern und ein bisschen Deko.« Beherzt öffnete sie eine neue Schublade. In dieser stapelten sich kleine Holzschiffchen, Kunstblumen und Anker in jeder erdenklichen Ausführung. Was die optische Gestaltung meines Arbeitsplatzes anging, war ich überzeugte Minimalistin. Folglich war ich von dieser Anweisung wenig angetan, doch natürlich würde ich mich an alle Regeln halten. Ich würde ein beliebiges Schiffchen greifen und auf dem Behandlungssessel drapieren. Nur musste ich unbedingt daran denken, es wieder wegzupacken, ehe es für eine im wahrsten Sinne des Wortes schmerzhafte Sitzung meiner Kundin sorgte. Frau Ostrowski wirbelte jetzt durch das Zimmer und murmelte vor sich hin. Anscheinend überprüfte sie, ob für morgen auch tatsächlich alles vorrätig war.

»Ist es in Ordnung, wenn ich mir die verschiedenen Produkte abfotografiere?«, fragte ich sie und sah ihr an, dass ich sie in ihren Gedanken unterbrach. »Dann kann ich heute Abend auf meinem Zimmer alles in Ruhe durchgehen.« Frau Ostrowski wirkte nur wenig begeistert von dieser Idee.

»Wenn Sie meinen, dann können Sie das machen«, sagte sie resigniert und zog dabei ihre Augenbrauen in die Höhe. Ich konnte Antworten wie diese nicht leiden. Ich nannte sie positive Einwände. Zwar wurde einem gesagt, dass man durchaus das tun sollte, was man sich vorgenommen hatte, doch gleichzeitig schwang ein unausgesprochenes »Muss das denn unbedingt sein?« mit. Trotzdem ließ ich mich nicht irritieren, holte mein Handy hervor und fotografierte mühsam jede einzelne Packung. Frau Ostrowski hatte das Zimmer irgendwann kommentarlos verlassen, und komischerweise überkam mich anschließend das Gefühl, dass es seitdem nicht mehr ganz so kühl in dem Raum war. Als ich mit meiner Arbeit fertig war, ging ich zurück zum Eingangsbereich. Die meisten meiner Kolleginnen waren offenbar schon verschwunden. Nur eine von ihnen stand hinter dem Tresen und schaute auf den Monitor des Computers.

»Alles fertig für morgen?«, fragte sie und klickte über die Schaltfläche. »Ich bin übrigens Camilla.«

»Für den ersten Tag habe ich ganz schön viel auf einmal erlebt. Aber ich bin da sehr zuversichtlich«, antwortete ich.

Camilla lächelte. »Dein erster Termin ist übrigens morgen um 8 Uhr.«

»Oh, danke für die Info.«

»Irgendwann ist immer das erste Mal, nicht?« Camilla fuhr den PC herunter und machte sich bereit zum Gehen.

»Was ist das hier eigentlich?« Ich deutete auf ein riesiges Sparschwein, das inmitten des Tresens stand.

»Da können die Kunden Trinkgeld reinwerfen«, erklärte sie. »Aber komm bloß nicht auf die Idee, da zwischendurch einfach mal reinzuschauen. Das darf nur die Chefin!« Sie erhob mahnend den Zeigefinger und konnte sich ein Grinsen nicht verkneifen. Anscheinend musste man wissen, wie man mit Frau Ostrowski umzugehen hatte, wenn man ernsthafte Auseinandersetzungen vermeiden wollte.

»Also dann, bis morgen! Oder nachher beim Essen!« Camilla gab mir zum Abschied zwei Küsschen, ehe sie durch die große Glastür verschwand. Noch wirkte alles auf mich recht unpersönlich, doch die Begegnung mit Camilla eben bestätigte mir, dass ein angenehmer erster Arbeitstag morgen auf mich wartete. Inzwischen war ich ganz allein hier. Ich nutzte die Stille und versuchte, all die neuen Eindrücke zu verarbeiten. Ich atmete tief ein und aus und wollte jetzt nur noch meinen ersten Abend an Bord genießen. Im gleichen Moment fiel mir ein, dass leider eine kleine Hürde auf mich wartete. Fürs Erste musste ich den Weg zurück zu meinem Zimmer finden.

Ich ließ den Wellnessbereich hinter mir und begab mich wieder zum Außendeck. Am abendlichen Himmel zeigten sich die schönsten Farbverläufe, von strahlendem Orange bis hin zu pastellenem Rosa und Lila. Ich träumte vor mich hin, bis ein markerschütterndes Geräusch mich aufschreckte. Eine schrille Sirene dröhnte in meinen Ohren, und eine Stimme verkündete über Lautsprecher, dass dies eine Seenotrettungsübung sei. Verdammt. Was sollte ich jetzt noch mal machen?

Kapitel 7

Ich erinnerte mich dunkel an die in der Informationsmappe beschriebenen Schritte für diese Rettungsübung. Wenn ich es richtig verstanden hatte, befand sich auf meinem Zimmer meine Sicherheitsweste, und es war wichtig, dass ich mir diese spätestens jetzt anlegte. Resolut steuerte ich die Kabine 306 an. Zu meiner Beruhigung war von Hektik oder Anspannung keinerlei Spur auf dem Schiff. Ganz im Gegenteil trotteten die Gäste absolut gemütlich und nahezu vergnügt in ihren leuchtenden Rettungswesten über die Gänge.

»Heinrich, du musst das zumachen! Sonst ertrinkst du!«, wies eine ältere Frau ihren Ehemann zurecht.

»Warum sollte ich dadurch ertrinken, dass ich diese Schlaufe offen lassen? Das Ding ist ohnehin zu eng und unbequem.« Angestrengt verrenkte Heinrich sich so, als wollte er diesen unliebsamen Fremdkörper von seinen Schultern abschütteln.

»Sonst verlierst du die im offenen Meer, und dann siehst du ganz schnell ganz alt aus, mein Lieber!«

»Ich bin doch gar nicht im offenen Meer, sondern auf dem Schiff! Und wir liegen immer noch im Hafen, also warum sollte sich jemand an dieser offenen Lasche stören?«

»Es ist eine Übung! Hier wird der Ernstfall simuliert und ...«

»Na, dann simuliere ich eben, dass das Ding zu ist! Ich verstehe auch gar nicht, warum du dich so anstellst, Margot. Das ist unsere dritte Kreuzfahrt allein in diesem Jahr, und das Prozedere ist immer wieder dasselbe. Meinst du, es stört jemanden, wenn ich mir noch schnell einen Gin Tonic hole?«

»Heinrich, ich bitte dich! Benimm dich!«

Das Paar folgte dem Strom Menschen durch die Ausgänge zu den verschiedenen Sammelpunkten. Ich hingegen visierte die unteren Etagen an. Zu meinem Glück war ich nur zwei oder drei Mal falsch abgebogen und hatte anschließend mein Zimmer recht schnell finden können. Ich öffnete die Tür und wurde ähnlich wie nur wenige Stunden zuvor von Lynn empfangen, die längst ihre Rettungsweste trug und eine weitere in den Händen hielt.

»Da bist du ja endlich! Ich wäre schon fast losgegangen, um dich zu suchen! Also hier ist deine Rettungsweste. Zieh die noch schnell an, und dann müssen wir nichts wie hoch, unsere Ankunft melden und uns um die Gäste kümmern und so weiter ...« Im Gegensatz zu dem älteren Pärchen eben schien Lynn vollkommen aufgeregt zu sein. Frei von jeglicher Vorwarnung stülpte sie mir die Weste über den Kopf und zog sämtliche Laschen und Bändchen zu. Dabei war sie alles andere als zimperlich, es konnte quasi keine der Schnüre fest genug sein. Sicher war sicher. Nun verstand ich, was Heinrich eben gemeint hatte. Allerdings ließ Lynn mir anders als Margot gegenüber Heinrich keine

Schummeleien durchgehen, und an einen Gin Tonic brauchte ich nicht einmal zu denken.

»Jetzt bist du fertig, wir müssen sofort zu Tim!« Gesagt, getan. Mit mir im Schlepptau flitzte Lynn nur so über die Gänge, und ich konnte mich nicht recht entscheiden, ob mich dieses Szenario an einen Actionfilm oder an eine Klamauk-Komödie erinnern sollte.

Vorschriftsmäßig nahmen wir unsere Positionen ein, und Lynn erklärte mir ohne Punkt und Komma, wie ich mich in einem Ernstfall zu verhalten hatte. Um mich herum herrschte gleichwohl ein solches Gemurmel und Stimmengewirr, dass ich mich kaum auf ihre Anweisungen konzentrieren konnte. Stattdessen beobachtete ich die vielen Gäste und Mitarbeiter.

Es strömten derart zahlreiche Eindrücke auf mich ein, dass es mir schwerfiel, mich nur auf Lynn zu fokussieren. Mein Blick blieb soeben an einem überaus bunten Muster eines Hemdes hängen, das sich über den ausladenden Bauch eines Herren wölbte, als ich ein außergewöhnlich freundliches Lächeln registrierte. An der Reling stand ein Mann, der mir zunickte und grüßend zwei Finger hob. Schnell wandte ich meinen Blick von ihm ab.

In der Vergangenheit war es schon oft genug vorgekommen, dass ich eine Begrüßung erwidert hatte, die ursprünglich nicht mir, sondern der Person hinter mir gegolten hatte. Folglich wollte ich unangenehme Situationen dieser Art grundsätzlich vermeiden. Warum hätte er überhaupt mich gemeint haben sollen? Vielleicht hatte er mich verwechselt? Ich und mein Allerweltsgesicht … In diesem ganzen Durcheinander hatte ich auf die Schnelle außerdem gar nicht einschätzen können, ob er ein Passagier oder ein Mitglied der Crew an Bord war.

Vorsichtig neigte ich meinen Kopf wieder in seine Richtung. Jetzt galt seine Aufmerksamkeit einer älteren Dame, die versehentlich an den Schlaufen ihrer Weste gezogen hatte, wodurch diese sich innerhalb einer Sekunde ungeheuer aufgeplustert hatte. Verzweifelt wedelte sie mit ihren Armen, und ihr Hals wurde von dem ausgedehnten Material heftig zusammengequetscht. Fast sah es so aus, als würde sie ertrinken. An Bord und mit Rettungsweste. Mit geschickten Handgriffen half er der überforderten Frau aus ihrer unangenehmen Lage. Meine Gedanken schweiften ab. Die sonnengebräunte Haut des Unbekannten sowie sein Geschick und Einfühlungsvermögen, mit dem er sich um die Dame kümmerte, entführten mich in angenehme Tagträume. Ich dachte an Cocktails und eine laue Sommernacht am Strand, während …

»Hallo Raquel, kennst du schon Marie? Sie ist meine neue Mitbewohnerin!« Lynns Worte holten mich wieder zurück ins Geschehen. Neben ihr stand eine zierliche Frau mit großen runden Rehaugen.

»Hallo, freut mich, dich kennenzulernen«, entgegnete sie und reichte mir ihre Hand.

»Raquel ist für das Housekeeping zuständig und auch schon eine Weile hier an Bord. Sie kann Geschichten über den Zustand so mancher Zimmer erzählen, das sag ich dir! Wobei wir solche Informationen ja eigentlich für uns behalten müssen …« Lynn und Raquel wechselten verstohlene Blicke, und ich konnte nur darüber spekulieren, welch pikante Details über so manche Gäste bei Raquels Arbeit in Erfahrung gebracht werden konnten. Erneut ertönte die schrille Sirene, die mich vorhin praktisch zu Tode erschreckt hatte. Kurz darauf meldete sich der Kapitän über die Lautsprecherdurchsage.

»Sehr geehrte Damen und Herren, unsere Übung ist hiermit erfolgreich beendet. Wir werden in Kürze auslaufen. Ich wünsche Ihnen allen einen erholsamen ersten Abend bei uns an Bord.« In Windeseile verließen die Menschen die Sammelpunkte. Zum Glück war dieser Pflichtteil überstanden, und ich hoffte, niemals von meiner Rettungsweste ernsthaft Gebrauch machen zu müssen.

»Ich muss jetzt erst mal ins Restaurant«, verkündete Lynn. Raquel hatte sich gleichermaßen von uns verabschiedet. Ich atmete innerlich auf, da mir unter diesen Umständen etwas Zeit allein auf meinem Zimmer blieb.

»Alles klar, wir sehen uns dann später«, verkündete ich und war schon im Gehen.

»Findest du denn auch wirklich alles? Das Restaurant für die Mitarbeiter oder …«

»Ja, mach dir keine Sorgen.« Lynn hatte offenbar gehörig Angst davor, dass ich als Neuling hier komplett aufgeschmissen sein könnte.

»Na dann, bis später!« Zielstrebig marschierte ich über die Decks.

In der Kabine angekommen, setzte ich mich zunächst auf mein Bett und las die Nachrichten, die mein Handydisplay anzeigte. Meine Mutter hatte schon vor einigen Stunden geschrieben.

Hallo mein Schatz, bist du auch gut angekommen und sind die Kollegen nett? Mama

Schnell tippte ich eine Antwort und machte meine Mutter darauf aufmerksam, dass ich hier in der Einarbeitungsphase jede Menge lernen musste und nicht immer sofort erreichbar war. Ich befürchtete, dass es schwierig werden könnte, beide Welten unter einen Hut zu bekommen. Insbesondere dann, wenn ich später einmal nicht mehr auf der MS Esperanza, sondern einem Schiff mit einer anderen Route arbeitete. Weiter entfernte Orte brachten eine enorme Zeitverschiebung mit sich, welche die Kommunikation mit der Welt zuhause erschwerte. Doch das würde meine Mutter schon irgendwann verstehen. Da war ich zuversichtlich. Es war alles eine Sache der Gewöhnung.

Ich legte das Handy beiseite und war inzwischen so müde, dass ich sofort hätte einschlafen können. Aber da war doch noch etwas …? Verdammt, ich hatte schon so gut wie vergessen, dass ich mich mit den Inhaltsstoffen und Anwendungen der neuen Produkte auseinandersetzen musste! Außerdem hatte ich darüber hinaus seit einer Weile nichts mehr gegessen. Ich seufzte. Meinen Erholungsschlaf würde ich nach hinten verschieben müssen, ob es mir gefiel oder nicht.

Kapitel 8

Mein erster Arbeitstag startete katastrophal. Ich fühlte mich gerädert, da ich weitaus zu wenig geschlafen hatte. Die halbe Nacht lang war ich damit beschäftigt gewesen, mich mit den abfotografierten Produktbeschreibungen auseinanderzusetzen. Als Lynn dann irgendwann von ihrer Schicht zurückgekommen war, hatte sie meine Beschäftigung als Einladung verstanden, ununterbrochen auf mich einzureden. Außerdem war das pikante Curry, das ich zum Abendessen gehabt hatte, in der Tat verdammt scharf gewesen, sodass mein Magen am nächsten Tag noch immer schmerzte. Als ich beim Eingangsbereich der Wellnesslandschaft eintraf, erwartete mich eine hektische und wenig amüsierte Frau Ostrowski.

»Da sind Sie ja endlich, warum kommen Sie denn jetzt erst? Die ersten Kunden sind gleich da, und Sie haben noch gar nichts vorbereitet!« Wie Geschosse flogen die Worte nur so aus ihrem Mund. Es war zwanzig vor acht, ich fand, das war durchaus mehr als genug Zeit, und es half niemandem, wenn sie hier eine solch miese Stimmung verbreitete. Doch ich riss mich zusammen und entschuldigte mich. Frau Ostrowski hingegen fand für ein derartiges Geplänkel keinerlei Gehör.

Rasch eilte ich in den Raum, der für mich vorgesehen war, warf eines der Boote auf den Behandlungsstuhl und fing an, meine Instrumente und Arbeitsutensilien auf dem kleinen Rollwagen auszulegen. Dabei wurde ich mit Argusaugen beobachtet.

»Nein, so machen wir das hier nicht«, grätschte Frau Ostrowski dazwischen und legte die Handtücher vom zweiten in das dritte Fach des Wagens. Mir war zugegebenermaßen nicht bewusst, dass einer simplen Anordnung eine solche Wichtigkeit beigemessen werden konnte. Zu allem Überfluss schien ihr die Sortierung meiner Pinzetten und Wattepads zusätzlich deutlich zu missfallen. Die ganze Zeit über hieß es nur »Legen Sie das hierhin, legen sie das dahin« und »So ist das, wenn man nicht pünktlich ist«.

Ich war bereits schweißgebadet, da hatte ich mit meiner eigentlichen Arbeit noch nicht einmal begonnen. Um kurz vor acht begrüßte ich dann meine erste Kundin. Oder genauer gesagt die erste, die ich jemals auf einem Kreuzfahrtschiff behandelte. Frau Ostrowski ließ es sich nicht nehmen, mich als die *neue* Kollegin vorzustellen. Auf den ersten Blick mochte das freundlich und nett gemeint wirken, doch für mich hatte es einen bitteren Beigeschmack, als wollte sie damit rechtfertigen, dass von mir keine glanzvollen Leistungen zu erwarten waren. Wie eine Entschuldigung, die sie bereits im Vorfeld aussprechen wollte.

Tief in mir brodelte ein leichter, aber nicht zu unterschätzender Zorn auf. Ich musste mich beruhigen. Inständig hoffte ich, dass Frau Ostrowski mich gleich endlich in

Ruhe arbeiten lassen würde und sich nicht etwa auf den Stuhl neben mir setzte, um zu kommentieren, was ich alles falsch machte. Mit etwas zu viel Schwung brachte ich meine Kundin in Liegeposition und machte mich ans Werk. Sie war äußerst pflegeleicht und bereits nach kurzer Zeit eingeschlafen. Bei jedem Ausatmen pustete sie mir leise schnarchend ins Gesicht.

Viel anstrengender war die darauffolgende Hektik, da die Zeitfenster zwischen den einzelnen Terminen äußerst knapp waren. Ich wirbelte herum wie ein kleiner Tornado mit Sturmfrisur und wechselte Handtücher und Laken. An einen Kaffee für zwischendurch war gar nicht zu denken, und ich spürte, wie sich meine Augenringe tiefer und tiefer in mein Gesicht gruben. So etwas hätte es bei Betty nicht gegeben. Der obligatorische Klönschnack war quasi in der Behandlung mit inbegriffen.

Bei meiner zweiten Kundin fragte ich mich, warum mir die Gesichtsmassage so schwer von der Hand ging. Meine Fingerspitzen blieben förmlich an den Wangen der Frau kleben, sodass ich meine Abläufe an einigen Stellen improvisieren musste. Ich hatte vermutlich aus Versehen irgendwelche Tuben miteinander verwechselt und war mir währenddessen nicht mehr hundertprozentig sicher, was ich da gerade in das Gesicht der Frau rieb. Möglicherweise fehlte mir Schlaf. Und eine Chefin, die mir den Rücken stärkte, statt überall nach Fehlern zu suchen. Aber egal, auch wenn ich es in diesem Augenblick selbst kaum glauben mochte, war ich in diesem Moment die Expertin. Kleine Missgeschicke mussten locker überspielt werden.

»So lange der Kundin nicht das Gesicht abfällt, ist alles halb so schlimm«, hatte Betty immer zu sagen gepflegt. Als ich an sie dachte, musste ich sofort lächeln und fragte mich, was sie wohl von der gesamten Situation hier halten würde. Als auch diese Behandlung beendet war, blendete mich der strahlende Teint meiner Kundin. Sie war feuerrot. Komplett, das ganze Gesicht. So, als habe sie vor kurzem frontal mit einer Herdplatte gekuschelt. Ich war geschockt.

»Darf ich Ihnen ein leichtes Tages-Make-up anbieten?« Ehrlich gesagt schwebte mir alles andere als etwas Dezentes vor. Spachtelmasse wäre vielleicht eher geeignet.

»Oh nein, danke. Ich mag es ganz natürlich!« Warum nur? In mir stieg Panik auf. Frau Ostrowski durfte dieses auffällig unerfreuliche Ergebnis nicht sehen.

»Sind Sie sich sicher?« Ich versuchte, alle Register der Verkaufsstrategie zu ziehen. »Wir haben hier etwas ganz Neues, wirklich ein Hauch von Nichts, das die Natürlich-keit noch mehr hervorhebt. Mit Produkt sehen Sie sozu-sagen noch viel natürlicher aus als ohne.«

»Nein danke, ich bin mir sicher.« Meine Kundin winkte ab. Sie war inzwischen dabei, sich die Schuhe anzuziehen. Ich wollte die Frau aufhalten, um nach einem Ausweg für dieses Problem suchen zu können. War die Situation über-haupt noch zu retten? Es musste ein Wunder her. Am liebs-ten hätte ich ihr für den Weg nach draußen eine Papiertüte über den Kopf gezogen. Doch logischerweise war diese Lösung nur in meinen Gedanken die richtige. Ehe ich mich versah, verließ die wandelnde Tomate den Schutz meiner Behandlungskabine. Ich folgte ihr, mit Knien so weich wie

Wackelpudding.

»War alles zu Ihrer Zufriedenheit?«, fragte Frau Ostrowski, die hinter dem Tresen stand. Für einen flüchtigen
Augenblick sah sie mich mit weit aufgerissenen Augen an,
ließ sich der Kundin gegenüber allerdings nichts
anmerken. Glücklicherweise war meine Kundin rundum
mit der Behandlung zufrieden. Erst als diese den Wellnessbereich verlassen hatte, fiel Frau Ostrowski beinahe alles
aus dem Gesicht.

»Was ist denn da passiert? Das darf so nicht sein, so
dürfen die Kunden nicht aussehen, wenn wir sie behandelt
haben!« Ihre Standpauke, in der sie mehrmals betonte, wie
sich handelsübliche Rötungen von einem besorgniserre-
genden Ausschlag unterschieden, nahm gar kein Ende. Mir
wurde nicht einmal die Chance gegeben, mich zu entschuldigen oder etwas zu dem Vorfall zu sagen. Vielleicht hatte
die Dame mir etwaige Allergien verschwiegen? Es konnte
immer passieren, dass Inhaltsstoffe nicht gut vertragen
wurden, ohne dass dies im Voraus sofort erkenntlich war.
Stillschweigend musste ich die Anschuldigungen über
mich ergehen lassen und fühlte mich mehr und mehr vor
der gesamten Mannschaft gedemütigt. Das Theater, das
Frau Ostrowski veranstaltete, zog die Aufmerksamkeit
aller Mitarbeiterinnen auf sich. Manche von ihnen verknif-
fen sich ein Lächeln, andere standen nur mit angehaltener
Luft da, als hofften sie, dass ihnen niemals so etwas passieren würde. Jeder bekam die Vorwürfe mit, und ich war
ihnen schutzlos ausgeliefert. Ich wollte meine Arbeit gut

machen, aber es erschien mir unmöglich, solange diese Frau meine Chefin war.

Als ihr Wortschwall endlich verklungen war, schnellte sie mit mir ins Behandlungszimmer, da nur noch wenige Minuten bis zur nächsten Behandlung blieben. Ich zog die benutzten Laken ab und sorgte für eine neue und frische Unterlage auf der Liege. Eine weitere Gelegenheit, mir erneut dazwischen zu fuchteln.

»Sie machen das nicht richtig«, zischte Frau Ostrowski und platzierte das Laken neu. Ich fragte mich, an welcher Falte sie sich jetzt schon wieder gestört hatte. »Das muss immer alles ordentlich und schön sein hier bei uns.« Ja, natürlich. Ich kannte mich nur mit dem reinsten Chaos aus, das waren meine Kunden normalerweise von mir gewohnt. Ich wollte so nicht mit mir umgehen lassen, doch weder Frau Ostrowski noch der Zeitplan ließen jetzt ein ausführliches Gespräch zu. Die Termine der Kunden folgten Schlag auf Schlag und auch ich hatte weiter zu funktionieren. Frau Ostrowski war es anscheinend so was von egal, wie ich mich in dieser unangenehmen Situation fühlen mochte. Tapfer ließ ich mir nicht anmerken, wie sehr ich mich gerade ärgerte. Doch ich würde diese Ungerechtigkeit nicht auf mir sitzen lassen.

Als ich nur wenige Augenblicke später meine dritte Kundin versorgte, nahm ich eine Unsicherheit in mir wahr, die mir fremd war. Was würde nur geschehen, wenn sich das gleiche Szenario von eben wiederholen sollte? Würde Frau Ostrowski dann so radikal in die Luft gehen, dass sie platzte? Oder würde ich ihr etwa zuvorkommen? Leicht verzweifelt betrachtete ich die bunten Fische im Aquarium, doch außer Luftblasen und glubschiger Blicke hatten diese Meeresbewohner keine Ratschläge für mich parat.

Dieses Prozedere zog sich durch den gesamten Tag. Ich war angespannt, überaus gestresst und bemerkte, wie eines meiner Augenlider wild zu zucken begann. Als Camilla mir am Nachmittag Nachschub für eines der Produkte vorbeibrachte, fand ich heraus, dass eine der Cremes in ein Fläschchen umgefüllt worden war, das mit einer unzutreffenden Kennzeichnung beschriftet war.

»Hat sie dir das nicht gesagt? Hm, komisch. Na ja, wahrscheinlich hat sie es einfach vergessen.« Schulterzuckend hatte sie den Raum wieder verlassen.

Das war ja klar. Wenn Frau Ostrowski etwas vergessen hatte, war das überhaupt nicht dramatisch und andere mussten ihre Fehler ausbaden. Meine Laune befand sich inzwischen im Keller. Als meine Zeit es dann endlich zuließ, während einer längeren Pause einen wohlverdienten Kaffee zu trinken, wurden zumindest ansatzweise meine Lebensgeister wieder geweckt. Im Kopf spielte ich das Gespräch durch, das ich mit Frau Ostrowski führen wollte. Woher sollte ich denn bloß wissen, dass der Inhalt der Flasche von der Beschriftung auf dem Etikett abwich? Dafür musste sogar sie Verständnis haben. Doch vorerst galt es, meine letzte Kundin für den heutigen Tag zu behandeln. Ich fieberte dem Feierabend so intensiv entgegen wie schon lange nicht mehr. Glücklicherweise verliefen alle weiteren Behandlungen nach Plan. Wobei dies ehrlich gesagt wenig mit Glück und stattdessen mit meinen Fähigkeiten zu tun hatte, die Frau Ostrowski innerhalb nur weniger Stunden so gut wie komplett untergraben hatte. Es war erstaunlich, was ein einzelner Mensch alles in einem bewirken konnte. Langsam aber sicher vertraute ich wieder auf mich selbst. Ich würde mich nicht einschüchtern lassen.

»Machen Sie mir die Augenbrauen schön dunkel, ja? Die Farbe hält bei mir ansonsten nicht sonderlich lange«, bat mich meine Kundin, als ich nach einer geeigneten Nuance für sie suchte.

»Nein, lieber noch ein bisschen dunkler. Ich möchte ja auch noch übermorgen etwas von dem Ergebnis haben!« Normalerweise hätte ich von dieser Wahl abgeraten. Die Frau war insgesamt ziemlich blass, und ein harter Kontrast in ihrem Gesicht konnte unpassend aussehen. Doch der Kunde war nun mal König. Mehrmals bestätigte sie ihre Entscheidung, und ich folgte brav ihren Anweisungen. Als ich die Farbe wieder abnahm, war das Ergebnis wirklich sehr dunkel. Zwei dünne, schwarze Balken zogen sich durch das rundliche Gesicht der Frau.

»Ja, so ist es perfekt! Das haben Sie sehr gut gemacht!« Glücklich lobte sie mich, während sie sich ausgiebig im Spiegel betrachtete. Als ich mich kurz darauf am Tresen von meiner Kundin verabschiedete, dauerte es bloß den Bruchteil einer Sekunde, bis das Gezeter von Frau Ostrowski wieder von vorn losging.

»Wie können Sie das nur machen? Das ist unmöglich! Das hätten Sie noch korrigieren müssen! Die Kundin läuft jetzt mit zwei schwarzen Strichen im Gesicht herum und wird jedem sagen, dass das hier bei uns so gemacht wurde! Was sollen die anderen Passagiere da denn nur denken oder von unseren Behandlungen halten? Da kommt ja keiner mehr hierher!« Ohne Punkt und Komma spuckte sie ihre Anschuldigungen wie Giftpfeile auf mich. Lieber hätte ich ein persönliches Gespräch unter vier Augen mit Frau Ostrowski geführt, doch sie ließ mir keine Wahl. Noch einmal würde ich mich nicht entschuldigen. Vor allem nicht für etwas, das ich überhaupt nicht falsch gemacht hatte, sondern das seine Richtigkeit besaß. Ich wollte mich nicht wieder klein machen und vor ihr kuschen, nur weil ihr Auftreten sehr einschüchternd sein konnte. Ja, ich war neu hier, aber das hieß nicht, dass ich alles mit mir machen ließ. Ich hatte meine Grenzen und konnte diese Ungerechtigkeit nicht weiter auf mir sitzen lassen.

»Die Kundin hat sich die Farbe ausdrücklich gewünscht und war mit meiner Arbeit sehr zufrieden«, sagte ich und konnte den Trotz in meiner Stimme nicht unterdrücken. Es war mir schlicht und einfach nicht möglich, mich weiterhin zusammenzureißen.

»Die Kunden können sich etwas wünschen, aber wir müssen sie immer noch beraten! Sonst bräuchte man uns ja gar nicht und alle von ihnen könnten sich zu Hause selbst versorgen! Dann müsste schon längst niemand mehr zu uns kommen, und ich könnte die Füße hochlegen und Feierabend machen!«

»Aber das hat doch beides nichts miteinander zu tun! Wenn ich eine andere Farbe genommen hätte, wäre die

Frau unzufrieden gewesen!« Ich versuchte weiter, mein Handeln zu verteidigen.

»Sie müssen jetzt nicht frech werden.« Mahnend erhob Frau Ostrowski ihren Zeigefinger.

»Ich bin nicht frech. Ich versuche Ihnen nur zu erklären, was sich tatsächlich abgespielt hat.« Es kam mir vor, als würde ich ein Gespräch mit einer Wand führen. Einer widerspenstigen Wand mit Haaren auf den Zähnen.

»Sie sollen mir nichts erklären, Sie sollen hier arbeiten. Und ...«

»Ich arbeite, und darüber hinaus sogar sehr gut!« Dem Anschein nach hatte ich mit diesem Verhalten eine Grenze überschritten. Frau Ostrowski ins Wort zu fallen, ging unter Umständen drei oder vier Schritte zu weit. Wütend funkelten ihre Augen mich an, und ich wusste, dass ich mich nun auf etwas gefasst machen konnte.

»Ich weiß nicht genau, woher Sie kommen oder wo Sie vorher gearbeitet haben, und es ist mir auch egal. Aber so lange Sie hier sind und auch bleiben wollen, malen Sie keine schwarzen Striche in die Gesichter der Gäste und beherrschen die Regeln und Anforderungen, die hier gelten. Sehen Sie zu, dass Sie professioneller werden, dafür sind Sie schließlich alt genug. Sie sind keine pubertierende Teenager-Göre mehr, die ich noch erziehen muss, was ohnehin nicht meine Aufgabe wäre!« Sie machte auf dem Absatz kehrt und verschwand in einem der Gänge. Die Diskussion war hiermit beendet.

Niemals zuvor war ich mir so blöd vorgekommen wie in diesem Augenblick. Erst jetzt bemerkte ich, wie einige

Mitarbeiterinnen das Geschehen beobachtet hatten. Wie schön, dass dieses Drama wenigstens andere unterhalten konnte. Ich schäumte vor Wut und fühlte mich wie im falschen Film. Von wegen professionell! Wie professionell war sie selbst schon, wenn sie mich öffentlich vor versammelter Mannschaft mit vollkommen gegenstandslosen Beschuldigungen fertigmachte? Frau Ostrowski sollte selbst mal lieber eine Kur machen und zurück auf den Boden der Tatsachen kommen. Hauptsache, ihre Entscheidungen waren stets die richtigen.

Mit glühendem Gesicht räumte ich meinen Arbeitsplatz auf und packte meine Sachen geräuschvoll zusammen. Zwischendurch hörte ich immer wieder, wie die anderen sich leise über den Vorfall unterhielten. Passierte das ständig, wenn neue Mitarbeiterinnen hier anfingen? Oder hatte ich heute schlichtweg nur eine erstaunlich große Portion Pech gehabt? Was auch immer der Fall sein mochte, die Tatsache, dass mir niemand unterstützend beigestanden hatte, frustrierte mich. Es gab genug Kolleginnen, die bezeugen konnten, dass meine Kundinnen durchweg zufrieden mit mir waren. Doch fürs Erste musste ich davon ausgehen, dass es das Beste war, diesen Gefahrenbereich zu verlassen. Zornig rammte ich meine Hacken beim Gehen so kraftvoll in den Boden, dass ich befürchtete, mich gleich ein Deck weiter unten wiederzufinden.

Kapitel 9

Stinksauer hatte ich beim Abendessen den Auflauf nur so in mich hineingeschaufelt. Ich hatte mich gar nicht richtig auf den Geschmack konzentrieren können, so aggressiv zerkaute und zermürbte ich jede einzelne Zutat. Ohne darauf zu achten, ob ein bekanntes Gesicht im Speisesaal anwesend war, räumte ich mein Geschirr zurück und verließ den Essensbereich so schnell wie möglich. Das Einzige, was ich jetzt noch vorhatte, war auf mein Zimmer zu verschwinden, mir die Decke über den Kopf zu ziehen, Musik zu hören oder in einer meiner Lieblingsserien zu versinken.

In den Gängen ließ ich meiner schrecklichen Laune freien Lauf und fluchte vor mich hin, da ich mich wie prophezeit ständig verlief. Hier unten verstand mich so oder so kaum jemand, da die wenigsten vom Schiffspersonal Deutsch sprachen. Trotzdem wurden mir das eine oder andere Mal erschrockene Blicke zugeworfen, doch auch das kümmerte mich in meinem derzeitigen Zustand wenig. Ich hätte mich genauso beim Sport auspowern können, auf einem der Decks gab es einen Fitnessbereich, den die Mitarbeiter ebenfalls nutzen konnten. Doch für eine solche Aktivität fühlte ich mich zu schlapp und ausgelaugt. Also würde ich diese passive Aggressivität eine Weile mit mir herumtragen, so, als sei sie etwas ganz Selbstverständliches.

Es dauerte eine gefühlte Ewigkeit, bis ich den Korridor mit meiner Kabine gefunden hatte. Aus einer meiner Hosentaschen zückte ich die Zimmerkarte hervor, öffnete die Tür aber nicht schnurstracks. Stattdessen wartete ich einen Augenblick und lauschte den Geräuschen, die aus der Kabine nach außen drangen. Sofort verschlechterte sich meine Stimmung weiter, sofern das überhaupt möglich war. Aus dem Zimmer vernahm ich die Stimme einer überaus vergnügten und aufgedrehten Lynn, die lauthals zu irgendwelchen Dancefloor-Hymnen ihr Bestes gab. Für mich klang diese Darbietung alles andere als erfreulich, doch es war unmöglich, dass mir entging, welches Maß an Energie und Euphorie in diesem Menschen steckte. So ein Mist. Über den Tag hatte ich Lynn und ihr anstrengendes Wesen schon fast komplett vergessen.

Ich atmete laut aus und lehnte mich mit dem Rücken gegen die Kabinentür. Langsam rutschte ich an dieser immer weiter nach unten, bis ich wie ein kleines Häufchen Elend auf dem Boden hockte. Verzweifelt rieb ich mir die Augen, die wegen der Übermüdung und der stressigen Arbeit längst vollkommen gerötet sein mussten. Nicht dass hier jemand vom Schiffspersonal auf die Idee kam, dass ich heimlich kiffte. Wenn ich eine weitere schlaflose Nacht hinter mich bringen musste, könnte ich mich morgen gleich den ganzen Tag lang selbst behandeln. Aber sogar unter diesen Umständen würde ich höchstwahrscheinlich nicht den Anforderungen von Frau Ostrowski genügen. Oh Gott, ich durfte gar nicht erst daran denken.

Warum war Lynn überhaupt jetzt schon auf dem Zimmer? Gab es nicht insbesondere um diese Uhrzeit jede Menge im Restaurant zu tun? Nein, ich konnte da nicht rein. Das würde ich nicht überleben. Oder Lynn. Egal wie, in meiner derzeitigen Verfassung würde dieses Zusammentreffen kein freudiges Ende nehmen. Ich fasste den Entschluss, mir an einem anderen Ort auf dem Schiff eine friedliche Ecke zu suchen. Mal wieder hatte ich überhaupt keinen Plan, wohin ich gehen sollte. Bald darauf versagte erneut mein Orientierungssinn, und ich hatte null Überblick mehr darüber, wo ich mich derzeit befand. Doch ich hatte mir vorgenommen, so lange durch die Gänge zu wandeln, bis ich etwas Passendes gefunden hatte. Es war schwierig zu erkennen, ob ich angekommen war, weil ich nicht genau wusste, wonach ich überhaupt suchte.

Ich hangelte mich von Deck zu Deck, doch überall um mich herum herrschte geradewegs Action und Feierlaune bis zum Abwinken. In der *Blauen Lagune* war heute Schlager-Nacht, im *Brasilianischen Viertel* tobte der Karneval, und im *Captain's Hook* gab es ein riesiges Quizduell. Die Menschen, die mir entgegenkamen, hatten sich in Schale geworfen, waren dekoriert mit Pailletten, Federboas und Fracks, lachten ausgelassen und verkörperten die pure Lebensfreude. Da ich mich inzwischen in meine vollends lausige Stimmung hineingesteigert hatte, raubten mir diese Festveranstaltungen den letzten Nerv. Ich setzte den Weg ins Unbekannte fort, ohne mich ablenken zu lassen. Aufkeimende Verzweiflung ließ mich kurz darüber nachdenken, Decken von draußen zu holen und es mir für ein Nickerchen in der nächstbesten Ecke gemütlich zu machen. Doch im letzten Moment erblickte ich unter all diesen Fremden ein mir bekanntes Gesicht.

»Hey, wie war dein erster Arbeitstag?«, fragte Ben, der einen Karton in den Händen hielt, munter.

»Ach, frag besser nicht ...«, entgegnete ich.

»Verstehe. Es gibt gute und nicht ganz so gute Tage ... Und, hast du Lust, deinen Tag an der Bar ausklingen zu lassen? Na komm, ich zauber dir etwas ganz Leckeres!« Ehrlich gesagt hielt sich meine Begeisterung in Grenzen. Doch ich konnte Ben nicht widersprechen, und ich hatte ohnehin keine bessere Idee, wohin ich gehen sollte. Widerwillig folgte ich ihm.

Je näher wir der Bar kamen, desto deutlicher vernahm ich die dumpfen Klänge von jazziger Klaviermusik. Wenigstens keine wummernden Bässe oder fiepsiges Gejaule von Schlager-Sternchen. Auf einem Schild im 50er-Jahre-Design prangte der Schriftzug *New York City Bar*. Im Foyer der Bar angekommen, wurde ich direkt auf den schwarzen, glänzenden Flügel aufmerksam, der inmitten des Raumes stand. Von ihm - oder viel mehr von dem Anzug tragenden Mann, der ihn bediente - ging die beruhigende Musik aus, die mich sofort in eine Art Trance versetzte.

Nanu, den kannte ich doch? Es war derselbe Mann, der gestern der älteren Dame aus ihrer Rettungsweste geholfen hatte. Wie gebannt beobachtete ich den Pianisten. Sein

Gesichtsausdruck war unheimlich konzentriert, aber dennoch nicht verkrampft. Leidenschaftlich legte er ab und zu den Kopf in den Nacken und schloss die Augen, während seine Finger sanft aber bestimmt die Tasten anschlugen.

»So, da wären wir!« Bens Stimme riss mich aus meinen Gedanken. Verwirrt sah ich zum Tresen. Dort stand er und war dabei, den Inhalt des Kartons auszupacken. Ich brauchte einen Moment, um mich wieder zu fangen.

»Ist nett hier …« war alles, was ich als Antwort herausbrachte, während ich auf einem der Barhocker Platz nahm.

»Drink gefällig? Natürlich alkoholfrei.« Ben grinste, und ich merkte, dass es mir allmählich wieder besser ging.

»Ja, sehr gerne.« So lange Ben beschäftigt war, hatte ich genug Zeit, den unbekannten Pianisten bei seinem gefühlvollen Auftritt zu beobachten. Ich spürte förmlich, wie er in seine ganz eigene Welt abdriftete, aufgesogen von der Musik. Wie hypnotisiert nahm ich immer weniger von dem wahr, was um mich herum geschah. Ich zerbrach mir nicht mehr den Kopf über Frau Ostrowski, den Streit und was heute alles schiefgelaufen war. Genauso wenig machte ich mir Gedanken über zu Hause oder darüber, wie angenehm meine Arbeit bei Bettys Beauty im Gegensatz zu diesem chaotischen ersten Tag hier gewesen war. Aber vor allem dachte ich nicht an Jonathan. Ich existierte einzig und allein in jenem einmaligen Moment, der für mich perfekt war. Es gab nur die Musik und ihn, den fremden Pianisten.

In meinem Kopf sah ich mich in einer bodenlangen Abendrobe, wie ich mit ihm Hand in Hand über einen roten Teppich schritt. Wir waren stets eingeladen, zu Premieren und Galas, tranken Champagner im echten New York City, ganz oben im 72. Stock einer Hotelbar, die pulsierende Stadt zu unseren Füßen. Wir stießen an, auf uns und das Leben, in dem wir stärker glänzten als poliertes Gold und wo die Freiheit unser zu Hause war.

»Hier ist ein Ipanema für dich.« Ben unterbrach diese Tagträumerei. Sein unübersehbar verschmitztes Grinsen verriet mir, dass ihm mein schmachtendes Dahinschmelzen durchaus nicht entgangen war. Geschickt zerkleinerte er eine Limette.

»Magst du mir denn erzählen, was dir den Tag heute so schwer gemacht hat?« Ich nippte an meinem Getränk und genoss den zuckrig süßen Geschmack. Am liebsten hätte ich alles mit Bravour verdrängt und mich in meine Träume geflüchtet. Mein Schweigen ließ Ben mir dessen ungeachtet nicht durchgehen.

»Hast du einer Kundin etwa den falschen Lippenstift aufgetragen?«, hakte er weiter nach. Vergeblich versuchte ich, meine Mimik zu kontrollieren, sodass er keine Mutmaßungen über mein eigentliches Befinden anstellen konnte. Wenn er nur wüsste …

»Okay, so schlimm kann das doch gar nicht gewesen sein.«

»Eben! Es war auch alles überhaupt nicht schlimm, aber trotzdem musste ich diesen unverschämten Umgang mit mir einfach über mich ergehen lassen!« Meine Antwort fiel vehementer aus, als ich ursprünglich beabsichtigt hatte. Vermutlich war ich emotional vollkommen überstrapaziert.

»Na, das hört sich ja wirklich nicht sehr toll an«, stimmte Ben mir zu. »Aber keine Sorge, morgen ist ein neuer Tag, und der bringt dann auch wieder ganz neue Möglichkeiten.« Ben zwinkerte mir zu. Ich hingegen kam mir einzig und allein bescheuert vor. Warum sollte es morgen bei der Arbeit besser werden? Aber vielleicht hatte Frau Ostrowski bloß einen miserablen Tag gehabt und ihr Unmut wäre bald verflogen? Um das einschätzen zu können, kannte ich sie ehrlich gesagt noch nicht gut genug.

»Das Glück liegt überall, aber du musst schon selbst danach greifen. Wer sich zurückzieht, verpasst doch das Beste!« Freundschaftlich klopfte er mir auf die Schulter und kümmerte sich anschließend wieder um seine Gäste. Ununterbrochen wurden Getränke geordert, sodass die Bestellungen gar kein Ende nahmen. Ich hatte keine genaue Vorstellung davon, was Ben mir mit seinen Worten sagen wollte, aber vielleicht meinte er, dass ein bisschen Ablenkung nicht schaden konnte. Trotzdem war ich hin- und hergerissen. Auf der einen Seite war ich unendlich müde, und ein erholsamer Schlaf war unerlässlich für einen gelungenen Start in den nächsten Tag. Warum sollte ich länger als nötig meine Zeit hier verschwenden? Träumen konnte ich schließlich auch auf meinem Zimmer. Auf der anderen Seite war der geheimnisvolle Pianist kein Traum, sondern er war hier und absolut real. Eine Möglichkeit wäre, auf ihn zu warten, vielleicht einen Feierabenddrink mit ihm zu trinken und mehr über ihn zu erfahren. Bei dem reinen Gedanken daran fing mein Bauch heftig an zu kribbeln. Unentschlossen nahm ich eine Erdnuss nach der anderen, die als Snack in kleinen Schälchen auf dem Tresen verteilt standen. Ein mittelmäßiges Chaos bereitete sich an meinem Platz aus, als ich Schale für Schale der fettigen Leckerei aufknackte.

»Entschuldigen Sie, ist hier noch frei?« Direkt neben mir war plötzlich eine ältere Dame aufgetaucht. An den meisten Tischen waren Plätze frei, weshalb mich ihre Frage zunächst verwirrte. Warum hatte sie vor, sich ausgerechnet neben mich zu setzen? Stumm nickte ich und beobachtete die kleine, rundliche Frau dabei, wie sie sich schwerfällig auf den Hocker hievte. Sie hatte beileibe nicht das am leichtesten zu erreichende Ziel ausgewählt. An einem Haken unter dem Tresen hängte sie ihren Gehstock ein und betrachtete mich mit ihren freundlichen, blauen Augen.

»Man wird nicht jünger«, kommentierte sie selbst ihr Manöver und lachte auf. »Ich heiße übrigens Irene. Waren Sie schon auf vielen Kreuzfahrten?« Nach wie vor mit den Gedanken bei einem durch und durch anderen Thema schüttelte ich den Kopf.

»Ich kann Ihnen sagen, ich habe schon viel von der Welt gesehen. Aber das ist tatsächlich die erste Kreuzfahrt überhaupt, die ich mache.« Ihre Hände waren von perfekt lackierten, roten Fingernägeln geziert. Sie trug etliche Ringe, darunter einen klobigen, goldenen, in den etwas eingraviert war.

»Wissen Sie, mein Mann war beruflich oft auf Reisen, da bin ich schon viel rumgekommen. Und jetzt dachte ich, ich probiere mal diese Mode mit den Schiffen aus. Scheint ja ganz bequem zu sein, aber ein bisschen langweile ich mich schon.« Irene schien in ähnlicher Plauderlaune wie Lynn zu sein. Sie stöhnte ein wenig über ihre Altersgenossen, die sich ihrer Meinung nach zu oft beklagten, und fand es erschreckend, dass auf dem Schiff rund um die Uhr gegessen werden konnte.

»Deswegen sind viele Menschen heutzutage so nörgelig. Sie essen zu viel und bewegen sich zu wenig. Das führt dann zu Verstopfung und Übergewicht. Da ist es kein Wunder, wenn man schlechte Laune bekommt.« Ich merkte, wie ich langsam aber sicher in mich zusammensackte. Das leichte Schaukeln des Schiffs, Irenes Ausschweifungen, die behagliche Musik … Ich musste in immer kürzen Abständen gähnen, und es war mir nicht möglich, dieses länger zu unterdrücken. Irene hatte inzwischen das Thema gewechselt. Ausführlich und bis ins letzte Detail erzählte sie mir von ihrer gesamten Reisehistorie, und ich fragte mich, wie viel ein Mensch innerhalb nur eines einzigen Lebens gesehen haben konnte. Die Kommentare und Anekdoten nahmen überhaupt kein Ende. Ehrlich gesagt interessierten all diese Daten und Fakten der Vergangenheit mich nicht die Bohne, doch ich wollte Irene auch nicht abwimmeln. Durch den engen Kontakt zu meiner Omi hatte ich erfahren, mit welchen Schwierigkeiten etliche Personen im Alter zu kämpfen hatten. Aus diesem Grund konnte ich gut nachvollziehen, dass insbesondere das Alleinsein für viele dieser Menschen eine der größten Hürden war.

Also hörte ich Irene weiterhin brav zu, zugegebener-maßen nur mit einem Ohr, und schielte immer wieder hinü-ber zum Klavier und der Person, die darauf spielte. Irene erzählte Geschichten davon, wie sie vom Papst gesegnet wurde, im Urwald aus einer Kokosnuss getrunken hat und quer mit dem Auto durch Nordamerika gefahren ist. Meine Aufmerksamkeit hingegen ließ immer weiter nach, und ich merkte, wie meine Augen von Minute zu Minute schwerer wurden. Das Letzte, was ich mitbekommen habe, war, dass sie einen König getroffen hatte. Oder die Queen? War das möglich?

»Hey, aufwachen!« Jemand rüttelte an meiner Schulter. Mein Nacken schmerzte, und meine rechte Hand war ein-geschlafen. Außerdem registrierte ich ein merkwürdiges Piksen in meinem Gesicht. Es dauerte eine Weile, bis ich mich wieder gesammelt hatte und begriff, wo ich war. Vor-sichtig richtete ich mich auf und bemerkte erst jetzt, dass ich über dem Tresen zusammengesackt und eingeschlafen war.

»Wenn man dich einmal aus den Augen lässt ...« Ben stemmte die Hände in die Hüften und schüttelte den Kopf. Ich fuhr mir durch das Gesicht und entfernte die Erdnuss-schalen, die sich in meine Haut gebohrt hatten. Ich wollte gar nicht erst wissen, was für einen Anblick ich bot. Nervös drehte ich mich um, doch zum Glück war der Flügel inzwischen nicht mehr besetzt, sodass der Pianist nicht Zeuge dieses Desasters wurde. Obwohl ... Vielleicht hatte er sich nach seinem Feierabend wirklich noch einen

Drink bestellt und mich dabei beobachtet, wie ich hier mit dem Kopf auf dem Tresen lag? Was mochte er nur von mir denken? Oder schlimmer: Was, wenn ich geschnarcht hatte? Mir stieg die Röte ins Gesicht, als ich mir die unangenehmsten und peinlichsten Szenarien ausmalte. Das durfte doch nicht wahr sein.

»Falls ich dir einen Tipp geben darf ...?«

»Ich weiß, ich sollte ins Bett gehen«, kam ich Ben zuvor. Die Bar war inzwischen nahezu leergefegt. Ich wollte gar nicht erst erfahren, wie viele beziehungsweise wie wenige erholsame Stunden Schlaf mir überhaupt noch blieben.

»Spielt der Pianist morgen wieder hier?«, fragte ich Ben.

»Ja, wir haben hier so gut wie jeden Abend Live-Klaviermusik.« Bens Worte ließen mich zumindest ein wenig Hoffnung schöpfen. Immerhin hatte ich mit der *New York City Bar* einen Ort gefunden, an den ich zurückkehren konnte. Hier gab es die Möglichkeit, sich zu erholen und in eine andere Welt abzutauchen. Egal wie katastrophal der Tag morgen werden mochte, am Abend konnte ich ihn genau hier ausklingen lassen. Dann allerdings ohne unfreiwilliges Nickerchen, das nahm ich mir schon jetzt fest vor. Ich hatte den Eindruck, dass es das Beste war, diesen ersten Tag an Bord aus meinen Erinnerungen zu streichen und gänzlich neu zu beginnen. Aller Anfang war eben schwer. Was passiert war, war passiert, und ich fokussierte ab jetzt nur noch die Zukunft. Ich stieg vom Barhocker und massierte kurz meine schmerzenden Gelenke, während ich mich von Ben verabschiedete.

»Denk daran, deine Uhr umzustellen!«, rief er mir nach, als ich schon auf dem Weg nach draußen war.

»Ach ja … vor?«

»Nein, zurück. Das Vereinigte Königreich schenkt dir zur Begrüßung eine zusätzliche Stunde Schlaf!« Das war ein gutes Omen. Zufrieden bahnte ich mir den Weg durch die Korridore, die für mich wie zu meiner Ankunft an Bord alle gleich aussahen. Ich konnte es kaum erwarten, mich endlich ins Bett fallen zu lassen und die Nacht dafür zu nutzen, ein bisschen von dem anmutigen Pianisten zu träumen.

Kapitel 10

Als ich gestern Abend in meinem Zimmer angekommen war, hatte von Lynn jede Spur gefehlt. Es war so mucksmäuschenstill, dass ich binnen weniger Sekunden in einen tiefen Schlaf fiel. Erst am Morgen im Badezimmer hatte ich bemerkt, dass die Schalen der Erdnüsse einige Kratzer in meinem Gesicht hinterlassen hatten. Make-up und Concealer mussten hier ganze Arbeit leisten, denn ich wollte nicht, dass Frau Ostrowski mich gleich als Erstes auf ein mangelhaftes Erscheinungsbild ansprach.

»So sehen unsere Mitarbeiterinnen nicht aus, wir sind alle schön gepflegt«, äffte ich sie vor dem winzigen Spiegel mit schwacher Beleuchtung nach, während ich mir über die Wangen tupfte. Meine Lust auf den heutigen Tag hielt sich in Grenzen. Alle hatten heute etwas mehr Freizeit im Vergleich zu einem reinen Seetag, da die meisten der Gäste auf dem Festland unterwegs waren. Nur ich musste meine *Strafe* absitzen und hatte als Einzige den ganzen Tag über Termine. Immerhin sollte ich etwas lernen. Doch was hatte ich davon, mich jetzt darüber zu ärgern? Desaströser als gestern konnte der Tag nicht laufen, und mit dieser Erkenntnis hatte ich genau genommen nichts zu befürchten. Lynn war ebenfalls auf den Beinen und dabei, sich für ihre Schicht fertig zu machen. In allen Einzelheiten erzählte sie mir von dem Thriller, den sie aktuell las. Sie war wie ein lebendiges Hörbuch. Ich hingegen schaltete auf Durchzug und ging die Neuigkeiten in meinem Handy durch. Unter anderem war eine Nachricht von meiner Mutter dabei.

Hallo Marie, Papa und ich besuchen heute Onkel Ludwig. Wir verfolgen die Route von deinem Schiff im Internet und hoffen, dass du eine tolle Zeit in Kingstons Zoon Hulk verbringen kannst.
Liebe Grüße, Mama und Papa

Mamas kleine Fehler dank der Autokorrektur brachten mich zum Schmunzeln. Nur zu deutlich konnte ich mir vorstellen, wie sie mit Papa im Wohnzimmer saß und energisch auf die kleinen Tasten des Telefons tippte. Stets mit dem Zeigefinger natürlich.

Ich antwortete ihr schnell. Beim Schließen des Nachrichtenfensters stach mir die gestrige Mitteilung von Jonathan ins Auge. Sollte ich ihm doch antworten? Ich könnte ihm ein attraktives Selfie von mir mit der britischen Küste im Hintergrund schicken. Ach, das war doch Blödsinn. Ich verstaute mein Handy wieder in meiner Tasche.

»Hast du schon Heimweh?«, fragte Lynn mich.

»Nicht direkt«, entgegnete ich. »Ich wünschte nur, ich könnte meine Erlebnisse besser mit meiner Familie teilen.«

»Interessiert die das denn? Ich dachte auch zuerst, meine Familie könnte das, was ich mache, spannend finden. Ich hab dann kleine Videos gemacht, alles geschnitten und ihnen gezeigt, wenn ich wieder zu Hause war, aber als ich gemerkt habe, dass die Begeisterung eher gering ausfiel, habe ich es gelassen.« Ich war so früh am Morgen nicht sonderlich gesprächig und hatte vor allem noch keinen Kaffee getrunken, weshalb ich mich schnell von Lynn verabschiedete und zielstrebig den Frühstücksraum ansteuerte. Auf lange Gespräche vor dem ersten Kaffee wollte ich lieber verzichten.

Auf dem Weg zum Sonnendeck ließ ich es mir nicht nehmen, nach draußen zu gehen und den Blick der vorbeiziehenden Klippen zu genießen. Das orangefarbene Licht der Morgensonne fiel sanft auf die Baumkronen und hellen Felsen, die sich in der Ferne erstreckten. Es dauerte nur noch wenige Minuten, bis das Schiff am Hafen von Kingston upon Hull anlegen würde. Wenn ich so darüber nachdachte, erschien es mir verrückt, was ich schon alles innerhalb dieser kurzen Zeit erlebt hatte. Im Vergleich zum Leben in Westerby war das hier die reinste Reizüberflutung. Ich war Teil einer eigenen Welt, die sich gemächlich und langsam über das Meer bewegte. Es brauchte nichts weiter als einige Stunden Zeit, und schon war eine mir gänzlich unbekannte Stadt zum Greifen nahe. Wahnsinn. Dennoch trödelte ich nicht zu lange, um einen besseren Start als gestern hinzulegen. Kurz genoss ich die Aussicht auf die faszinierende Landschaft, ehe ich anschließend meinen Weg zielstrebig fortsetzte. Zu meinem Erstaunen war ich sogar eine der Ersten im Wellnessbereich, und Frau Ostrowski selbst war bis zum jetzigen Zeitpunkt nicht anwesend.

»Na, hast du den gestrigen Tag noch gut überstanden?«, fragte Camilla, die einen Stapel Handtücher zusammenfaltete. Genau wie bei mir hatte der intensive Arbeitstag bei ihr seine Spuren hinterlassen. Die dunklen Schatten unter ihren Augen waren nicht zu übersehen.

»Ich lebe noch«, gab ich als knappe Antwort zurück. Ich war enttäuscht darüber, dass mir keine meiner Kolleginnen gestern helfend zur Seite gestanden hatte.

»Verzeihen Sie die Störung …« Hinter uns erklang eine Stimme. Kamen etwa schon die ersten Kunden? Ich drehte mich um und erkannte Irene, die ältere Dame, die mich gestern in den Schlaf gequasselt hatte.

»Wie kann ich Ihnen weiterhelfen?«, fragte ich sie. Irene nestelte an ihrer Perlenhalskette.

»Ich bin auf der Suche nach meiner Uhr«, erklärte sie. »Ich dachte, dass ich sie vielleicht nach der Massage gestern hier vergessen habe?« Irritiert sah ich zu Camilla. Mit den Räumlichkeiten der Massageanwendungen war ich bisher nicht in Berührung gekommen, deshalb konnte ich keine Auskunft geben.

»Wir haben hier eine kleine Kiste, in der wir Fundsachen sammeln«, erklärte Camilla. »Sie können gern einmal schauen, ob Ihre Uhr dabei ist.« Nach einer kurzen Inspektion der Kiste sahen Irenes hellblaue Augen mich traurig an. Offenbar war ihre Uhr hier nicht zu finden.

»Nein, dort ist sie nicht … Wo hab ich sie nur …?« Angestrengt grübelte sie darüber nach, wo die Uhr womöglich geblieben sein konnte.

»Haben Sie Ihr Zimmer schon gründlich durchsucht?«, fragte ich nach.

»Ja, natürlich. Aber ich werde noch mal nachsehen. Zu schade, es handelt sich um ein Familienerbstück.« Irenes Niedergeschlagenheit war kaum zu übersehen.

»Ich würde Ihnen empfehlen, sich bei der Rezeption zu melden«, erklärte Camilla. »Die geben die Informationen dann weiter, und so weiß ganz schnell das gesamte Schiff Bescheid.«

»Das ist eine gute Idee.« Irenes Miene hellte sich etwas auf. »Das werde ich gleich machen. Und wer weiß, vielleicht ist sie heute Abend, wenn ich vom Ausflug zurück bin, wieder aufgetaucht.« Mit dieser neuen Perspektive schien die rüstige Frau gar nicht mehr zu bremsen zu sein. Dankend verabschiedete sie sich von uns, sodass wir in Ruhe alle weiteren Vorbereitungen treffen konnten.

***

Mein zweiter Arbeitstag neigte sich dem Ende zu. Ich war Frau Ostrowski heute im Rahmen meiner Möglichkeiten aus dem Weg gegangen und konnte dadurch entspannter arbeiten. Es war überaus angenehm, wenn einem nicht andauernd jemand dazwischen fuchtelte. Ich hatte das Gefühl, dass das Wortgefecht gestern eine Art Mauer aus Eis zwischen uns aufgebaut hatte. Doch mit manchen Menschen war es unter Umständen am einfachsten, nur so viel zu reden, wie es zwingend erforderlich war.

Ich säuberte meinen Arbeitsplatz und kontrollierte die Termine und Buchungen für morgen. Da erneut ein kompletter Seetag bevorstand, war kaum auf längere Pausen oder gar Freizeit zu hoffen. Aber der Abend jetzt gehörte vorerst nur mir, und ich wusste genau, wie meine Pläne aussahen. Ich würde mich frisch machen und ein bisschen aufhübschen, ohne, dass es zu auffällig wäre. Dann ginge es in die *New York City Bar*. Ich würde nicht in Erdnüssen einschlafen, nein, ganz im Gegenteil. Ich würde die Chance nutzen, den anziehenden Mann am Klavier näher kennenzulernen. Das hatte ich mir fest vorgenommen. Ich wollte kein verzweifelter Angsthase sein, sondern so handeln, wie es sich für mich richtig anfühlte.

Das Schiff war trotzdem nach wie vor ein Labyrinth für mich, und komischerweise hatte ich stets das Gefühl, mich auf dieselbe Art zu verlaufen. Gezwungenermaßen dauerte es einige Zeit, bis ich an meinem ursprünglichen Ziel angekommen war.

Als ich mich nach einer halben Ewigkeit im Korridor mit meiner Kabine befand, hörte ich, wie jemand eine Melodie pfiff. Es war ein helles, klares Pfeifen, und es erinnerte mich an eines der Lieder, das ich gestern Abend in der Bar gehört hatte. Vorsichtig spähte ich um die Ecke, da ich eine Vermutung hatte, um wen es sich hier handelte. Und tatsächlich stand dort der Klavierspieler an eine Wand gelehnt und schnippte eine Münze in die Luft. Er war so irrsinnig lässig und gleichzeitig elegant, dass mein ganzer Körper von einem angenehmen Prickeln übermannt wurde. Mein Mund wurde staubtrocken, und ein dicker Kloß bildete sich in meiner Kehle. Mein Herz hämmerte wie wild, sodass ich sein Pulsieren bis in meinen Kiefer spürte. Es war mir unmöglich, diese Regungen meines Körpers auch nur ansatzweise zu kontrollieren. Es war ausgeschlossen, dem Fremden auszuweichen, wenn ich auf mein Zimmer wollte.

Sollte ich blitzartig an ihm vorbeihuschen und hoffen, dass er mir in diesem flüchtigen Augenblick keine weitere Aufmerksamkeit schenkte? Nein, das wäre doch reichlich merkwürdig. Zunächst überprüfte ich mein Spiegelbild in der Reflexion einer Fensterscheibe. Von meinem Kopf standen verschiedene Haarsträhnen in unterschiedliche Richtungen ab. Ich versuchte, das Gröbste zu retten, indem ich mir einen neuen Zopf band, hatte aber das ungute Gefühl, alles dadurch nur zu verschlimmern. Doch mehr konnte ich in diesem Moment nicht ausrichten. Kritisch blickte ich an mir herunter. Ich hatte mich vor dem Abendessen nicht umgezogen und trug wie zu Beginn meiner Schicht die wenig vorteilhafte Arbeitskleidung. Vor allem die weißen Latschen machten mit Sicherheit keinen positiven Eindruck. Rein optisch gab es durchaus Luft nach oben. Hatte ich mir nicht vorgenommen, kein Angsthase zu sein? Ich nahm einen tiefen Atemzug, straffte die Schultern und redete mir ein, mit meiner Ausstrahlung und meinem Charme zu brillieren. Alles andere war doch ohnehin reine Nebensache. Wer achtete schon auf Outfits oder Frisuren? Schließlich war das hier ja kein Model-Casting.

Bevor ich es mir anders überlegen konnte, schritt ich den Flur entlang. Gleichzeitig fragte ich mich, ob ich mich überhaupt damit auskannte, wie man ging. Alles an meinen Bewegungen erschien mir seltsam und unrund. Sollte ich meine Hüften vielleicht doch intensiver hin- und herschwingen? Oder weniger? Wahrscheinlich war es besser, wenn ich mich nur darauf konzentrierte, nicht zu stolpern oder hinzufallen. Andererseits könnte Herr Pianist mich unter diesen Umständen auffangen und vor einem Sturz retten. Oder er bemerkte mich nicht einmal, und ich würde mir den Kopf aufschlagen. In diesem Fall würde ich ohnmächtig werden und dort am Boden liegen bleiben ... Warum verselbstständigten sich meine Gedanken immer dann, wenn es darauf ankam? Ich war nur wenige Meter von ihm entfernt, fuhr mir lässig durch die Haare, bemerkte, dass ich einen Zopf hatte, blieb mit meinen Fingern hängen, war verwirrt, wollte das Haarband lösen, mit dem ich dann zu kämpfen begann, da es sich in einer meiner Haarsträhnen verknotet hatte.

»Hey, dich kenne ich doch.« Wie vor wenigen Minuten spielte er mit der Münze in seinen Händen. Seine haselnussbraunen Haare glänzten wie frisch gesammelte Kastanien, und seine dunklen, fast schwarzen Augen zogen mich sofort wieder in ihren Bann.

»Ach ja?«, war das Einzige, was ich als Antwort herausbekam. Dabei klang meine Stimme zu hoch und quietschte seltsam.

»Ja, ich habe dich bei der Rettungsübung gesehen. Und gestern warst du doch in der Bar, oder?« Gestern. Er hatte mich also gesehen. Die Frage war nur, in welchem Zustand. Gut möglich, dass ich für ihn bloß das merkwürdige Mädchen war, das halbtot über dem Tresen in einer Schale Erdnüsse gehangen hatte.

»Dein Lächeln ist mir sofort aufgefallen.« Ich war sprachlos. Er war doch so in seine Musik vertieft gewesen. Wie war es dazu gekommen, dass ich seine Aufmerksamkeit erregt hatte? Und bei der Rettungsübung hatten sich zig andere Menschen auf dem Deck getummelt. Hatte seine Begrüßung, als ich mit Lynn und Raquel auf weitere Ansagen wartete, etwa doch mir gegolten? Ich hatte den Eindruck, als würde ich einen Kurzschluss in meinem Kopf erleiden. Ich konnte mir bildlich vorstellen, wie meine Synapsen aufflackerten, bevor sie letztendlich platzten, sodass mein Sprachzentrum abgeschaltet wurde. Die Zeit, in der ich keine geeignete Antwort gab, kam mir unendlich lang vor. Glücklicherweise hatte ich bis dato nicht vergessen, wie man lächelte.

»Oh, wirklich?«, sagte ich erneut und befahl mir, mich doch endlich zusammenzureißen. Wie schaffte er es nur, mich in eine derartige Schockstarre zu versetzen? Er war ja nicht der erste Mann, auf den ich in meinem Leben traf. Eigentlich wollte ich nur ich selbst sein, aber ich wusste nicht mehr, wie ich das überhaupt hinbekam. Oder hatte ich etwa Bedenken, dass ich selbst nicht gut genug wäre und er mich sofort abschrieb? Ich wollte ihn auf die Musik ansprechen, das Problem war nur, dass ich keinen blassen Schimmer von Musik hatte. Ich wünschte, mir wäre mehr Zeit dafür geblieben, das erste Treffen mit ihm vorzubereiten. Vielleicht war der Sprung ins kalte Wasser doch eine Nummer zu groß für mich.

»Und verrätst du mir auch deinen Namen?« Die Münze flog hoch in die Luft, und er brauchte gar nicht hinzuschauen, um sie wieder aufzufangen.

»Ich heiße Marie«, brachte ich endlich hervor und jubelte innerlich, meine Blockade doch auf irgendeine Art und Weise überwunden zu haben. In meinem Kopf verfasste ich die Notiz, mir einen Ratgeber für Smalltalk anzuschaffen.

»Schön, dich kennenzulernen, Marie. Ich bin Dean.« Zur Begrüßung reichte er mir seine Hand. Seinen Händedruck nahm ich in meinem ganzen Körper wahr. Ein wohliger Schauer übermannte mich.

»Ich warte hier gerade auf einen Kollegen. Wir sind zum Essen verabredet«, erklärte Dean und verstaute die Münze in seiner Hosentasche. »Offenbar hat er es nicht so mit Pünktlichkeit ...«

»Spielst du heute wieder?« So langsam hatte ich mich wieder gefangen.

»Ja, ich werde die Bar gleich wieder mit Livemusik versorgen. Wenn du möchtest, kannst du dir nachher etwas wünschen.« Er zwinkerte mir zu, und in meinem Kopf sang ein Engelschor. Glücklicherweise schien Dean nicht komplett abgeneigt zu sein. Ich kam mir bereits vor wie ein verliebter Teenager und musste aufpassen, nicht unpassend drauflos zu kichern. In seiner Gegenwart fühlte ich mich strahlender und glamouröser als jemals zuvor, egal, wie die tatsächlichen Umstände gerade waren.

Noch bevor ich mich von Dean verabschieden konnte, um mich in Ruhe in der Kabine auf den Abend vorzubereiten, wurde unsere Zweisamkeit auf dem kargen Flur unterbrochen. Mit energischen Schritten stiefelte uns jemand entgegen. Die Person war bis obenhin mit Wäsche beladen. War das etwa …? Was ich erst im letzten Moment erkannte, gefiel mir gar nicht. Am liebsten hätte ich Dean die Augen zugehalten oder ihn weggescheucht. Erneut wartete ich darauf, dass der Boden sich auftat, wir von einem Kometen getroffen wurden oder sonst irgendetwas passieren würde, das diese unausweichliche Zukunft verhinderte. Es war aber nicht ausgeschlossen, dass sie anders als erwartet weiterging und uns keinerlei Beachtung schenkte. Die Hoffnung starb zuletzt.

»Hallo ihr beiden!« Und tot war sie. »Habt ihr euch auch endlich mal kennengelernt? Das ist toll, Marie hat hier noch nicht so viele Freunde gefunden, weißt du, Dean?« Die Worte prasselten nur so aus Lynns Mund. Ein Teil von mir glaubte, dass sie nichts von dem, was sie sagte, bösartig meinte. Ein anderer Teil wollte sie ohrfeigen. Sanft, aber bestimmt.

»Ach, und Marie, ich war gerade unterwegs und hab unsere Wäsche abgeholt. Also ich hab einfach welche von deinen Sachen mitgewaschen, so viel gab es da ja noch nicht. Aber du bist nun einmal schon seitdem du hier bist so gestresst, obwohl noch gar nicht so viel los ist. Ich hab mich zuerst gewundert, ob die Unterwäsche von dir ist, mein Fall wäre das nicht! Na ja, wir sehen uns ja gleich.« Lynn deutete unverkennbar auf das pink leuchtende Unterwäsche-Set, das sich ganz oben auf dem Klamottenstapel, den sie trug, befand.

Kleine Einhörner. Lächelnde Regenbögen und Glitzer-wölkchen. Das war meine Wohlfühlunterwäsche. Das war intim. Mein ganz privates Geheimnis. Und es war alles andere als für Deans Augen bestimmt. Lynn hätte auch gleich mit einem Leuchtpfeil darauf zeigen oder wie beim Teleshopping-Sender das Ganze mit Gesang und Tanz untermalen können. Oder noch besser, wir könnten einfach meine Unterhosen nehmen und sie als Flagge für das Schiff verwenden. Ab sofort segelte die MS Esperanza unter der kitschigen Unterwäschen-Flagge von Marie Brook.

Ich war sprachlos. Lynn betrat vollkommen ungeniert unsere Kabine, während ich mir vorkam, als erlitte ich nach dieser Bloßstellung einen Herzinfarkt. Neben mir stand immer noch Dean, der locker grinste, was in diesem Moment so gut wie alles bedeuten konnte.

»Ich muss los«, sagte ich knapp, machte auf dem Absatz kehrt und betrat ebenfalls die Kabine. Lynn hatte Musik eingeschaltet und legte unbesorgt unsere Wäsche zusammen. Ich realisierte erst nach und nach, was genau eben geschehen war. Meine Augen füllten sich mit Tränen. Das durfte doch wirklich nicht wahr sein! Wie war es mög-lich, dass hier alles, was ich anpackte, schiefging? Ich glaubte nicht an das Schicksal oder eine höhere Macht, die alles vorherbestimmte, sondern an den Zufall. Aber was fiel dem Zufall nur ein, sich derart gegen mich zu wenden, seitdem ich dieses Schiff betreten hatte? Mein Kinn fing an zu zittern, meine Nase lief und ich merkte deutlich, wie mein Gesicht glühte. Ich war alles andere als ansehnlich,

wenn ich weinte und sah auch noch Stunden danach ver-
quollen aus, doch das spielte jetzt sowieso keine Rolle
mehr. Heute würde der Angsthase in mir gewinnen und
dafür sorgen, dass ich mich hier auf dem Zimmer einigelte.
So konnte ich Dean unmöglich unter die Augen treten.

»Alles gut?« Lynn wandte sich zu mir, da sie meinen
Gefühlsausbruch bemerkt hatte. Mit ernster Miene kam sie
auf mich zu.

»Oh, du hast doch Heimweh?« Einfühlsam betrachtete
sie mich mit ihren großen blauen Augen und nahm mich in
den Arm. Mich überkam eine weitere Welle aus Emotionen
und ich fing vollends an zu heulen.

»Ja, lass alles raus.« Zärtlich wiegte Lynn mich in ihren
Armen. Ich sackte vollkommen in mir zusammen,
schluchzte, und die Tränen flossen wie Sturzbäche über
meine Wangen. Wir setzten uns auf die Kante des Bettes.
Lynn ließ mich nicht los, streichelte meinen Kopf und
sagte zu meinem Erstaunen kein einziges Wort. Ich lehnte
meinen Oberkörper an sie und war froh, in diesem Moment
nicht allein sein zu müssen. Nach längerer Zeit wurde mein
Schluchzen weniger, die Tränen verebbten und ich konnte
mich allmählich wieder beruhigen. Ich richtete mich auf
und saß kerzengerade neben Lynn auf der Bettkante. Mit
meinen geröteten Augen und Make-up Resten, die sich
über mein gesamtes Gesicht verteilten, sah ich sie an.

»Du bringst mich zur Weißglut«, sagte ich und
schnäuzte in ein Taschentuch. »Es kann doch wirklich
nicht sein, dass alles Mögliche hier den Bach runtergeht!«

Ich wurde hysterisch und merkte, wie sich der gesamte angestaute Stress auf einmal entladen wollte.

»Du redest und redest und redest und sagst doch nichts! Was habe ich dir denn getan? Ist es unmöglich, dass ich hier versuche, glücklich zu sein, ohne dass du mir dabei in die Quere kommst? Du bist die reinste Nervensäge und ich konnte mir nicht aussuchen, mit wem ich das Zimmer teile. Das heißt nicht, dass wir auf einmal beste Freundinnen oder sonst irgendwas sind! Also tu mir den Gefallen und lass mich in Ruhe. Und hör vor allem damit auf, mich vor anderen zu blamieren.« Als ich diese harschen Worte ausgesprochen hatte, fühlte ich mich augenblicklich mies. Was war bloß in mich gefahren? Wie von selbst waren die Sätze aus meinem Mund geflogen und es hatte sich angefühlt, als hatte ich jede Kontrolle über mich verloren. Ich erschrak mich vor dieser keifenden Art meinerseits, die ich Lynn gerade zeigte. Ja, ich musste sie erst genauer kennenlernen und mich an sie gewöhnen. Aber sie derart runterzumachen? Ich hätte ihr erzählen können, was die letzten Tage bei mir losgewesen war. Welche Probleme ich mit Frau Ostrowski hatte und wie negativ der Schlafmangel sich auf mich auswirkte. Ja, ich hätte ihr sogar von Jonathan und meinem 30. Geburtstag erzählen können. Stattdessen blieb ich stumm und war wie gelähmt.

Lynn betrachtete mich für einen kurzen Augenblick entgeistert, erhob sich dann vom Bett und verließ ohne ein weiteres Wort die Kabine. Schluchzend krabbelte ich unter meine Decke und weinte noch eine Weile, bis ich irgendwann einschlief.

Kapitel 11

Endlich. Endlich hatte ich etwas vor, worauf ich mich tatsächlich freute. Ein neuer Tag in einer unbekannten Stadt stand bevor. Wie bei meiner Ankunft von Tim angekündigt, hatte ich das Glück, heute die Stadtrundfahrt als Mitarbeiterin besuchen zu dürfen. Dieser Tapetenwechsel kam mehr als gelegen und ermöglichte es mir, Abstand zu den negativen Erlebnissen zu gewinnen, die mir in den letzten Tagen widerfahren waren.

Als ich mich auf der kleinen Kabine fertig machte und nur *das Nötigste* für den Tag in meiner Handtasche verstaute, war Lynn seit einiger Zeit ausgeflogen. Die Anschuldigungen, die ich ihr an den Kopf geworfen hatte, hallten noch immer in mir nach, und mir war komisch zumute. Im Nachhinein bewertete ich meinen Wutanfall, ausgelöst vom Unterwäsche-Fiasko und vielen anderen Vorfällen, als Kurzschlussreaktion. Als sei mir eine Sicherung durchgebrannt. Vorerst waren Lynn und ich uns lieber aus dem Weg gegangen. Vielleicht war es auch genau richtig so? Zusätzlich hatte ich mir Dean aus dem Kopf geschlagen und wollte ihn fortan ausschließlich aus der Ferne anhimmeln, wie ein verknallter Teenager einen Popstar. Immerhin kannte ich ihn überhaupt nicht und wusste so gut wie gar nichts über ihn.

Als ich an der Rezeption eintraf, die der Treffpunkt für all diejenigen war, die an dem gemeinsamen Ausflug teilnahmen, erwartete mich bereits Tim Petersen.

»Hallo Marie. Na, freust du dich schon?«

»Oh ja, ich war noch nie in Schottland!« Genau genommen war ich, seit ich von dem Ausflug erfahren hatte, überaus gespannt, was Edinburgh so alles zu bieten hatte. Da ich noch keine Zeit gehabt hatte, mich vorher über die Stadt zu informieren, würde ich mich schlichtweg überraschen lassen.

»Das ist der schöne Vorteil an unserem Job«, antwortete Tim. »Wir haben zwar rund um die Uhr mächtig viel zu tun, aber auch immer wieder die Gelegenheit, neue Orte kennenzulernen.« So wie allen anderen auch drückte er mir einen Stadtplan in die Hand. Auf meinen Pullover klebte er einen runden Sticker, auf den der Name unseres Schiffes und eine große 15 gedruckt waren.

»Damit du nicht vergisst, zu welcher Gruppe du gehörst oder in welchen Bus du steigen musst«, erklärte Tim. Allmählich fanden sich immer mehr Gäste zusammen. In regelmäßigen Abständen schaute Tim auf seine Uhr, und ich deutete seinen Gesichtsausdruck als eine Mischung aus Anspannung und Gereiztheit.

»Ah, wie schön! Sie kommen also auch mit?« Es war Irene, die mich mit ihrem kecken Grinsen begrüßte. Sie trug einen dieser robusten Regenmäntel, die ich bisher nur aus englischen Krimi-Sendungen kannte, und stützte sich auf ihrem Stock ab.

»Ja«, entgegnete ich stolz und nutzte die Gelegenheit für einen kurzen Plausch. »Hat sich Ihre Uhr denn inzwischen wieder angefunden?« Von dem einen auf den anderen Moment wurde Irenes Miene ernst. Sie nahm mich ein Stück beiseite und sprach um einiges leiser weiter als zuvor.

»Leider nicht …« Ihre Stimme war fast nur noch ein Flüstern. »Und mir ist zu Ohren gekommen, dass noch andere Passagiere ihre Wertgegenstände vermissen. Wenn Sie mich fragen, geht das nicht mit rechten Dingen zu. Das kann doch kein Zufall sein! Hier ist ganz bestimmt ein gewiefter Langfinger am Werk!« Ihre Augen verengten sich zu schmalen Schlitzen. Skeptisch schaute sie sich um, als wäre jeder, der das Schiff betreten hatte, ein möglicher Verdächtiger.

»Das ist ja wirklich merkwürdig«, stimmte ich ihr zu.

»Was halten Sie davon, wenn ich mich vorsichtig bei den Gästen umhöre, während Sie ein Auge auf die Mitarbeiter werfen? Ganz unauffällig, versteht sich natürlich.« Irene war sich offenbar hundertprozentig sicher, die Sache selbst in die Hand nehmen zu wollen.

»Irgendwas stimmt da in Ihrem Bereich bei den Kosmetikern nicht …« Ich fragte mich, woher diese Annahme stammte, doch Irene wirkte in hohem Grade überzeugt.

»Meinen Sie nicht, dass es besser wäre, Ihre Vermutungen dem zuständigen Schiffspersonal mitzuteilen?«, fragte ich zweifelnd.

»Das habe ich bereits versucht«, erklärte sie bestürzt. »Doch es kann außerordentlich schwierig sein, in meinem

Alter mit derartigen Vorwürfen ernstgenommen zu werden. Außerdem habe ich mit dieser Vorgehensweise leider keine guten Erfahrungen gemacht. Dann werden die Täter zu aufmerksam und verschwinden meist im rechten Moment … Nein, eine geheime Beobachtung führt eher zum Erfolg.« Irene sagte dies, als sei sie in ihrem früheren Leben eine Kommissarin gewesen. Ich stutzte und konnte mir kaum vorstellen, wie diese nahezu winzige Frau es mit Straftätern auf sich nahm.

»Ach, kommen Sie schon. Ein kleines gewagtes Unterfangen, um diesem recht tristen Alltag an Bord auszuweichen.« Auffordernd stieß sie mir mit ihrem Ellenbogen in die Seite. Zu diesem Zeitpunkt hatte ich zwar keine Ahnung, wie ich diese internen Ermittlungen anstellen sollte, doch dann fiel mir das ungerechte Verhalten von Frau Ostrowski ein und sofort war es mir unmöglich, Irenes Abenteuerlust zu widerstehen. Das wäre doch zu passend, wenn auf diese Weise die eine oder andere unschöne Gesichte ans Licht gebracht werden konnte. Ich wollte nicht boshaft erscheinen, doch diese Unternehmung wirkte auf mich wie ein Schachzug der Gerechtigkeit. Zögerlich nickte ich Irene zu. Im nächsten Moment wurde die Gruppe auch schon gebeten, sich geschlossen zum Bus zu begeben. Da das Schiff heute Abend wieder den Hafen verließ, wollte man den straffen Zeitplan so exakt wie möglich einhalten.

Während wir die Gangway hinabstiegen, fiel mir direkt als Erstes auf, dass wir zweifellos nicht die Einzigen im Hafen waren. Ein Konvoi aus Reisebussen zog sich perlenschnurartig über den gesamten Parkplatz, um am laufenden Band Touristen einzusammeln und wieder abzuladen. Aus der Entfernung betrachtet wirkten alle wie kleine Ameisen, die in Scharen das Festland besuchten. Auf den Gehwegen herrschte das reinste Durcheinander, und mich umgab ein Stimmengewirr aus unterschiedlichen Sprachen, die ich nicht verstand. Kreuz und quer sausten die Leute an uns vorbei, in einer Hektik, als ob an der nächsten Ecke das Gratis-Angebot ihres Lebens zu ergattern wäre. Nach einer kurzen Orientierung fand die Gruppe den richtigen Bus, vor dem der Fahrer mit einem großen Schild in den Händen wartete, das mit dem Namen unseres Schiffes und der riesigen, nicht zu übersehenden Zahl fünfzehn beschriftet war. Gelangweilt starrte er in die Ferne. Wo war überhaupt unser Reiseleiter? War er derjenige, auf den Tim so genervt gewartet hatte?

»I'm sorry, I'm sorry! Ich habe mich ein wenig verspätet. Steigen Sie schon mal alle ein, und ich checke gleich, ob wir auch vollzählig sind.« Die Stimme, die aus knapper Entfernung hinter mir ertönte, kam mir äußerst bekannt vor. Aber konnte das sein? Vorerst folgte ich Irene und ließ mich in einen gemütlichen Sitz neben ihr plumpsen.

»Ich bin wirklich froh, dass Sie heute mit dabei sind«, sagte sie zu mir gewandt. »Die meisten Herrschaften hier sind steinalt und furchtbar humorlos. Hätte ich das vorher gewusst … Eine ganze Busfahrt mit jemandem neben mir, der ununterbrochen seine Krankheiten und körperlichen Gebrechen aufzählt, hätte ich nun wirklich nicht ertragen.«

Irenes Aussage entlockte mir ein Schmunzeln. Ich fragte mich, wie alt sie in Wirklichkeit war. Ihrer Ansicht nach waren es jedenfalls die besten Jahre. Gerade wollte ich einen trockenen Kommentar zu ihren Befürchtungen beisteuern, da stockte mir der Atem. Ich hatte mich eben doch nicht verhört. Es war Dean, der als Letzter den Bus betrat, neben dem Sitz des Fahrers stehen blieb und nach einem Mikrophon griff.

»Sehr geehrte Damen und Herren, ich heiße Sie herzlich willkommen zu unserem heutigen Ausflug nach Edinburgh. Mein Name ist Dean Durato, und ich werde heute Ihren Ausflug begleiten. Ich selbst habe eine Zeit lang in Edinburgh gelebt und kann Ihnen daher auch die versteckten Winkel der Stadt näherbringen. Nun wünsche ich eine angenehme Fahrt und melde mich später mit weiteren Informationen.« Als habe der Busfahrer nur auf sein Stichwort gewartet, setzte er das Gefährt in Bewegung und wir rollten in Richtung der Stadt. Dean wiederholte die Ansage auf Englisch und Französisch, bevor er es sich in einem Sitz in der ersten Reihe bequem machte. Noch ganz perplex blinzelte ich stumm vor mich hin.

»Pfefferminzbonbon?« Irene hielt mir eine Dose mit blassgrünen Pastillen entgegen. Dankbar nahm ich eine und hoffte, dass der frische Mentholgeschmack auch für die Durchlüftung meines Gehirns sorgte. Es war nahezu verrückt, ja grotesk, dass ausgerechnet Dean diese Tour begleitete. In meiner Handtasche kramte ich nach einem kleinen Puderdöschen und korrigierte mein Make-up, während der Bus über unebene Landstraßen ruckelte. Dies war

der denkbar schlechteste Zeitpunkt, um Lippenstift aufzu-
tragen, wenn ich nicht riskieren wollte, mit Kriegsbema-
lung durch die schottische Stadt zu schlendern. Hatte ich
nicht ohnehin beschlossen, mir Dean aus dem Kopf zu
schlagen? Aber auf sein Äußeres zu achten, war ja immerhin keine Schande. In meinen Gedanken rechtfertigte ich
mein Vorgehen.

Kurz bevor wir Edinburgh erreichten, schnappte Dean
sich erneut das Mikrophon und schilderte einige Daten und
Fakten über die Stadt. Er erzählte, wie sie entstanden war,
welche Könige sich hier niedergelassen hatten und welche
Schlachten geführt wurden. Außerdem gab er einen groben
Überblick darüber, welche Sehenswürdigkeiten enorm ein-
drucksvoll waren. Ich musste mir eingestehen, dass ich nur
halb zuhörte und mich mehr darauf konzentrierte, wie sich
langsam die Stadt vor unseren Augen aufbaute. Es war
merkwürdig, auf der für mich falschen Straßenseite zu
fahren, und jetzt, da der Verkehr immer dichter wurde, war
ich ziemlich froh darüber, nicht selbst am Steuer sitzen zu
müssen.

Je näher wir dem Zentrum der Stadt kamen, desto deutlicher erkannte ich, wie sich hier zwei Welten miteinander
vermischten. Auf der einen Seite beobachtete ich eine
Shoppingmeile voller Menschenmassen, in der sich
bekannte Geschäfte und Cafés aneinanderreihten. Auf der
anderen Seite sah ich auf einem Hügel eine altertümliche
Burg, die wie ein ruhender Wächter über allem thronte und
immun gegen den Wandel der Zeit war.

»Hier auf der linken Seite sehen Sie die die Princess Street, eine sehr beliebte Einkaufsstraße«, erklärte Dean. »Also wenn Sie nachher noch Ihre Kreditkarte zum Glühen bringen wollen, empfiehlt sich ein Abstecher dorthin.« Vor allem die älteren Damen an Bord kicherten leise, da sie Deans Charme unmöglich widerstehen konnten. Nur wenige Minuten später hielt der Bus an, und die Gäste verließen das Fahrzeug.

Unsere Tour begann am *Palace of Holyroodhouse*, der offiziellen Residenz der Queen, wenn diese in Schottland war. In der Umgebung wimmelte es nur so von Touristen, die mit professionellem Kamera-Equipment und Rucksäcken voller Objektiven jeden Millimeter ablichteten. Da kam ich mir mit meinem Handy nahezu albern vor, wobei einige ebenfalls dieses Gadget bevorzugten, dann aber Aufnahmen und Bilder von sich selbst schossen. Vielleicht wollten sie dadurch verhindern, dass Zweifel aufkamen, ob sie auch tatsächlich die besagten Orte besucht hatten? Unsere Gruppe war entzückt von den Geschichten, die Dean rund um die Queen erzählte. Leider war diese zur Zeit nicht vor Ort, was die Fahne verriet, die gegenwärtig nicht gehisst war. Der Standort wurde trotzdem von nicht wenigen Polizisten überwacht.

Wir waren noch nicht ausgesprochen weit gekommen, doch die Meute zog es in den Museumsshop, wo es umso mehr royalen Flair zum Mitnehmen gab. Tassen, ach, ganze Services, Tischdecken, Bettwäsche, Postkarten, Schlüsselanhänger und sogar Sammelfiguren türmten sich in dem kleinen Raum. Alles war von unterschiedlichen

Designs, mal relativ schlicht nur mit Blümchen gemustert, doch oftmals waren die Queen oder andere Royals als Fotomotiv auf die Souvenirs gedruckt. Nach einer schnellen Toilettenpause konnte der Rundgang weitergehen.

Draußen auf dem Vorplatz erstreckte sich zu unserer linken Seite *Arthur's Seat*, ein rund 250 Meter hoher Berg. Hatte man ihn erklommen, wurde man mit einem grandiosen Blick über die gesamte Stadt belohnt. Wir hingegen marschierten weiter die sogenannte *Royal Mile* entlang. Zu unseren Seiten erstreckten sich zahlreiche Bars, Cafés und Restaurants sowie andere nette Läden. Alle diese Etablissements lagen in teilweise äußerst schiefen Bauwerken, die so aussahen, als könnten sie jeden Moment umkippen. Ich erinnerte mich an zu Hause, und mir kam der Gedanke, dass eventuell auch in dieser Großstadt die Zeit stehengeblieben sein mochte. Der entscheidende Unterschied war jedoch, dass es hier nur so von Menschen wimmelte.

Ich musste aufpassen, nicht den Anschluss an die Gruppe zu verlieren, wenn ich etwas länger eines der Bauwerke betrachtete. Es wäre um Haaresbreite dazu gekommen, dass ich mich aus Versehen einer anderen Gruppe angeschlossen hätte, ohne es zu merken. Wir bewunderten die *St. Giles Cathedral* und *The Hub*, eine ehemalige Kirche, die gegenwärtig das höchste Gebäude der Stadt war. Immer wieder zweigten schmale Gassen von der Straße ab, die wir entlang gingen. Es handelte sich um sogenannte *Closes*, wie Dean erklärte. Diese führten zu schnuckligen Innenhöfen.

Nach einer Weile des Staunens hatten wir unser Zwischenziel erreicht, das *Edinburgh Castle*. Hier herrschte ein noch hektischerer Betrieb als auf dem Weg zuvor. Die Besucher reihten sich in Schlangen ein, die meisten von ihnen hielten ihre Tickets für die Besichtigung des Schlosses in den Händen. Von dem Vorplatz aus hatte man eine eindrucksvolle Sicht auf die tiefer gelegenen Ebenen der Stadt. In einiger Entfernung erkannte ich die Straße, die wir vorhin mit dem Bus entlang gefahren waren. Ich war so vertieft in meine Erkundungen, dass ich kaum bemerkt hatte, wohin meine Reisegruppe plötzlich verschwunden war.

Kapitel 12

Die Passagiere der MS Esperanza, die an dem Ausflug teilnahmen, strömten abrupt in verschiedene Richtungen.

»Wir sehen uns nachher wieder, ich habe jetzt eine Verabredung.« Irene verabschiedete sich von mir und wackelte mit der einen Hand fest um den Gehstock über den Vorplatz des Schlosses. Auf einmal war ich in dieser fremden Stadt ganz auf mich allein gestellt und kämpfte damit, den Stadtplan aufzufalten. Gab es etwas wie ein Geheimrezept für das korrekte Öffnen und Zusammenlegen dieser unhandlichen Papiere?

»Na, hast du schon etwas Bestimmtes vor?« Dean war auf mich zugekommen.

»Nicht wirklich«, entgegnete ich. »Aber nach dem Spaziergang könnte ich jetzt gut was essen.« Ich bemühte mich, neutral und in irgendeiner Form normal zu wirken. Den Schein zu wahren, falls das gar möglich war.

»Da weiß ich genau das Richtige! Vorausgesetzt, du hast überhaupt Lust dazu, deine wertvolle Freizeit mit mir zu verbringen ...«

»Ach, weißt du, es ist schon ganz praktisch, jemanden dabeizuhaben, der sich hier bestens auskennt.« Ich war froh, dass Dean nicht meine Gedanken lesen konnte. Ich hätte mir nichts Schöneres vorstellen können, als mit ihm gemeinsam die Stadt zu erkunden. Außerdem war ich heil-froh, dass meine speziellen Unterhosen dem Anschein nach keine negativen Auswirkungen verursacht hatten. Na ja, eigentlich waren sie ja auch ganz süß.

Wir verließen das Schloss und gingen eine Straße berg-ab, vorbei an kitschigen Souvenirläden und urigen Pubs. Währenddessen erzählte Dean mir von der Zeit, als er in Edinburgh gelebt hatte.

»Ich war damals Mitglied einer Band, und wir hatten jeden Abend Auftritte in einem der Pubs.«

»Wow, das hört sich ja richtig abenteuerlich an.« Dean hatte schon so viel erlebt, dass ich ganz fasziniert war. Es wirkte auf mich, als habe er jeden dieser Momente intensiv in sich aufgenommen und bis aufs Letzte ausgekostet.

»Es waren verrückte Jahre«, sagte er und schob die Hände in seine Hosentaschen. »Aber ich möchte sie auf keinen Fall missen. Genauso wenig wie meine Arbeit jetzt auf dem Schiff. Das war ein verdammter Glücksgriff.« Ich dachte an Frau Ostrowski und die Schwierigkeiten, die ich in den letzten Tagen gehabt hatte. Dennoch zeigte mir die Tatsache, mit Dean gemeinsam durch Edinburgh zu spa-zieren, dass die Zukunft immer wieder positive Wen-dungen für einen parat halten konnte. Inzwischen hatten wir die *Princess Street Gardens* erreicht. Vor uns befand sich ein Gartencafé, das mitten im Grünen stand.

»Voilà!« Zufrieden präsentierte mir Dean das Ziel unse-res Fußmarsches.

»Hier gibt es unfassbar gute Scones und Sandwiches!« Seine Worte verstärkten mein Hungergefühl. Wir suchten uns einen der Tische aus, und ich genoss in vollen Zügen die Kulisse, die sich mir bot. Auf dem Hügel vor uns erstreckte sich das faszinierende Schloss, zu dessen Füßen dieser idyllische Park lag. Hinter uns, in einiger Distanz, war das geschäftige Treiben der Stadt zu hören. Voller Neugier warf ich einen Blick auf das Menü und war von der Vielzahl der Angebote, die sich deutlich von dem unterschieden, was mir geläufig war, überfordert. Manche Worte sagten mir rein gar nichts und waren für mich nicht mehr als eine Aneinanderreihung von Buchstaben. Folglich ließ ich Dean die Bestellung übernehmen. Der Klang seines perfekten Englisch war wie Musik in meinen Ohren.

»Kommst du denn ursprünglich aus Großbritannien?«, fragte ich ihn, während wir auf das Essen warteten.

»Nein, aus Kanada«, erklärte er. »Ich habe schon immer Musik gemacht und bin viel gereist. Da kommt es schon mal vor, dass man dort bleibt, wo es gerade am besten läuft.« Er äußerte dies mit einem Schulterzucken, als sei es das Normalste der Welt. Nicht auszudenken, wie die Reaktion meiner Eltern ausgefallen wäre, wenn so meine Lebensplanung ausgesehen hätte. Das brachte mich direkt zu meiner nächsten Frage.

»Ist das denn nicht unheimlich schwierig, immer so weit von zu Hause weg zu sein?«

»Ich glaube, ich kenne es gar nicht anders.« Dean lachte auf. »Das liegt mir bestimmt in den Genen. Meine Mutter ist Schauspielerin und darum viel unterwegs. Genau wie mein Vater, der seit Ewigkeiten zur See fährt.« Deans Vergangenheit schien so aufregend zu sein, und das komplette

113

Gegenteil von alltäglich. Trotzdem stellte ich es mir schwierig vor, wenn um einen herum ständig alles und jeder und Bewegung war.

»Also, da du aus Kanada kommst, kann ich ja noch verstehen, dass du Englisch und Französisch sprichst. Aber Deutsch?«

»Auch dafür muss ich meiner Mutter danken. Sie kommt nämlich ursprünglich aus Deutschland, und so habe ich schon als Kind drei Sprachen gelernt. Aber genug von mir ... Erzähl mir etwas von dir. Woher kommst du?«

»Ich komme aus Westerby, irgendwo im Nirgendwo in Norddeutschland. Gefühlt leben dort mehr Schafe als Menschen, und an sich passiert an diesem Ort nie wirklich etwas Aufregendes. Ich spreche kein Französisch und bin froh, dass mein Englisch für die Arbeit an Bord reicht.« Es war mir beinahe unangenehm, über mein tristes Dasein in Westerby zu reden. Doch bisher hatte Dean mich nicht bewertet, sondern mich so angenommen, wie ich war. Sein sanftes Lächeln und seine dunkelbraunen Augen verströmten eine solche Wärme, dass es sich angenehm anfühlte, mich ihm zu öffnen. Seitdem ich auf dem Schiff angekommen war, hatte ich zu fast allen Zeiten immer Menschen um mich herum gehabt, und trotzdem fühlte ich mich auf eine gewisse Weise einsam. Der Streit mit Lynn war ehrlich gesagt nur wenig hilfreich gewesen, und die ersten Gewissensbisse nagten an mir.

»Ich verstehe. Und jetzt begibst du dich auf eine Reise ins Abenteuerliche und Unbekannte. Das ist doch fantastisch«, entgegnete er nachdenklich.

»Besser spät als nie, was?«, wandte ich ein. »Ich hatte schon die Befürchtungen, dass ich es nie aus Westerby rauschaffen und langsam dort einstauben würde …« Dean schmunzelte.

»Aber das sind nun alles Geschichten aus der Vergangenheit«, erklärte er. »Viel wichtiger ist doch, was in der Gegenwart passiert, oder was die Zukunft noch bringt. Zum Beispiel ein prall gefülltes Tablett voller Leckereien.« Die Kellnerin war schwer beladen. Auf unseren Tisch stellte sie zwei bauchige Teekannen und Tassen mit Blumenmuster. Anschließend servierte sie uns eine dreistöckige Etagere, ausgestattet mit sowohl süßem Gebäck als auch mit herzhaft belegtem Toast, das in kleine Dreiecke geschnitten war. Dean erklärte mir, was ich dort genau vor meiner Nase stehen hatte. Schon als ich den ersten Bissen von einem der saftigen Scones nahm, war ich wie besessen von dem buttrigen Küchlein. Innerlich sang ich ein Loblied auf meine Lactase-Tabletten. Wir schlemmten, bis kein einziger Krümel mehr übrig war und wir den letzten Tropfen Tee ausgetrunken hatten.

»Das war wirklich fantastisch«, sagte ich glücklich und leicht vollgestopft. Offenbar waren Scones nicht nur gewaltig lecker, sondern auch sehr reichhaltig und würden mir für eine Weile schwer im Magen liegen. Es kam mir so vor, als befände ich mich praktisch auf einer Urlaubsreise und würde hier ein einmaliges Date mit einem unvergleichlichen Mann verbringen.

Moment, war das überhaupt ein Date, oder ansatzweise damit vergleichbar? Ich beschloss, die Situation weniger analysieren zu wollen und sie mehr auf mich zukommen zu lassen. Was passierte, passierte eben. Ich driftete für einen kurzen Augenblick in meinen Gedanken ab und bekam gar nicht mit, wie immer mehr Gäste die Tische draußen räumten. Erst als die Bedienung uns fragte, ob wir uns nicht lieber ein überdachtes Plätzchen suchen wollten, bemerkten wir das dunkelblaue, fast schwarze Ungetüm von Regenwolke am Himmel, das in rasanter Geschwindigkeit auf uns zukam.

»Hier zieht gleich ein gehöriges Unwetter über uns«, erklärte uns die Frau. »Ich fürchte, unsere Tische sind drinnen bereits alle belegt … Wir haben leider nur wenig Platz dort.« Wir beschlossen, zügig zu bezahlen, und schnellten durch den Park. Nach ein paar Minuten jedoch setzten schon die ersten Regentropfen ein, und es dauerte nicht lange, bis echte Sturzbäche auf uns niederprasselten.

»Ich hab eine Idee!«, rief Dean mir durch den tosenden Wind zu. »Komm mit, hier entlang!« Er griff nach meiner Hand und zog mich behutsam in eine schmale Seitengasse. Seine Fürsorge und die Art, wie er mit kleinen Gesten und Blicken auf mich aufpasste, gaben mir ein Gefühl von Sicherheit und Geborgenheit. Ich konnte mir nicht erklären, was genau an ihm diese ungeheure Anziehungskraft auf mich auslöste, doch womöglich wollte ich das auch gar nicht. Viel lieber wollte ich mich den Regungen meines Körpers vollkommen hingeben und meinen Kopf komplett ausschalten.

Nach nur wenigen Metern hatten wir eine massive Holztür erreicht, über der ein altes Schild mit einem goldenen

Löwen prangte. Wir betraten den warmen und vor allem trockenen Pub, der versteckt in der Nähe des Schlosses lag. Die kurze Strecke hatte bereits dafür ausgereicht, dass wir bis auf die Knochen durchnässt waren. Von unseren Haaren und Klamotten triefte nur so das Wasser.

»Was für ein heftiger Wolkenbruch«, sagte Dean, als er sich einen dünnen Wasserfilm vom Gesicht wischte.

»Ich würde dir ja meine Jacke anbieten, aber die ist auch nur noch ein nasses Etwas!« Wir lachten darüber, dass wir aussahen wie begossene Pudel, und bestellten an der Bar zwei Pints. Im Nachhinein amüsierte ich mich über die Tatsache, wie ich vorhin im Bus akribisch versucht hatte, etwaige Makel in meinem Gesicht auszubessern. Spätestens jetzt herrschte dort die reinste Katastrophe, und es schien Dean nicht im Geringsten zu stören. Ganz im Gegenteil war dieses unvorhergesehene Ereignis alles andere als furchtbar, und wir scherzten locker darüber, welche Überraschungen der schottische Sommer zu bieten hatte. Mit unseren Getränken gingen wir weiter nach hinten in den Pub, wo an einer Wand eine Dartscheibe hing, und ich forderte Dean zu einem Duell heraus. Jetzt würden sich die Abende, an denen ich mit meinem Vater im Garten gespielt hatte, endlich auszahlen.«

»Oh, spielst du etwa zum ersten Mal?«, fragte ich Dean, als sein Pfeil die Scheibe verfehlte. Er räusperte sich.

»Ja, ich gebe zu, dass du hier vielleicht eine meiner Schwachstellen gefunden hast.« Mit entschuldigender Miene überreichte er mir die Pfeile. Die dezente Röte in seinem Gesicht machte ihn liebenswürdiger als ohnehin schon.

»Wenn es nur das ist …«, erwiderte ich.

»Du bist ja echt ein richtiger Profi.« Anerkennend nickte Dean mir zu. »Gegen dich werde ich wohl kaum eine Chance haben.« Tatsächlich siegte ich mit gehörigem Abstand. Jedes Mal, wenn wir die Pfeile dem anderen überreichten und unsere Hände sich berührten, fühlte ich mich wie elektrisiert. Zu gern wäre ich noch viel länger mit Dean dort geblieben, doch als er angespannt auf seine Uhr schaute, wusste ich, dass es an der Zeit war zu gehen.

»Der Bus wartet nicht, was?«, fragte ich und wünschte mir, ich könnte die Zeit anhalten. »Leider nicht. Aber man soll ja auch immer aufhören, wenn es am schönsten ist.«

»Diesen Spruch habe ich noch nie verstanden«, warf ich ein. »Ich meine, im Ernst. Was soll das denn bitte für einen Sinn ergeben? Warum sollte man immer dann etwas unterbrechen, wenn es einem gut geht? Oder sollte man etwa aufpassen, dass es einem nicht zu gut geht?« Wir mussten beide anfangen, laut loszuprusten.

»Darüber sollten wir auf jeden Fall noch mal ausführlich philosophieren«, sagte Dean. Wir verließen den Pub und gingen bergauf zurück zum *Edinburgh Castle*. Der heftige Regen war inzwischen weggezogen und nur feinster Niesel erfüllte die Luft. In der Ferne konnte ich erkennen, wie einige der Gruppenmitglieder sich bereits vor dem Bus versammelt hatten.

»Also dann, wir sehen uns später.« Dean übernahm wieder seine Pflichten als Ausflugsleiter, erkundigte sich bei den Gästen, ob alles zu ihrer Zufriedenheit war und begann mit der Kontrolle der Vollzähligkeit.

»Na, Sie hatten anscheinend auch Ihren Spaß.« Irene hatte es wieder geschafft, sich unbemerkt wie eine Katze neben mich zu stellen. Ihrem verschmitzten Grinsen nach zu urteilen dachte sie sich ihren Teil über Dean und mich.

»Ich hoffe, Sie auch«, antwortete ich, und wir betraten den Bus.

»Gewiss doch. Nun bin ich aber auch wieder bereit für einen ordentlichen Whiskey auf dem Schiff. Pfefferminz-bonbon?« Wie auf der Hinfahrt nahm ich auch jetzt eine der Pastillen. Unauffällig beobachtete ich Dean durch eine der Fensterscheiben. Vor dem Bus unterhielt er sich angeregt mit einigen Gästen. Ohne, dass ich etwas dagegen tun konnte, ließ er mein Herz hüpfen.

»Sie haben unsere Pläne noch nicht vergessen?« Irene beugte sich etwas näher zu mir und sprach mit gesenkter Stimme weiter. »Interne Ermittlungen.«

»Ich gebe mein Bestes«, antwortete ich und hatte ehrlich gesagt keinen blassen Schimmer, wie ich das anstellen sollte. Doch ich war bereit für das nächste Abenteuer.

Kapitel 13

Nach meinem aufregenden Tag nahm ich an Bord im Restaurant für die Mitarbeiter ein leichtes Abendessen zu mir, da ich bis zum jetzigen Zeitpunkt von den Scones reichlich gesättigt war. Anschließend fiel ich erschöpft und zufrieden ins Bett. Ein Lächeln huschte über mein Gesicht, als ich kurz vor dem Einschlafen die gemeinsamen Stunden mit Dean Revue passieren ließ. Ich konnte es kaum erwarten, bis sich eine weitere Gelegenheit ergeben würde, ein solches Treffen zu wiederholen.

Lynn hingegen musste mir entweder nach wie vor aus dem Weg gehen oder aber schwer beschäftigt sein. Ich hörte manchmal eine Tür klacken, nahm einen Luftzug wahr, der durch Bewegung ausgelöst wurde, doch gesehen hatte ich sie nicht. Ich hatte das Bedürfnis, mich dringend mit ihr aussprechen. Um den ersten Schritt einer Annäherung zu wagen, war meine Idee, ihr ausgelassen von meinem wundervollen Tag in Edinburgh zu erzählen. Die angespannte Stimmung, die in unserem Zimmer herrschte, war mir zuwider. Es tat mir leid, sie so gekränkt zu haben, und mich bei ihr zu entschuldigen war die einzige Chance, nochmal von Neuem zu starten.

***

Viel zu schnell vergingen die Stunden der Ruhe und am nächsten Tag hatte ich erneut einen prall gefüllten Arbeitsplan vor mir. Im Gegensatz zu den vergangenen Tagen war ich bestens gelaunt und strotzte nur so vor Energie. Heute würde mir keine nörgelnde Frau Ostrowski und kein noch so absurder Extrawunsch eines Kunden etwas anhaben können.

Es herrschte eine gewohnte Hektik im Wellnessbereich, und der Terminkalender schien aus allen Nähten zu platzen. Das Wetter war schlagartig gekippt, und an diesem verregneten und stürmischen Tag nahmen weitaus mehr Passagiere die wetterunabhängigen Aktivitäten in Anspruch, obwohl Invergordon eine sehr sehenswerte Stadt war. Zumindest hatte ich das von den Gesprächen an den Nebentischen beim Frühstück mitbekommen.

Während der routinierten Abläufe fiel mir auf, dass der Teint von Frau Ostrowski fahl wirkte, als habe sie schlecht geschlafen oder sich einen Virus eingefangen. Ich hoffte nur, dass es nichts Ernsthaftes war, das sie an uns Mitarbeiter weitergeben könnte. Wild gestikulierend wies sie eine Mitarbeiterin aus dem Massagebereich an. Offenbar gab es ein Problem mit den Liegen oder den Farben der Laken, das hatte ich auf die Schnelle nicht ganz mitbekommen. Ich war nur froh darüber, nicht im Zentrum ihrer Aufmerksamkeit zu stehen. Heute war anscheinend eine der Masseurinnen an der Reihe, nach Frau Ostrowskis Pfeife zu tanzen, und so, wie diese sich verhielt, war es eindeutig klar, dass man ihr mal wieder nichts recht machen konnte.

Ich verzog mich in meine Kabine und absolvierte ohne große Hindernisse mein Programm. Die Passagiere kamen in kurzen Abständen hintereinander zum Wellnessbereich, und ich behandelte Gesichter wie am laufenden Band.

In der ersten großen Pause bekam ich am Rande die Fortsetzung der Auseinandersetzung zwischen der Masseurin und Frau Ostrowski mit und kam mir sofort an meinen ersten Arbeitstag zurückversetzt vor. Ich bewertete die Situation derart, dass der Inhalt des Streits genauso banal war wie der zwischen ihr und mir vor ein paar Tagen. Auf jeden Fall wollte ich nichts mit dem Thema zu tun haben. Vielleicht hatte ich mir damals alles zu sehr zu Herzen genommen und es war hilfreicher, während dieser Konfrontationen stumpf auf Durchzug zu schalten? Es war anzunehmen, dass nichts Positives bewirkt werden konnte, wenn man sich gegen Frau Ostrowski wandte. Mit dieser Methode goss man nur Öl ins Feuer. Trotzdem konnte ich nur allzu gut nachvollziehen, wie allein man sich in einer solchen Lage vorkam. Dementsprechend tat mir die Masseurin leid. Statt das Geschehen weiter zu beobachten, gingen Camilla und ich gemeinsam einen Kaffee trinken.

»Hast du das eben gehört?«, fragte sie mich, als zwei Tassen mit dampfenden Getränken vor uns standen.

»Es war ja kaum zu überhören«, entgegnete ich.

»Wahrscheinlich ist sie mal wieder mit dem falschen Fuß aufgestanden.« Camilla schüttelte den Kopf.

»Ich versteh die Frau nicht. Ich glaube, sie sollte mal ein Anti-Aggressions-Training oder so was machen …« Allein die Vorstellung ließ uns auflachen.

»Konntest du denn gestern deinen freien Tag genießen?«, fragte Camilla und lenkte unser Gespräch in eine angenehmere Richtung. Ich berichtete ihr von Edinburgh und was ich alles gesehen hatte. Von Dean hingegen erzählte ich ihr nichts. Klatsch und Tratsch war ich zur Genüge aus Westerby gewohnt, und ich wollte dieses Erlebnis vorerst mit so wenigen Menschen wie möglich teilen. Ich konnte bestens darauf verzichten, dass sich alle gleich die dollsten Geschichten ausmalten oder nach einer Hochzeit und Kindern fragten. Von wegen biologische Uhr und so.

»Hört sich toll an«, sagte Camilla. »Ich wäre jetzt nur ehrlich gesagt lieber etwas weiter im Süden.« Fröstelnd strich sie sich über die Arme. »Ich finds echt unglaublich kalt, und der Regen ist fürchterlich.«

»Na ja, bei so einem Wetter verpasst man wenigstens nichts bei der Arbeit.«

Wir traten den Rückweg zum Wellnessbereich an. Als wir das Café verließen, sah ich Irene in einem Sessel der Aufenthaltsräume sitzen und ein Buch lesen. Schlagartig erinnerte ich mich daran, dass ich ja noch eine Mission hatte. Aber wie sollte ich das nur bewerkstelligen? War es etwa nützlich, wenn ich mir erst die Frage stellte, wie ein potenzieller Dieb vorgehen könnte? Wo würde er die Beute verstecken? Wann wäre die beste Zeit, um zur Tat zu schreiten, und wie vermied er es, aufzufallen? Es war mir bewusst, dass es unmöglich war, während der Arbeitszeit Nachforschungen zu betreiben. Es war viel zu viel los, überall waren Mitarbeiter oder Kunden und es blieb überhaupt keine freie Minute dazu, die Räume genauer zu inspizieren. Allerhöchstens konnte ich vorsichtige und heimliche Beobachtungen anstellen, um einen ersten Eindruck zu erhalten. Verhielt sich einer der Kollegen verdächtig oder gab es andere Anzeichen, die einen Diebstahl nahelegten? War Frau Ostrowski etwa gestern Nacht auf Beutezug gewesen und sah daher so gerädert und übermüdet aus? Es wäre allen Ernstes eine dramatische Wendung, wenn ausgerechnet Frau Ostrowski die Diebstähle auf dem Schiff begehen würde.

Je länger ich über diese Möglichkeit nachdachte, desto mehr begann sie mir zu gefallen. Ich spürte, wie die Neugier mich einnahm, und allmählich konnte ich Irenes Drang, die Sache selbst in die Hand zu nehmen, nur allzu gut nachvollziehen. Während meiner nächsten Schicht schmiedete ich einen Plan, wie ich heute Abend vorgehen würde. Nach dem Abendessen, wenn der Wellnessbereich offiziell geschlossen war, würde ich mich hier in Ruhe einmal umsehen. Vielleicht fand ich einen Hinweis oder eine Spur. Ich beschloss, mir das Sparschwein genauer anzusehen, da es ausschließlich Frau Ostrowski erlaubt war, es zu leeren. In Gedanken bereitete ich mich auf die anstehenden Untersuchungen vor.

***

Das Schiff schwankte um einiges mehr als in den letzten Tagen. Der Wellengang hatte aufgrund der rauen Wetterlage enorm zugenommen. Zum Glück war ich von diesen Umständen nicht weiter beeinträchtigt.

Ich hatte normal zu Abend gegessen und war jetzt auf den Gängen unterwegs, um dem Wellnessbereich einen späten Besuch abzustatten. Ich nahm an, dass es wegen des Seegangs leerer auf den Fluren war als sonst. Diese Tatsache spielte mir in die Karten, da sich dadurch die Wahrscheinlichkeit verringerte, zufällig von jemandem bei meiner Unternehmung beobachtet oder erwischt zu werden. Langsam hielt ich die Schlüsselkarte vor die Tür und schielte noch mal nach links und rechts, um mich zu vergewissern, dass ich bei meinem Vorhaben auch tatsächlich allein blieb. Als das Kontrolllämpchen am Türschloss grün leuchtete, trat ich in den leeren Eingangsbereich. Insgeheim fragte ich mich, ob diese Aktion schon als Einbruch galt und ich somit einige der Regeln, die an Bord herrschten, brach? Aber immerhin war ich in guter Absicht unterwegs, und so rechtfertigte ich meine Vorgehensweise.

Es war erstaunlich, wie behaglich und still es hier sein konnte. Auf leisen Sohlen schlich ich zum Tresen, das Sparschwein fest im Visier. Ich hoffte, dass dieses überhaupt eine Öffnung hatte und nicht tatsächlich geschlachtet werden musste, um an das kostbare Innenleben zu gelangen. Gerade, als ich es in die Hand nehmen wollte, wurde ich von einer dumpfen Stimme davon abgehalten.

Moment, hier war doch jemand? Ich hörte genauer hin und strengte mich an, herauszufinden, woher die Geräusche kamen. Vorsichtig und auf Zehenspitzen schlich ich den Flur entlang, auf dem die unterschiedlichen Zimmer für die Massageanwendungen angesiedelt waren. Tatsächlich wurde die Stimme deutlicher.

Abrupt blieb ich am Türrahmen von einem der Räume stehen. In einem Spiegel, der an der Wand des Zimmers angebracht war, erkannte ich, wie Frau Ostrowski mit einem Handy am Ohr auf einem kleinen Hocker saß. Was machte sie um diese Uhrzeit nur hier? Hätte ich es selbst nicht gesehen, würde ich es kaum für wahr halten, aber Frau Ostrowski saß dort wie ein zusammengeschrumpftes Häufchen Elend und wimmerte in das Telefon. Immer wieder schluchzte sie und wischte sich mit einem Taschentuch die Tränen vom Gesicht. Wie angewurzelt blieb ich stehen und lauschte ihrem Gespräch.

»Ich vermisse euch auch so sehr, aber von hier aus kann ich euch viel besser helfen als von zu Hause. Wir brauchen das Geld, das weißt du doch ...« Frau Ostrowski schnäuzte sich. Sie sprach also über Geld. Meinte sie etwa Beträge, die sie über dubiose Geschäfte dazuverdiente?

»Die Hauptsache ist, dass die OP gut verlaufen ist. Ich würde meinen kleinen Engel jetzt so gerne in die Arme nehmen ... Hast du schon einen Kostenüberblick für die Reha bekommen? Ja, das schaffen wir schon, ich werde einfach Überstunden machen. Ich tue doch alles für meinen kleinen Schatz ...« Frau Ostrowskis Worte bewegten mich und ich schämte mich dafür, dass ich sie in so einem privaten Moment belauschte. Sie hatte augenscheinlich mit heftigen Problemen zu kämpfen.

Das erklärte ihre schwierige Art. Wahrscheinlich war sie überarbeitet und ausgebrannt, weil sie das Geld dringend für ihre Familie benötigte. Zumindest war das vorerst meine Interpretation der bruchstückhaften Informationen. War sie so verzweifelt, dass sie die Gäste auf dem Schiff bestahl? Das Motiv war eindeutig und für mich überzeugend. Alles passte zusammen. Ich verstand ihre Worte so, dass sie zu Hause ein krankes Kind hatte, das eine spezielle ärztliche Betreuung benötigte. Auf einmal tat sie mir unheimlich leid. So, wie sie da saß, wirkte sie wie ein ganz anderer Mensch als tagsüber, wenn sie unsere Chefin war. Sie machte einen nahezu hilflosen Eindruck und litt buchstäblich mehr, als sie es jemals zugeben würde. Dennoch waren diese Gründe keine Rechtfertigung dafür, Diebstähle auf dem Schiff zu begehen, um mit diesen Raubzügen ihre Familie zu unterstützen.

»Ich liebe euch so sehr. Aber es sind ja auch nur noch ein paar Monate, bis wir uns endlich wiedersehen! Und dann geht es Tatjana bestimmt auch schon viel besser. Denk nur daran, was wir dann alles unternehmen können ...« Ich hatte den Eindruck, dass die Vorstellung einer glücklichen Zukunft das war, was sie jeden Tag antrieb. Nur so war sie in der Lage, hier nicht den komplett den Verstand zu verlieren oder zusammenzubrechen.

Auf leisen Sohlen tappte ich zurück, da ich nicht länger unfreiwillige Zeugin dieser Unterhaltung sein wollte. Ich hatte genug erfahren. Möglich, dass ich sogar einen Schritt zu weit gegangen war. Ich war damit überfordert, wie ich mit diesen Informationen umgehen sollte. Doch ich hatte beschlossen, sie mit Irene zu teilen, da ich ihr in dieser Hinsicht vertraute. Merkwürdig, eigentlich kannte ich diese alte Frau kaum, und dennoch fühlte ich mich auf eine gewisse Art mit ihr verbunden. Zurück im Eingangsbereich stockte mir der Atem. Ich erkannte einen Schatten, der sich hinter dem Tresen befand und dort herumwurschtelte.

»Marie?«, sagte der Schatten und ich bemerkte erst jetzt, dass es sich um Camilla handelte. Ich hielt meinen Zeigefinger an meine Lippen und bedeutete ihr so, leise zu sein.

»Was ist denn?«, flüsterte sie und kam näher auf mich zu.

»Frau Ostrowski ist noch da«, erklärte ich. »Ich denke, sie sollte besser nicht wissen, dass wir noch hier unterwegs sind.« Camilla nickte. Eilig verließen wir den Wellnessbereich, um nicht doch noch von Frau Ostrowski entdeckt zu werden. Als wir auf dem Flur waren, konnten wir uns wieder normal unterhalten.

»Frau Ostrowski war noch da? Aber warum?«, fragte Camilla mich und legte ihre Stirn in Falten.

»Keine Ahnung«, antwortete ich. »Ich glaube, sie ist noch mal die Bestände durchgegangen. Da kam vielleicht wieder ihr Perfektionismus durch …«, log ich.

»Ja, das ergibt Sinn«, sagte Camilla. »Und was hat dich noch mal dorthin verschlagen? Hattest du Sehnsucht nach der Arbeit?« Ihr Gesichtsausdruck war direkt wieder weitaus entspannter.

»Als ob … Ich habe heute mein Handy dort vergessen.« Ich war überaus froh, mir diese Ausrede schon vorher zurechtgelegt zu haben. Wer weiß, was mein Verstand ansonsten für einen Unsinn fabriziert hätte. Doch was hatte Camilla denn überhaupt zu ihrer Verteidigung zu sagen?

»Und du?«

»Ich war vorhin so im Stress, da hab ich vollkommen vergessen, mir die Buchungen für morgen anzusehen. Ich sag's dir, das miese Wetter ist für uns alles andere als vorteilhaft. In jede freie Minute wird ein Termin gequetscht.« Camilla rollte mit den Augen. »Du, ich muss dich jetzt leider alleine lassen. Aber wir sehen uns ja spätestens morgen wieder. Hab noch einen schönen Abend!« Camilla schenkte mir eine flüchtige Umarmung und verschwand dann ebenso schnell im Labyrinth der verschiedenen Decks, wie sie aufgetaucht war. Ich war überaus froh darüber, dass sie sich so prompt verabschiedet hatte, immerhin war ich noch mit einer ganz besonderen Dame verabredet. Doch vorerst atmete ich laut aus, um meine Anspannung abzuschütteln.

Kapitel 14

Irene saß dieses Mal nicht an der Bar, sondern an einem Tisch am Fenster. In der Hand schwenkte sie ein Glas Whiskey und schaute nach draußen, obwohl bei der herrschenden Dunkelheit nur wenig zu erkennen sein konnte. Ich grüßte Ben im Vorbeigehen und durchquerte die recht leere Bar. Die Auswirkungen der stürmischen See schienen die Aktivitäten der Gäste erheblich zu beeinträchtigen. Ebenso war das Piano unbesetzt. Vielleicht lohnte sich Deans Auftritt an einem so spärlich besuchten Abend nicht.

»Ah, da sind sie ja. Whiskey?« Irene betrachtete mich durch ihre dicken Brillengläser.

»Nein, danke, der verträgt sich nicht sonderlich gut mit der Arbeit«, entgegnete ich. »Außerdem sollten wir das Gespräch recht kurz halte. Gäste und Mitarbeiter sind hier ja immerhin getrennt zu betrachten, wenn sie verstehen …«

»Ja, natürlich. Das meiste, was Spaß macht, ist verboten. Oder es macht dick.« Beherzt griff Irene nach den Erdnüssen. »Aber je älter Sie werden, desto irrelevanter wird das. Also, zu meinen Ergebnissen: Ich hatte kurzzeitig eine angebliche Witwe in Verdacht. Alles um ihre Ehe und ihren Mann erschien mir äußerst kurios, und ich hatte den

Eindruck, als würde sie ihr Luxusleben auf eine andere Art finanzieren.« Ich war gespannt, was nun folgte.

»Doch Pustekuchen, sie hat tatsächlich die Wahrheit erzählt. Ihr Mann war irgend so ein Bauunternehmer, hat die irrwitzigsten Gebäude geplant, und damit lässt sich ein Heidengeld verdienen, das sag ich Ihnen!«

»Wie gut für die Frau«, ergänzte ich. »Und wie haben Sie herausgefunden, dass sie nicht lügt?«

»Hab ich gegoogelt«, äußerte Irene in ihrer lässigen Art. »Die Namen und Daten waren alle deckungsgleich, keine Einträge wegen Insolvenz oder Verschuldung in der Klatschpresse. Ab einem gewissen Vermögen gehört man ja zwangsweise zur High Society. Also, alles lupenrein und vollkommen langweilig.« Ich war erstaunt, dass Irene den Umgang mit dem Internet beherrschte. Ja, sie schien in der Tat mit allen Wassern gewaschen zu sein und das Einzige, was man nicht wagen sollte, war, sie zu unterschätzen.

»Und bei dir, Kindchen? Was gefunden?«

»Ich hab durch Zufall tatsächlich etwas in Erfahrung gebracht«, gestand ich. In der Kurzfassung erzählte ich Irene von dem, was ich soeben über Frau Ostrowski erfahren hatte.

»Wie traurig.« Irene seufzte. »Aber ja, wir haben hier ein eindeutiges Motiv vorliegen. Doch bevor wir voreilige Schlüsse ziehen, sollten wir nach weiteren Beweisen Ausschau halten. Ich denke, das ist besser, als ihre Chefin direkt anzuschwärzen.« Ich war froh darüber, dass Irene dieser Meinung war.

»Ich werde mir einfach noch einige Termine buchen und Frau Ostrowski nebenbei ein wenig unter die Lupe nehmen. Schließlich müssen Sie hier auch arbeiten, und ich habe nichts Besseres zu tun, als meine Zeit zu vertrödeln. Hören Sie sich einfach weiterhin um und teilen Sie mir mit, wenn es etwas Auffälliges zu berichten gibt. Alles andere werde vorerst ich übernehmen.«

»Aber wie wollen Sie Frau Ostrowski auf den Zahn fühlen?«, fragte ich.

»Ich bin alt«, entgegnete Irene. »Für Alte gelten etwas andere Regeln. Uns nimmt man sowieso meistens nicht mehr für voll, denkt, wir hören nichts oder haben bis zum Mittagessen wieder alles vollkommen vergessen ... Und das ist eine Fähigkeit, die ich nur zu gerne nutze.« Wieder war dieses Funkeln in Irenes Augen zu sehen. Ich hatte gar keine Zweifel daran, dass sie sich überall Zutritt verschaffen konnte oder mit Tricks die pikantesten Auskünfte in Erfahrung brachte. So einigten wir uns.

Ich zog mich einmal mehr zurück, schließlich wartete morgen ein neuer Arbeitstag. Auf dem Weg aus der Bar sah ich, wie Lynn hinter dem Tresen stand und einige Worte mit Ben wechselte. Nun war endlich die Gelegenheit, mit ihr zu reden. Doch als sie mich sah, huschte sie so schnell davon, dass ich keine Chance hatte, ihr hinterherzukommen. Stattdessen verschwand ich aufs Zimmer und nahm mir für den nächsten Tag fest vor, mich endlich mit ihr auszusprechen.

Kapitel 15

An diesem Abend hatte ich Dean zwar nicht mehr gesehen, dennoch begleitete er mich bis in den Schlaf. In der Nacht träumte ich davon, wie er mit mir durch die reizvollen Gassen von Edinburgh spazierte und wir uns hemmungslos amüsierten.

Doch bereits nach wenigen Stunden hatte der Alltag mich wieder voll im Griff. So langsam hatte ich meine eigene Routine entwickelt, die ich Schritt für Schritt abarbeitete. Frau Ostrowski wirkte im Gegensatz zu ihrem gestrigen Auftritt nahezu erstarrt und in sich gekehrt. Ich grübelte über das Gespräch, das ich mitgehört hatte, und fragte mich, ob dieses ihr womöglich die Energie geraubt hatte? Es würde sich im Laufe des Tages herausstellen, ob sie momentan die Kraft dazu besaß, einem von uns wüste Beschuldigungen an den Kopf zu werfen. Wenn diese heute mich trafen, würde ich durch mein jetziges Wissen anders damit umgehen als ganz zu Anfang. Mir wurde deutlich, dass ich an diesen Herausforderungen gewachsen war. Jetzt befand ich mich in der Lage, meinen Ärger hinunterzuschlucken, um auf Widerworte zu verzichten. Wer mit Frau Ostrowski kämpfte, führte einen Kampf gegen Windmühlen.

Doch so weit verlief alles ohne beträchtliche Störungen, und ich war genauso entspannt wie meine Kundinnen, die zu sanft plätschernden Naturgeräuschen der My Zen-CD einnickten. Heute fühlte sich alles so passend an, und ich hatte den Eindruck, endlich in der Welt angekommen zu sein, nach der ich mich seit meiner Bewerbung hier auf dem Schiff gesehnt hatte.

»Hast du Lust, ein bisschen durch die Mall zu bummeln?«, fragte Camilla mich, als wir gemeinsam unsere Pause verbrachten.

»Gerne. Ich bin zwar schon ein paar Tage hier, habe aber noch immer nicht alles vom Schiff gesehen.« Wir verließen den Speisesaal für die Mitarbeiter und machten uns auf den Weg zur schiffseigenen Einkaufsstraße. Dort angekommen, herrschte reger Betrieb. In den unterschiedlichsten Geschäften waren die Passagiere dabei, diverse Bekleidung und Schuhe anzuprobieren oder suchten nach einem geeigneten Handtäschchen für das Dinner am Abend. Ich war beeindruckt von diesem riesigen Angebot, das sich vor meinen Augen erstreckte, und hatte schon beinahe vergessen, dass wir uns in jenem Moment über das Meer bewegten. Und dass ich in kurzer Zeit wieder meiner Arbeit nachgehen musste. Mit leuchtenden Augen versank ich förmlich in einem der Ausstellungskästen, der die schönsten Uhren, Ringe und Armreife beherbergte. Als ich die winzigen Schilder entdeckte, auf denen die Preise für diese glänzenden Schätze notiert waren, fragte ich mich zunächst, ob womöglich einige Nullen zu viel dazugerutscht waren oder etwa das Komma an die falsche Stelle gesetzt wurde. Ich schnappte nach Luft.

»Das ist aber … Dafür kann ich ja einen Kleinwagen kaufen!« Mein Entsetzen war kaum zu überhören.

»Einen neuen, schicken Kleinwagen, mit kompletter Rundum-sorglos-Ausstattung!« Ich kontrollierte mehrmals, ob ich mich nicht doch verlesen hatte. Einige der Markennamen der Schmuckstücke kannte ich und mir war bewusst, dass diese für ihre unverschämten Preise bekannt waren. Andere sagten mir wiederum gar nichts, aber dennoch war ich allgemein ein wenig geschockt darüber, welch hohe Geldwerte man sich an das Handgelenk bammeln konnte.

»Ja, der Preis ist ne Wucht«, stimmte Camilla mir zu. »Aber dafür bekommt man echt tollen Luxus. Es ist eben etwas Besonderes, und nicht jeder läuft damit rum.« Nein, natürlich lief nicht jeder damit rum. Wie sollte das auch gehen? Einige der Stücke verkörperten ja letzten Endes das Jahresgehalt so mancher Menschen.

»Bei uns im Dorf gibt es einen Schmied, der macht Schmuck aus alten Silberlöffeln. Wenn das nicht einzigartig ist …«, wandte ich ein, noch immer total baff.

»Oh Mann, Marie! Du bist echt zum Schießen!« Camilla lachte laut auf, dabei hatte ich meine Äußerung gar nicht als Scherz gemeint. Wenn ich mir vorstellte, später einmal einen Löffel aus dem Bestand meiner Eltern auf diese Weise bei mir zu tragen, fand ich den Gedanken nicht anders als herzerwärmend.

»Hallo, die Damen. Haben sie schon etwas Bestimmtes ins Auge gefasst?« Eine der Verkäuferinnen war inzwischen auf uns aufmerksam geworden. Auch an ihren Ohren und Händen funkelte alles so ausgiebig, dass ich sie am liebsten nach einer Sonnenbrille gefragt hätte.

»Ja, die da«, antwortete Camilla sofort und zeigte auf eine der Uhren. Anscheinend beschäftigte sie sich nicht zum ersten Mal mit den exquisiten Accessoires. Die Verkäuferin öffnete die Vitrine und legte die Uhr sogleich um Camillas Handgelenk.

»Das ist natürlich ein ganz besonderes Stück. Hier wurden mehrere Brillanten einzeln im Zifferblatt eingefasst, sodass dieser ganz dezente und dennoch auffällige Effekt entsteht. Die verschiedenen Edelmetalle sind auf eine ganz besondere Art poliert, sodass wir diesen semimatten Glanz auf der Oberfläche haben.« Die Frau hätte genauso gut sagen können, dass man mit dieser Uhr jetzt über das Wasser gehen konnte, aber ein solches Vermögen konnte doch ernsthaft niemand für ein Objekt ausgeben, auf dem man die Uhrzeit ablas.

»Verkaufen sie wirklich welche davon?«, fragte ich entgeistert. Ich fühlte mich wie im falschen Film.

»Ja, dies ist eines unserer beliebtesten Schmuckstücke«, erwiderte die Verkäuferin. »Das liegt wohl daran, dass es so klassisch und zeitlos ist und jeder Frau unabhängig vom Typ oder Hautton fabelhaft steht!« Spätestens jetzt verlor ich komplett die Beherrschung.

»Eine zeitlose Uhr und das für den Preis? Na, das würde ich mir ja noch mal überlegen!« Mein Humor war an dieser Stelle ohne Zweifel eher fehl am Platz, jedenfalls ging keine der anderen beiden näher auf meine Aussage ein. Für die Verkäuferin war ich mit Sicherheit unabhängig davon schon uninteressant, da sie mittlerweile verstanden haben musste, dass ich nicht zu ihrem potenziellen Kundenkreis gehörte. Allmählich beruhigte ich mich wieder und sah kritisch zu Camilla.

»Na ja, wenn die Uhr so beliebt ist und eigentlich an jedem gut aussieht, ist sie vielleicht doch nicht so besonders, oder?« Nachdenklich spielte sie mit ihrer Unterlippe.

»Ja, ich bin mir noch nicht ganz sicher, ob das die richtige ist«, sagte sie zögerlich. »Ich muss noch mal überlegen und in mich gehen.« Sie übergab das sündhaft teure Teil wieder der Verkäuferin und wir verabschiedeten uns vorerst.

»Du musst noch überlegen? Was gibt es da zu überlegen? Das wäre doch … Also wirklich, wenn du dir das Ding kaufst, dann würdest du doch wohl kaum hier arbeiten! Nein, dann würdest du überhaupt nicht arbeiten. Niemand, der so eine Uhr trägt, arbeitet, oder? Das verträgt sich doch nicht miteinander!«

»Okay, okay, entspann dich wieder.« Camilla zwickte mich freundschaftlich in die Seite. »Natürlich mache ich nur Spaß! Es macht mir eben Freude, so zu tun als ob. Aus mir wäre auch eine gute Schauspielerin geworden, weißt du?«

»Dann würde so eine Uhr auch Sinn ergeben!« Kichernd schlenderten wir durch die Mall. Hier und da drehten sich einige Gäste nach uns um und fragten sich wahrscheinlich, was mit diesen verrückten Hühnern nur los sein mochte. Wir waren zwar bemüht, uns wieder zusammenzureißen, doch dieser kurze und erheiternde Ausflug vertrieb das Alltägliche und ließ erneut einen Anflug von Urlaubsstimmung aufkommen.

Kapitel 16

Kurz vor dem Feierabend sah ich, dass ein zusammengefalteter Zettel in meinem Fach beim Anmeldetresen lag. Zunächst hatte ich die Befürchtung, dass mich irgendeine unangenehme Neuigkeit erwartete. Doch wenn es mit meiner Arbeit zu tun hatte - und womit sollte es sonst zu tun haben? - hätte sich Frau Ostrowski schon längst persönlich bei mir gemeldet.

Mit glühenden Wangen las ich, was auf dem Zettel stand. Da eine unschöne Mitteilung ausblieb, huschte sofort ein freudiges Grinsen über mein Gesicht. Die Nachricht war von Dean, der einen Tisch in einem der Restaurants gebucht hatte. An einem Termin pro Woche stand es den Mitarbeitern zu, in einem Restaurant, das auch die Gäste des Schiffes besuchten, zu speisen. Angesichts dieser rosigen Aussichten war ich auffällig schnell damit fertig, nach dem letzten Kunden meinen Platz aufzuräumen und alles Weitere für den morgigen Arbeitstag vorzubereiten. Eilig verabschiedete ich mich hastig von meinen Kollegen und gab niemandem den Hauch einer Chance, mich in ein Gespräch zu verwickeln oder auf eine andere Weise aufzuhalten.

Stattdessen schnellte ich auf die Kabine 306. So blieb mir noch genügend Zeit, mich vor dem Treffen zurechtzumachen. Ich schlüpfte in eine schwarze Hose und warf meine Lieblingsbluse über. Etwas Schmuck und ein Hauch Parfum, und ich war bereit für ein romantisches Dinner mit Dean. Mit trockener Kehle und weichen Knien machte ich mich auf den Weg zu dem Restaurant. Ich versuchte mir einzureden, dass ich ganz sicher und gelassen war, doch die Zeichen meines Körpers signalisierten etwas komplett anderes. Sobald ich Dean erblickte, strahlte ich bis über beide Ohren.

»Die Post ist also bei dir angekommen«, begrüßte er mich.

»Ja, auch diese altmodische Art der Kommunikation funktioniert noch immer«, entgegnete ich. Als ich so darüber nachdachte, fand ich es überaus hinreißend, dass wir bislang keine Handynummern ausgetauscht hatten.

»Nach dir …« Vorsichtig legte er die Hand auf meinen Rücken und dirigierte mich zum Eingang des Raumes.

»Guten Abend, wir haben reserviert auf den Namen Durato«, teilte er dem Mann am Empfang mit. Dieser trug einen stilvollen Frack. Ich widerstand meinem Verlangen, mir in den Arm zu kneifen, um herauszufinden, ob das hier alles gerade tatsächlich passierte. So oder so ähnlich musste es sich anfühlen, wenn man eines Tages aufwachte und aus heiterem Himmel im Lotto gewonnen hatte.

»Wenn Sie mir bitte folgen mögen …« Mit uns im Schlepptau watschelte der korpulente Mann zu einem Tisch im hinteren Bereich. Seine Erscheinung erinnerte mich an einen rundgefressenen Pinguin. Fehlte nur noch, dass er bäuchlings durch das Restaurant schlitterte. Wir hatten nicht einmal Platz genommen, da begann der elegant gekleidete Pinguin sogleich, die Tagesempfehlungen herunter zu rattern. Ich verstand jedoch kaum ein Wort, da die Bezeichnungen überwiegend auf Französisch waren. Wir ließen uns vorerst das Menü geben, doch ich war komplett überfordert mit den darauf abgedruckten Angeboten. Hier wurden für meine Fähigkeiten ebenfalls zu viele französische Begriffe verwendet, um die wenigen, aber wahrscheinlich umso exquisiteren Gerichte zu beschreiben. So wie in diesem Moment fühlte ich mich immer, wenn jemand versuchte, mir ein Fachwort mit einem weiteren Fachwort zu erklären. Es war ein unendlicher Kreislauf, aus dem es keinen Ausweg zu geben schien und der mich Minute für Minute immer ungeduldiger und genervter werden ließ. Am Ende war ich dann immer genauso schlau wie vorher.

»Die L'assiette de fruits de mer hören sich wirklich gut an«, sagte Dean, und ich antwortete ihm nickend. Ich hatte keinen blassen Schimmer, worum es sich dabei handeln könnte, doch ausnahmsweise nahm das Essen heute eine Nebenrolle ein.

»Ja, das habe ich auch schon gedacht.« Ungeniert wahrte ich den Anschein, dass ich genau wusste, wovon Dean sprach.

»Aber den Homard stelle ich mir ebenfalls sehr gut vor.« Ich war froh, dass wenigstens Dean wusste, was hier auf der Karte stand. Ähnlich wie in Edinburgh würde ich ganz selbstverständlich ihm die Bestellung überlassen und mich seiner Wahl anschließen. Ich war nicht sonderlich wählerisch und aß bis auf wenige Ausnahmen so gut wie alles. Da wir keine Gäste an Bord waren und jeden Tag Arbeit auf uns wartete, war die Wahl der Getränke immerhin schon etwas eingeschränkter. Nach nur wenigen Minuten kam ein schnellfüßiger Kellner zu uns, diesmal ein anderer, schlankerer Pinguin, der die Bestellungen entgegennahm. Ich wusste noch immer nicht, was genau Dean für uns orderte, doch ich ließ mir weiterhin nichts anmerken.

»Und, wie war dein Tag?«, fragte er und schenkte mir etwas von dem Wasser ein, das bereits zuvor auf dem Tisch gestanden hatte.

»Viele Kunden, zu knappe Pausen, das Übliche«, entgegnete ich und überlegte kurz, ob ich den spontanen Shopping-Bummel mit Camilla erwähnen sollte. Ich entschied mich, dies zu lassen, da mir die Situation mit der Schmuckverkäuferin im Nachhinein etwas zu kindisch erschien.

»Und bei dir?«

»Oh, heute war eine Menge los. Es gab nämlich einen Workshop, unter meiner Leitung. Die Kurzfassung ist, dass wir mit Alltagsgegenständen musiziert haben.«

»Das hört sich interessant an.« So schnell wendete sich das Blatt. Mein Erlebnis war im Vergleich doch gar nicht so kindisch gewesen.

»Ja, du ahnst ja gar nicht, was sich alles mit Putzeimern, Besenstielen, Wassergläsern und so weiter anstellen lässt!« Wir lachten, und ich fand die Vorstellung zu köstlich, wie

Dean umringt von einer Horde Seniorinnen alles aus diesen Gegenständen herausholte.

»Und das hat dich dann so ausgelastet, dass du heute nicht mehr in der Bar spielen musst?«

»Doch, ich muss nachher noch hin. Aber keine Sorge, wir haben mehr Zeit als genug.« Wenn er nur wüsste … Die Minuten mit Dean verflogen viel zu schnell, und ich wollte sie am liebsten festhalten und nie wieder loslassen. Ich konnte kaum fassen, dass wir hier zu zweit saßen, nach allem, was mir anfänglich passiert war. Er erzählte mir von Noten und unterschiedlichen Tönen und wie man sie produzierte, doch ich konnte mich fast ausschließlich auf seine dunklen, tiefen Augen konzentrieren und darauf, wie glücklich ich in diesem Moment war.

»Aber jetzt habe ich dich genug damit gelangweilt … Spielst du denn ein Musikinstrument?« Das musikalischste, was mich bisher in meinem Alltag begleitet hatte, war definitiv meine Fahrradklingel.

»Ich? Nein … Ich glaube, mich kann man als einen hoffnungslosen Fall ohne musikalisches Talent einordnen.«

»Oh, das würde ich so nicht sagen. Die meisten Menschen besitzen verborgene Talente, was das Musizieren angeht. Zum Beispiel das Singen, das wird auch ganz oft einfach vergessen.« Ich schüttelte den Kopf.

»Keine Chance!« Lynns Gesänge waren ja schon eine Zumutung, aber wenn ich unter der Dusche mal alles gab, war mir klar, dass ich diese in ihrer Grausamkeit bei weitem übertreffen konnte.

»Okay, wir tasten uns da ganz langsam ran.« Sein Lächeln war so warm, dass ich die Befürchtung hatte, die Butter auf dem Teller neben den Weißbrotscheiben könnte jeden Augenblick schmelzen.

»Wer weiß, vielleicht fällt dir ja bis zum nächsten Mal etwas ein.«

»Also wenn wir über Talente an sich sprechen... Ich kann sehr gut mit älteren Menschen umgehen.« Ich musste ein wenig kichern, doch eigentlich fand ich, dass dies ein äußerst positives und nützliches Talent war.

»Okay, ich bin ganz Ohr ...«

»Na ja, ich hab viele Jahre über dabei geholfen, meine Omi zu pflegen. Daher kenne ich mich mit vielen Dingen in der Hinsicht einfach gut aus. Und auch bei der Arbeit haben die älteren Kundinnen immer einen sehr guten Draht zu mir. Ich bin da manchmal echt so etwas wie ein Kummerkasten, da könnte ich dir Geschichten erzählen ... Aber die sind natürlich alle streng vertraulich, und ich halte mein Wort.«

»Was auch wiederum ein Talent ist.«

»Was meinst du?«

»Sein Wort zu halten. Das ist heutzutage doch gar nicht mehr der Normalfall. Den einen Tag gilt noch das, und am anderen wieder etwas ganz anderes. Zumindest hat mir das meine Erfahrung gezeigt.«

»Jetzt wo ich so darüber nachdenke, scheinst zu recht zu haben. Das habe ich vorher noch nie wirklich so gesehen, aber da ist wirklich etwas dran.« Genau im falschen Moment drifteten meine Gedanken zu Jonathan. Hatte er sein Wort gehalten? Hatten wir überhaupt eine klare Abmachung getroffen? Ich wollte mich nicht genau festlegen, doch aus der Ferne betrachtet erschien mir die gesamte Geschichte wie eine ganz andere Welt. Zwischen Dean und mir herrschte kurz Stille. Doch diese war nicht unangenehm. Nein, sie füllte diesen Augenblick sogar auf eine angenehme Art aus. Es kam mir so vor, als seien wir uns in diesem vertrauten Moment gerade ein Stückchen näher gekommen.

»Außerdem kann ich Lippenlesen«, entgegnete ich schließlich. Ja, auf dieses Talent bildete ich mir tatsächlich ein bisschen was ein.

»Nein, echt? Das ist ja faszinierend!« Dean schien ernsthaft beeindruckt zu sein. »Okay, dann wünsche ich mir jetzt eine kleine Kostprobe.« Er blickte sich um und sah zu einem Tisch neben der Bar. »Das Pärchen dort drüben … Worüber reden sie?«

»Ist das nicht ein bisschen gemein? Sollten wir ihnen nicht ihre Privatsphäre lassen?«

»Wenn es zu intim wird, brichst du einfach ab.«

»Na gut.« Konzentriert presste ich meinen Mund zusammen und knabberte an meiner Unterlippe. Zunächst musste ich das Pärchen einen Augenblick lang beobachten, um mich in ihr Gespräch einfinden zu können.

»Sie … Hm, also sie spricht ein bisschen undeutlich.« Angestrengt kniff ich meine Augen zusammen.

»Vielleicht ist das Niederländisch? Oder ein starker Dialekt? Jedenfalls … Ah, sie freut sich auf das Theater heute Abend! Aber manchmal muss man auch gar nicht erst

Lippenlesen können, um heimlich etwas von anderen mit-
zubekommen. Schau dir nur seinen Gesichtsausdruck an.
Ich glaube, seine Euphorie hält sich in Grenzen.« Dean
stimmte meiner Vermutung zu. Ich war damit beschäftigt,
mehr über das Pärchen herauszubekommen, da wurde uns
schon das Essen gebracht.

»Und für Sie zweimal der Homard.« Ein anderer Kellner als der, der unsere Bestellung aufgenommen hatte,
stand mit den Tellern in den Händen neben unserem Tisch.
Das, was mir soeben serviert wurde, schaute mich förmlich
an. Das war also Homard. Ein knallroter Hummer mit zwei
riesigen Scheren lag auf dem Teller vor mir, und ich konnte
mich nicht entscheiden, ob er misstrauisch oder herausfor-
dernd auf mich wirkte. Ja, das Meerwesen war längst tot,
doch trotzdem fand ich es auf irgendeine Weise befremd-
lich, dass dieser kleine Kerl mich hier in seiner Erscheinung nahezu anstarrte.

»Das sieht doch fantastisch aus!«, schwärmte Dean und
griff nach dem ungewöhnlichen Besteck, mit dem der Kellner uns ebenfalls ausgestattet hatte. Zaghaft beäugte ich die
lange, spitze Gabel und die bedrohlich aussehende Zange.
Ich schaute genau zu Dean, um herauszufinden, welche der
Gabeln und Messer er benutzte. Ich musste mich nur an ihn
halten, so schwierig konnte es doch nicht sein, dieses
Gericht zu bezwingen.

»Guten Appetit.« Mit geschickten Bewegungen zerlegte
er im Nu die Delikatesse. Bei Dean sah das so unproble-
matisch aus, also versuchte ich, mich weiterhin an seiner
Vorgehensweise zu orientieren. Die Schale des Tieres

machte es mir dennoch nicht leicht, und ich fragte mich inzwischen, welche Teile man überhaupt essen konnte und welche nicht. Knuspriger Hummer à la Marie, hier wurde sogar die Schale verputzt. Mit meinem Besteck inspizierte ich weiter die edle Kreatur und kam mir dabei eher wie eine Biologin vor als ein Gast in einem feinen Restaurant. Die Beinchen des Wesens wackelten beschwingt hin und her, während ich Vorder- und Rückseite des Krebstieres gründlich musterte.

»Das ist das erste Mal, dass ich so etwas esse«, sagte ich und hoffte, damit von meiner Überforderung ablenken zu können.

»Also ist es ein ganz besonderes Erlebnis für dich«, stellte Dean fest und nahm das Tier auseinander wie ein Weltmeister.

»Schmeckt es dir denn?«

»Es ist fabelhaft!«, entgegnete ich überschwänglich, dabei hatte ich bisher keinen einzigen Bissen testen können. Vorsichtig schnitt ich durch eine der Schalen und war mir sicher, gleich endlich das saftige Fleisch probieren zu können. Hoffentlich lohnten meine Anstrengungen sich überhaupt. Tatsächlich hatte ich es mit Mühe und Not geschafft, einen kleinen Zipfel auf meine Gabel zu piksen. Keine Ahnung, wie ich das angestellt hatte. Gespannt schob ich das Stückchen in meinen Mund, doch es war so winzig, dass ich es nicht einmal kauen konnte. Folglich hatte ich auch nicht wirklich etwas geschmeckt. So langsam war ich mit meiner Geduld am Ende und sägte energischer an dem Tier herum. Das musste doch zu schaffen sein.

»Weißt du eigentlich, warum Hummer gekocht so knallrot leuchten?«, fragte Dean mich und ich wünschte mir, das Gespräch würde ihn von meiner Überforderung ablenken. Unwissend schüttelte ich den Kopf.

»Normalerweise sind die Tiere ja bläulich-schwarz, damit sie sich in ihrer natürlichen Umgebung vor Fressfeinden schützen können. In diesem Zustand sind ein Eiweiß und der rote Farbstoff so aneinander gebunden, dass der rote Anteil nicht reflektiert werden kann, da er geschluckt wird.« Was die Beschaffenheit von Hummern betraf, lernte ich nun einiges dazu. Doch von seinem Fleisch war nach wie vor nichts Nennenswertes in meinem Magen gelandet. Darüber hinaus hatte ich inzwischen zwei Aufgaben zu bewältigen: Deans Ausführungen konzentriert zuzuhören und das widerspenstige Tier auf meinem Teller zu bezwingen.

»Wenn sie dann gekocht werden, zerstört dieser Prozess die Bindung von Eiweiß und Farbstoff. Der Farbstoff kann schließlich freigesetzt werden, grünes und blaues Licht werden absorbiert, und das rote Licht kann reflektiert werden. Und der Hummer wird rot!« Dean lächelte zufrieden, nachdem er seine Erklärung beendet hatte. Er war so gebildet, geschickt und gutaussehend, dass ich mir beinahe verloren vorkam.

»Wusstest du, dass sie teilweise lebendig ins kochende Wasser geworfen werden?«

»Nein, ich ... Ich habe noch nicht viel über Hummer und ihre Lebensumstände nachgedacht. Aber das hört sich ja brutal an ... « Plötzlich verspürte ich etwas wie Mitleid für das Kerlchen, das hier auf meinem Teller lag. Möglicherweise war seine Unzugänglichkeit eine Art späte Rache.

»Ja, es gibt verschiedene Positionen und Regelungen. Teilweise wird davon ausgegangen, dass sie keinen Schmerz empfinden, schließlich sind sie wirbellos und haben kein Rückgrat. Aber es gibt auch die Auffassung, dass sie ein ähnliches Schmerzempfinden wie Hunde haben und ein hochentwickeltes Nervensystem besitzen. Außerdem kann es eine längere Zeit dauern, bis sie im kochenden Wasser sterben. Hängt davon ab, wie viele Tiere gleichzeitig in den Topf geworfen werden und ob das Wasser dadurch für einige Zeit abkühlt.« Ich schluckte schwer, als ich mir einen leidenden Hummer vorstellte, der in brühend heißem Wasser seine letzten Qualen durchlitt. Na ja, immerhin dieses Exemplar hier war bereits tot. Hoffte ich.

»Eigentlich ist es sowieso von Vorteil, ihnen zuvor in den Kopf zu stechen. Das ist meiner Meinung nach besser für den Geschmack, wenn die Nervenbahnen vorher zerstört werden.« Offensichtlich hatte Dean sich ausführlich mit der Thematik beschäftigt.

Er wechselte das Thema und erzählte mir von einer Reise in die Karibik, aber ich konnte nur halb zuhören, da das Gericht auf meinem Teller meine volle Aufmerksamkeit forderte. Ich hatte Hunger, wollte, dass der Hummer aufhörte, mich anzugucken, und verstand nicht, wie man ein solch widerspenstiges Essen als Delikatesse anbieten konnte. Von mir aus hätte schon in der Küche die Schale entfernt werden können, damit das Fleisch zu einem echten Gericht verarbeitet werden konnte. Gulasch zum Beispiel. Ich drückte mit meiner Gabel eine der Scheren zur Seite und schnitt mit dem kneifzangenartigen Etwas und ordentlich Kraft an dem Panzer herum. Irgendetwas machte ich falsch.

Inzwischen verursachten meine Bemühungen sogar so laute Geräusche, dass ich bemerkte, wie einige der Gäste an den Nebentischen zu uns blickten. Eine weißhaarige, ältere Frau hielt sich mit weit aufgerissenen Augen eine Serviette vor den Mund und konnte den Blick anscheinend kaum von mir abwenden. Offenbar wirkte bei ihr gerade das Unfall-Phänomen: Sie war abgestoßen und gleichzeitig fasziniert und neugierig.

Doch es war mir egal, was sie oder alle anderen dachten. Ich hatte eine Mission und war fest entschlossen, den Kampf mit diesem toten Tier nicht aufzugeben. Wenn ein Hummer schon dieses ganze Prozedere der Zubereitung über sich ergehen lassen musste, im schlimmsten Fall gar unter Schmerzen, sollte es nicht umsonst gewesen sein. Und auch wenn es überaus verlockend war, ich würde nicht die Hände benutzen. Ich wollte verdammt noch mal mit Besteck essen.

Dean erzählte jetzt vom Tauchen mit Delfinen, und ich fragte mich, ob Hummer und Delfine Freunde werden konnten. Ich hingegen beschloss, Hummer von diesem Tag an links liegen zu lassen. Sollten sie doch im Meer ihren

Spaß haben, ich würde sie in Ruhe lassen. Sobald ich mit diesem Kollegen hier durch war, hatte sich das Thema für mich erledigt. Wie besessen fuchtelte ich mit den Werkzeugen herum. Mit der spitzen Gabel stach ich in irgendeine weiche Stelle des Tieres, doch leider half mir das ebenfalls nicht. Stattdessen spritze mir eine dünne Fontäne Flüssigkeit auf die Nase und ich hoffte, dass es sich dabei ohne Witz nur um simples Wasser handelte. Erst jetzt fiel mir auf, dass Dean sich die große Serviette um den Hals gebunden hatte und diese sich beinahe komplett über seinen Oberkörper erstreckte. Der Hummer setzte einen nicht nur auf Zwangs-Diät, sondern ließ einen auch noch bescheuert aussehen. Ich wischte mir das kleine Malheur vom Gesicht, krempelte die Ärmel meiner Bluse hoch und rüstete mich ebenfalls mit der Serviette aus. Jetzt sollte das Vieh meine gebündelte Kraft zu spüren bekommen.

Ich säbelte, kniff und pikste weiter. Jeder Muskel meines Körpers war angespannt, womöglich lief mein Gesicht vor lauter Anstrengung schon rot an, aber warum sollte mich das kümmern? Die Frau am Tisch neben uns hielt nun bestürzt die Hand vor ihren Mund und seufzte hörbar auf, doch ich wusste, dass es nicht mehr weit bis zu meinem Ziel war. Auf meinem Teller war inzwischen das reinste Chaos ausgebrochen, so, als habe ein Wirbelsturm die Einzelteile des einstig lebendigen Hummers neu sortiert. Jetzt konnte ich es erahnen, ich war ganz kurz vor meinem Durchbruch. Nur noch ein paar wenige Schnitte und …

Dean hörte abrupt auf zu erzählen und sah mich erschrocken an. Seine Augen waren weit geöffnet, und es wirkte, als hielte er vorübergehend die Luft an. Erst jetzt bemerkte ich, wie unglücklich ich mit der Gabel abgerutscht war und welche Auswirkungen das hatte. Langsam lief mir dunkelrotes Blut an der linken Hand herunter. Mir stieg die Hitze ins Gesicht, und ich war wie gelähmt. Das Blut tropfte inzwischen schon auf den Boden, alles ging ganz schnell. Dean nahm eine der sauberen Stoffservietten und eilte zu mir, doch ich vernahm bereits das Rauschen in meinen Ohren und wie die Geräusche um mich herum immer leiser und dumpfer wurden. Dean wies das Personal an, nach Hilfe zu rufen, doch auch das bekam ich kaum noch mit. Er hielt mich fest in seinen Armen und redete beruhigend auf mich ein.

»Das ist überhaupt kein Problem, das haben wir gleich.« Er streichelte meine Stirn, und ich hätte ihm gerne in die Augen geschaut, doch ich entglitt immer mehr mir selbst. Vielleicht faselte ich noch wirres Zeug vor mich hin. Abrupt war alles um mich herum ein einziges, schwarzes Nichts.

Kapitel 17

Als ich aufwachte, war ich in einem mir unbekannten Raum. Ein unangenehmer Geruch stieg mir in die Nase, und ich brauchte eine Weile, bis ich mich daran erinnerte, was zuletzt geschehen war. Zu blöd, dass das Abendessen von Dean und mir urplötzlich beendet werden musste. Ich ärgerte mich über meine Tollpatschigkeit. Doch dann fiel mir ein, dass diese mich letztendlich in Deans Arme geführt hatte. Folglich sollte ich nicht zu hart zu mir selbst sein, sondern mich über die positiven Nebenwirkungen freuen. Ich dachte an Deans kräftige Arme, die mich zärtlich und sanft aufgefangen hatten.

»Ach, Frau Brook, da sind Sie ja wieder.« Ein Mann in weißer Uniform hatte den Raum betreten und musterte mich.

»Allzu lange waren Sie ja nicht weg. Können Sie mir sagen, welches Datum wir haben?« Fast hätte ich gesagt, dass er doch genauso in seinem Kalender nachschauen konnte, aber dann erkannte ich, dass er nur meinen geistigen Zustand überprüfen wollte. Brav antwortete ich, während er mit einer kleinen Taschenlampe in meine Augen leuchtete und die Bewegungen meiner Pupillen kontrollierte.

»Das sieht doch alles schon wieder gut aus. Dann setzen Sie sich mal langsam auf. Haben Sie noch Schwindelgefühl oder Unwohlsein?« Schritt für Schritt rappelte ich mich auf und bemerkte erst jetzt den Verband zwischen Daumen und Zeigefinger.

»Ich weiß ja nicht genau, wie Sie das angestellt haben, aber da haben Sie sich ganz schön die Hummergabel reingerammt. Das hat wirklich geblutet wie die Hölle, sah im Endeffekt aber schlimmer aus, als es tatsächlich ist.« Allein bei dem Wort Blut wurde mir schon ganz anders zumute. Mit kleinen Wunden konnte ich durchaus umgehen, aber sobald etwas anfing, zu tropfen, zog mein Körper die Notbremse und ersparte mir weitere Anblicke.

»Kann ich denn normal weiterarbeiten?«, fragte ich nach.

»Ja, also krankgeschrieben werden Sie von mir jetzt nicht. Wir haben das alles wasserfest verbunden und verklebt, das bleibt jetzt auch vorerst ein paar Tage da drauf. So kommt nichts in die Wunde hinein, und Sie können alles wie gewohnt machen.« Ich nickte und rutschte an den Rand der Liege. Ich mochte keine Krankenhäuser, und auch, wenn das hier lediglich ein Versorgungszimmer war, hatte ich nicht vor, länger als nötig zu bleiben.

»Dann werde ich jetzt in meine Kabine gehen«, verkündete ich. Der Arzt kritzelte etwas auf ein Dokument und ich fragte mich, wer diese Notizen später außer ihm selbst lesen sollte. Die Buchstaben wirkten nahezu wie Hieroglyphen.

»Ja, tun Sie das. Dann kommen Sie in drei bis vier Tagen noch mal vorbei, und wir sehen nach der Wunde. Ach, und – hat er geschmeckt?«

»Wer?«, fragte ich, schon mit der Türklinke in der Hand.

»Na, der Hummer!«

»Ich habe keine Ahnung, wonach dieses Tier schmeckt und warum man es überhaupt essen sollte, wenn es zu gefühlt 92 Prozent aus unkaputtbarer Schale besteht.«

Ich hörte, wie der Arzt leise lachte, als ich aus dem Zimmer trat, und machte mich mit knurrendem Magen auf den Weg zu meiner Kabine.

Dort angekommen, fand ich Lynn vor, die auf ihrem Bett lag und in einem Buch blätterte. Sie hatte nicht aufgeschaut, als ich den Raum betrat.

»Hey«, sagte ich fast im Flüsterton und setzte mich ihr gegenüber auf mein Bett. Sie schielte kurz zu mir hoch, bis sie ebenfalls mit einem knappen »Hey« antwortete. So leise und in sich gekehrt hatte ich Lynn bisher noch nicht erlebt, und sofort plagte mich wieder mein schlechtes Gewissen.

»Du, ich will dich ja gar nicht stören, aber …« Erneut sah sie zu mir, und ihr Blick verunsicherte mich. Ich hatte Mühe, die richtigen Worte für das zu finden, was ich ihr mitteilen wollte.

»Was ich gesagt habe, vor ein paar Tagen … Das war blöd von mir, und ich habs nicht so gemeint.« Lynn seufzte, also unterbrach ich mein Gerede.

»Ist schon okay«, sagte sie schulterzuckend und widmete sich wieder ihrem Buch. Aber es war nicht okay, das wusste ich. Ich konnte das alles nicht unkommentiert auf sich beruhen lassen.

»Nein«, brachte ich bestimmt hervor. »Ich habe dich verletzt, und das ist nicht in Ordnung.«

»Du hast mich nicht verletzt, du hast mich beleidigt. Da gibt es einen Unterschied«, korrigierte Lynn mich, und ich fühlte mich noch schlechter.

»Ja, das habe ich«, gestand ich. »Doch das wollte ich eigentlich nicht. Ich war … Es war so viel passiert und dann … Das war eine Kurzschlussreaktion, und irgendwie habe ich all meine Wut an dir ausgelassen und … Das tut mir leid.« Ich senkte den Kopf und schämte mich für die Worte, die ich gegen Lynn gefeuert hatte. Ich realisierte, dass ich nicht besser gewesen war als Frau Ostrowski, die ungerechtfertigt an jedem Erstbesten ihren Zorn auf die Welt ausließ. Geräuschvoll klappte Lynn das Buch zu. Ihre Miene war ernst und nachdenklich.

»Weißt du, ich kenne das zur Genüge, und ich weiß, dass du auch nichts dafür kannst. So ist das immer, egal bei wem, und so wird es auch immer bleiben.« Ihre Aussage verwirrte mich.

»Was genau meinst du?«, fragte ich stutzig.

»Ich … Na ja, wie soll ich sagen. Ich …« Lynn druckste herum. »Ich gehe einfach immer wieder ganz offen auf fremde Menschen zu und … Ja, mir ist bewusst, dass ich anders bin. Anstrengend, laut, nervig … Zu viel Lynn eben.« Bei diesen Worten wurde mir ganz mulmig. Was hatte Lynn nur bisher alles erleben müssen?

»Ich muss einfach akzeptieren, dass ich für andere eher eine Belastung bin. Doch ich bin nun mal gerne fröhlich und ein aufgeschlossener Mensch, da fällt es mir zusätzlich nicht leicht, mich zurückzunehmen. Und manchmal bin ich auch sehr unkonzentriert und verbreite um mich herum nur Chaos ...« Ich merkte, wie mir die Tränen in die Augen stiegen. Da saß Lynn, so hellwach und reflektiert und wollte niemandem etwas Böses. Und ich hatte ihr wehgetan. Meine Unterlippe fing an zu zittern, und mir war klar, dass es nur noch eine Frage von Sekunden war, bis mir die ersten Tränen über das Gesicht rollten.

»Aber das stimmt doch nicht«, brachte ich mit einem unterdrückten Schluchzen hervor. »Das tut mir alles so leid.« Ich begann zu weinen und erinnerte mich daran, wie wir das letzte Mal gemeinsam auf meiner Bettkante gesessen hatten. Doch ich würde nicht zulassen, dass dieser Moment wieder in einer Katastrophe endete. Lynn schaute mich an und schien nicht recht zu wissen, wie sie reagieren sollte. Erst jetzt verstand ich, dass sie sich ständig darum sorgte, alles falsch zu machen.

»Meine Mutter hat schon immer gemeint, dass es sehr schwierig für mich wird, Freunde oder überhaupt Anschluss zu finden, wenn ich mich nicht ändere.«

»Deine Mutter hat was? Das ist fürchterlich und dazu auch noch falsch!« Abrupt sprang ich vom Bett auf und wusste nicht mehr, ob ich traurig oder wütend sein sollte. Und Hunger hatte ich zu allem Überfluss.

»Lynn, hör mir zu. Was ich gesagt habe, war dumm und ungerecht. Du hast dich um mich gekümmert und warst so nett zu mir … Ich möchte mich nicht mit dir streiten, und ich möchte auch gar nicht, dass du dich änderst. Du bist Lynn, und die bleibst du auch, basta!« Nun erkannte ich, wie Lynns Augen wässrig glänzten.

»Ich habe einen Fehler gemacht, und wenn ich eins gelernt habe, dann dass es immer wieder neue Tage gibt, damit ich es wieder besser machen kann.« Ich kam völlig in Fahrt und hoffte, den Streit zwischen Lynn und mir bereinigt zu haben. Auf einmal wollte ich mehr über sie erfahren, da ihr Weg bis hierher alles andere als leicht gewesen zu sein schien.

»Du bist ja richtig poetisch …«, entgegnete sie, und nur kurz darauf verfielen wir beide in schallendes Gelächter. Wir wischten uns die Tränen aus dem Gesicht und umarmten uns, froh darüber, das Kriegsbeil begraben zu haben.

»Und ich soll wirklich so bleiben, wie ich bin?«, fragte Lynn.

»Ja, natürlich«, erwiderte ich und nickte eifrig.

»Okay, ich werde dich beizeiten daran erinnern. Weißt du, ich fand es schon immer verwunderlich, wie einsam man sich auf einem Schiff voller Menschen fühlen kann.« Ich dachte an meine ersten Tage zurück und wusste genau, was Lynn meinte.

»Aber jetzt müssen wir erst mal was gegen dein Magenknurren tun, das ist ja kaum auszuhalten.« Sie deutete auf meinen Bauch.

Auf dem Weg zum Bistro erzählte ich ihr die ganze Geschichte vom Hummer und wie ich mir bei dem Versuch, ihn zu verspeisen, in die Hand gesäbelt hatte. Kurz darauf, einige Stunden danach, füllte ich mir einen Teller randvoll mit Nudeln und Soße und freute mich über die Tatsache, dass man an Bord zu jeder Tages- und Nachtzeit mit warmen Mahlzeiten versorgt werden konnte. Lynn trank nur einen Saft, und da ich durchgängig den Mund voll hatte, erzählte sie, wie sie auf dem Schiff gelandet ist.

Bei ihr war schon im Kindesalter ADHS diagnostiziert worden, und ihre Eltern waren komplett damit überfordert gewesen, sie zu bändigen. Immerzu musste sie unterwegs sein und war kaum auszupowern. Zusätzlich fiel es ihr unheimlich schwer, sich in der Schule zu konzentrieren oder generell still zu sitzen. Später litt sie an einer regelrechten Lernschwäche, was zur Enttäuschung ihrer Eltern verhinderte, dass sie eine, wie sie sagten, *angemessene* Schulbildung erhielt oder jemals eine Universität von innen sah. Diese Jahre waren ihr so vorgekommen, als habe man sie pausenlos herumgereicht, von Ärzten zu Lerngruppen bis hin zu weiteren Spezialisten, doch sie war resistent gegen allerlei Methoden und Medikamente und blieb die unverwechselbare Lynn. Entweder die Dosierungen waren so hoch, dass sie komplett ausgeknockt war, oder sie blieb ein hibbeliger Wirbelwind.

»Das muss wirklich schwer gewesen sein«, entgegnete ich, als ich meinen Teller leergegessen hatte.

»Schon. Aber ich bin ganz zufrieden, dass ich letztendlich hier gelandet bin und mein Leben jetzt selbst bestimmen kann. Ich habe hier endlich Kollegen gefunden, die meine Fähigkeiten schätzen, auch wenn nur die wenigsten von ihnen auch mal ihre Freizeit mit mir verbringen.« Lynn biss sich auf ihre Unterlippe und drehte das Glas in ihren Händen. Sie hatte es geschafft, aus einer unangenehmen Realität herauszukommen.

Es war nur eine Frage der Zeit, bis ich mich genauso angekommen fühlen würde wie sie, und am liebsten hätte ich es herausgeschrien, wie extrem ich mich darauf freute, diese überaus spannende Reise gemeinsam mit Dean zu bestreiten. Doch noch war es zu früh dafür. Wahrscheinlich saß er jetzt gerade am Flügel in der Bar und versorgte die Gäste mit seiner einlullenden Musik. Wer weiß, was er nach dem jüngsten Vorfall über mich dachte? Doch meine Missgeschicke schienen ihn nicht allzu sehr zu stören, ansonsten wäre es zu dem Treffen heute Abend ja gar nicht erst gekommen. Ich grinste in mich hinein, bis Lynn und ich gesättigt und ausgeglichen zurück zu unserer Kabine gingen. Auf dem Weg fiel mir ein, dass ich wegen des Trubels komplett vergessen hatte, mich mit Irene auszutauschen. Doch ich hatte ohnehin nichts zu berichten. Daher würde ich diese Angelegenheit einfach auf morgen verschieben.

Kapitel 18

Am nächsten Tag erzählte Lynn mir morgens in der Kabine, dass am Abend eine große Feier stattfinden würde. Das Motto war *The Show Must Go On*, und es ging darum, dass verschiedene Crew-Mitglieder Cover-Bands bildeten, die dann auf der Bühne performten. Die Gäste konnten nach den jeweiligen Darbietungen für ihre Favoriten stimmen, und am Ende wurde ein Gewinner gekürt.

»Da ist immer ordentlich was los, und es macht unheimlich viel Spaß, sich das anzugucken«, erklärte sie aufgeregt, als könne sie es kaum abwarten.

»Bei manchen Crew-Mitgliedern fällt man auch echt vom Glauben ab, was sie so alles auf dem Kasten haben!«

Wir gingen unserer Wege und trafen uns erst zu Beginn der Show auf dem Animationsdeck wieder. Hier waren zahlreiche Passagiere mit Cocktailgläsern in den Händen unterwegs, und auf der Bühne wurde ein letzter Soundcheck geprobt. Lynn und ich schlenderten über das Deck, um herauszufinden, ob von den Mitarbeitern jemand mitmachte, den wir kannten.

»Oh, da vorne ist Eddy! Der arbeitet mit mir zusammen im Restaurant. Aber ich habe keinen blassen Schimmer, welches Instrument er wohl spielt.« Lynn deutete auf einen schmächtigen Mann, der sich mit den Organisatoren des Konzertes unterhielt.

»Oh, und guck mal, da ist ja Ben! Der spielt nämlich Schlagzeug. Verrückt, oder?« Auch Ben sah schwer beschäftigt aus und lief von A nach B. Offensichtlich war hier niemand frei von Lampenfieber. Wir gingen weiter. Lynn amüsierte sich über die Dekoration aus aufblasbaren Flamingos und Ananasfiguren, die wirklich ziemlich kitschig war, da erblickte ich Dean in einer Ecke hinter der Bühne. Selbstverständlich durfte er bei einem Event wie diesem nicht fehlen. Wie automatisch blieben meine Augen auf ihn gerichtet. In diesem bunten Durcheinander schaffte er es, mit seiner schwarzen Hose und dem ebenso schwarzen T-Shirt regelrecht aufzufallen. Er begrüßte einen Kollegen, drehte sich zur Seite und richtete seinen Blick dabei auf mich. Mit schmerzverzerrtem Gesicht hob er seine linke Hand, zeigte auf den Teil zwischen Daumen und Zeigefinger und machte einen Schmollmund. Ich lachte, hob unwissend die Hände und versuchte noch mit anderen Verrenkungen pantomimisch darzustellen, dass alles halb so wild war.

»Kann ich dich kurz einen Augenblick allein lassen?« Ich richtete meine Worte an Lynn. »Ich komme gleich wieder zu dir, wenn es richtig losgeht!«

»Na klar! Ich werde in der Zwischenzeit versuchen, die Gäste ein bisschen zu bequatschen. Das Team von Ben muss unbedingt mal gewinnen, er hat schon so oft mitgemacht.«

Wir trennten uns, und während Lynn in Richtung Bar schlenderte, bewegte ich mich auf die Bühne zu. Dort angekommen sah ich, wie Dean mit einem unhandlichen Knäuel Kabelsalat kämpfte.

»So abrupt und dramatisch wollte ich unser Treffen gestern eigentlich nicht beenden«, sagte ich und begutachtete die technische Ausrüstung.

»Oh Mann, ich hatte mir schon richtig Sorgen gemacht«, bemerkte er und nahm meine verwundete Hand in seine. »Haben die dich denn auch ordentlich versorgt? Manchmal habe ich das Gefühl, dass Gäste und Mitarbeiter eine unterschiedliche Behandlung bekommen.« Skeptisch zog er seine Augenbrauen zusammen.

»Davon gehe ich aus! Schließlich wollen die doch, dass ich weiterarbeite!« Mein ganzer Körper prickelte nur durch diese kleine Berührung. Dean verbeugte sich wie ein Lord aus dem 18. Jahrhundert und gab mir einen Handkuss.

»Ich bin jederzeit wieder an Ort und Stelle, sollten Sie sich in eine ähnlich brisante Situation begeben!«

»Ich hoffe, dass es nicht so weit kommen wird!«

»Ja … Ach Mist, jetzt habe ich das Verlängerungskabel vergessen. Ich muss noch mal zurück in den Technikraum. Willst du mich begleiten?«

»Ja, gerne.«

Der Technikraum war viel mehr ein kleines Kabuff, in dem sich unterschiedliche Kabel, Anschlüsse und Zubehör stapelten. Ohne das winzige Fenster, das einen Blick auf den Flur ermöglichte, hätte man hier durchaus klaustrophobisch werden können. Ich fragte mich, ob es in dieser

Unordnung tatsächlich eine Ordnung gab, oder ob man es irgendwann aufgegeben hatte, alles feinsäuberlich einzusortieren.

»Wo ist denn bloß …?« Auch Dean war leicht überfordert. Er wickelte einige der Kabel auf und legte sie dann doch wieder zurück, da der Anschluss nicht der richtige war.

»Kannst du mir vielleicht mal das von da drüben reichen?«, fragte er mich und zeigte auf eine Schlaufe, die auf einem der Metallregale lag. Ich streckte mich, um an das Kabel heranzukommen, da der Boden gleichermaßen von Steckerleisten und Kabeln übersät war und ich nicht näher an das Regal herantreten konnte. Insgesamt war es gar nicht so unkompliziert, sich in diesem vollgestopften Raum zu bewegen. Ich gelangte an das Kabel und wollte es Dean überreichen, doch mein Fuß hatte sich in einer der Schlaufen verfangen, sodass ich ins Wanken geriet. Ich verlor das Gleichgewicht und fiel in Deans Richtung, der mich glücklicherweise vorsichtig auffing.

»Ich glaube, ich sollte lieber immer in deiner Nähe sein, oder?«, fragte er. Ich hing noch immer leicht desorientiert in seinen Armen.

Ich antwortete ihm nicht, sondern sah ihn stumm blinzelnd an. Wie hypnotisiert verlor ich mich in der Geborgenheit, die seine Augen ausstrahlten. Ich wollte nicht, dass er mich losließ. Ich wollte mich weiterhin an seine Brust lehnen und wünschte, dass dieser Moment niemals vorbeiging. Es war so still um uns herum, dass ich nichts außer seinem Herzschlag hörte. Ich spürte seine

Haut, die angespannten Muskeln darunter, weil er mich weiterhin festhielt, und sog den holzigen Duft seines Aftershaves ein. Entschlossen ließ ich das auf einmal vollkommen unwichtige Kabel fallen, richtete mich minimal auf, aber nur so weit, dass unsere Gesichter nur noch wenige Zentimeter voneinander entfernt waren.

Bloß nichts Dämliches sagen, dachte ich. Also schwieg ich, da ich befürchtete, diesen magischen Augenblick zu ruinieren. Stattdessen strich Dean mir eine Haarsträhne aus dem Gesicht, und wie von selbst landeten seine Lippen auf meinen. Er schmeckte nach mit Honig überzogenen Limetten, gleichzeitig zuckrig und doch bitter, nach Abenteuer und Leidenschaft. Ich wollte gar nicht von ihm ablassen, während es sich so anfühlte, als würde gerade ein Feuerwerk in meinem Körper stattfinden.

War da etwas? Kurz hatte ich den Eindruck, jemanden im Augenwinkel erkannt zu haben. Doch vielleicht war der vermeintliche Störenfried sofort verschwunden, als er Dean und mich gesehen hatte. Ich schloss meine Augen wieder komplett und wollte mich nicht weiter ablenken lassen. Ganz plötzlich entspannte ich mich, schlang meine Arme um Deans Hals und vergaß alles um mich herum. Ich war im Hier und Jetzt, küsste meinen Traumprinzen und es war so real und unwirklich zur gleichen Zeit. Ich hatte keine Ahnung, wie viele oder wenige Minuten vergangen waren.

»Scheiße …«, murmelte Dean plötzlich und sah auf seine Uhr. »Es tut mir leid, wir … Also, es geht gleich los, und ich glaube die warten schon auf mich«, sagte er und kratzte sich verlegen im Nacken. Ich hingegen hatte inzwischen längst vergessen, welch großes Event kurz bevorstand.

»The show must go on …«, murmelte ich und fischte erneut nach dem Kabel. Dean lächelte zufrieden.

»Ja, das ist das richtige!«

»Na dann, ab zu den anderen!«

Eilig verließen wir das Kabuff, und Dean lief auf direktem Weg zur Bühne. Er drehte sich noch einmal nach mir um und zwinkerte mir zu. Allein diese kleine Geste war so vielversprechend, dass ich kaum den nächsten Moment erwarten konnte, den wir ungestört zusammen auf dem Schiff verbringen konnten. Bestimmt grinste ich vielsagend, denn es fiel mir bedeutend schwer, das soeben Erlebte nüchtern beiseitezuschieben. Ich sah mich nach Lynn um und entdeckte sie bei der Bar, mit Zettel und Stift bewaffnet.

»Da bist du ja endlich«, begrüßte sie mich. »Es geht gleich schon los! Hier auf der Liste siehst du schon mal die Teilnehmer und welches Lied sie spielen werden. Am Ende können alle ihre Bewertungen abgeben, und so finden wir heraus, wer dem Publikum am besten gefallen hat.«

Ich betrachtete die Liste, doch in meinen Gedanken surrte und rauschte alles. Ich fühlte mich wirr und durcheinander, so, als wäre mein Kopf voll mit Watte. Am liebsten hätte ich mir einen Champagner bestellt, doch ich befahl mir, auf dem Boden der Tatsachen zu bleiben. Denn die waren ja gerade erfreulich genug. Ein Moderator betrat die Bühne und eröffnete die Veranstaltung. Er erklärte das

Prinzip der Show und wie am Ende abgestimmt werden konnte. Tosender Applaus begrüßte die erste Gruppe, die eine Interpretation von *The Clashs Should I stay or should I go* darbot. Meine Überlegungen jedoch kreisten nur noch um Dean, und es fühlte sich an, als habe er direkt mein Herz berührt, sodass mir alles, was sich nicht mit ihm beschäftigte, verschwommen und zweitrangig erschien. Lynn ließ es sich nicht nehmen, die Evergreens schief mitzuschmettern, und wir beobachteten das Spektakel von der Bar aus. In einem gewagt engen, nachtblauen Kleid kam Camilla aus Richtung der Bühne auf uns zugesteuert.

»Hey ihr! Schön, dass ihr auch da seid!« Sie begrüßte mich mit Küsschen und sah unbeschreiblich elegant aus. In diesem Outfit nahmen ihre Beine gar kein Ende. »Ich hab nicht so viel Zeit, unser Auftritt beginnt gleich.«

»Oh, spielst du etwa ein Instrument?«, fragte ich. Langsam kam es mir verrückt vor, wie talentiert viele der Mitarbeiter waren.

»Nein, ich singe im Background-Chor«, klärte Camilla uns auf. »Vielleicht stimmt ihr ja nachher für uns? Ich würde mich riesig freuen!« Sie strahlte über das ganze Gesicht. »Na ja, erst mal muss unser Auftritt gutgehen. Also, wir sehen uns dann später, ihr Lieben!« Zum Abschied schenkte sie mir eine Umarmung. So schnell sie gekommen war, war sie auch wieder verschwunden.

»Wow, ich wünschte, ich wäre nur annähernd so hübsch«, brachte Lynn nachdenklich hervor.

»Du bist hübsch.« Ich stupste mit meinem Ellenbogen vorsichtig in ihre Seite. »Und ganz ehrlich, wenn ich mich entscheiden müsste, ob ich mich in so ein Kleid einnähen lasse oder vergnügt etwas esse ...« Wir stießen mit alkoholfreien Cocktails auf unsere individuelle Schönheit an und griffen beherzt nach den Knabbereien an der Bar.

Alle Amateur-Bands spielten äußerst überzeugend, und mir fiel auf, wie viele Menschen auf dem Schiff beschäftigt sein mussten, da ich bis auf wenige Ausnahmen keine bekannten Gesichter ausmachte. Schließlich war der Moment gekommen und Dean betrat die Bühne. Seine Gruppenmitglieder setzten mit den ersten Tönen ein, dann erfüllte Deans warme und trotzdem kratzige Stimme den Saal. '74, '75 von *The Connells* ließ mich in der Version von Dean Durato schlichtweg dahinschmelzen. Es folgten zwei weitere Darbietungen, danach konnten die Stimmzettel bei den Organisatoren abgegeben werden. Lynn setzte ihr Kreuz bei der Gruppe von Ben, und wen ich wählte, war ja schon im Voraus klar gewesen. Wir gaben unsere Zettel ab und gingen noch schnell zur Toilette, bevor die Verkündung des Siegers begann.

»Siehst du denn inzwischen, was ich mit meinen Augenbrauen meine?«, fragte Lynn mich, als wir uns die Hände wuschen, und beäugte sich kritisch im Spiegel.

»Niemand ist von Natur aus komplett symmetrisch. Das gehört so«, antwortete ich.

»Meinst du nicht, dass ...?«

»Du bist da viel zu pingelig! Das fällt niemandem auf, glaub mir. Apropos ... Habe ich dir schon die Geschichte erzählt, wie ich zwei schwarze Striche in das Gesicht einer älteren Dame gemalt habe?« Auf Lynns Anraten probierte ich einen Lippenstift von ihr aus. Im Spiegel sah ich, wie Irene aus einer der Toilettenkabinen kam.

»Oh, Sie sind auch hier«, begrüßte ich sie und steckte den Lippenstift zurück in die Handtasche. »Ich habe Sie vorhin gar nicht gesehen.«

»Ich bin auch gerade erst dazugekommen«, erklärte sie und hielt ihre Hände unter das Waschbecken. »Ich habs vorher nicht geschafft ...« Als sie nach dem Handtuch griff, fiel ein Geldstück aus einer ihrer Taschen und rollte über den Boden. Ich bückte mich schnell und gab es Irene zurück.

»Tauschen wir nachher noch Neuigkeiten aus?«, fragte ich sie.

»Gewiss doch, gewiss doch«, entgegnete sie und wirkte dabei leicht gehetzt. Zwischenzeitlich musterte Lynn noch immer kritisch ihr Spiegelbild. Sie schnitt verrückte Grimassen, und ich hätte ihr am liebsten einen Klaps gegeben, damit sie mit dem Quatsch aufhörte.

»Ich muss auch schon wieder los«, antwortete Irene und richtete ihre Frisur. »Wir sehen uns, bis dann!« Insgeheim fragte ich mich, was sie so Wichtiges vorhaben mochte. Im Gegensatz zu sonst wirkte Irene regelrecht aufgekratzt. Die Tür fiel zu, und ich musste Lynn endlich von diesem Spiegel wegbringen.

»Wie gut, dass du im Restaurant arbeitest und nicht bei uns«, sagte ich und zog sie am Arm mit nach draußen.

»Hattest du nicht eben noch eine Tasche?«, fragte sie mich. Ich hastete zurück zur Toilette, da ich meine Handtasche an einem Haken der Toilettentüren vergessen hatte. Ja, ich war mit dem Kopf noch immer ganz woanders.

»Das ist übrigens Gesichtsyoga«, klärte Lynn mich stolz über ihre Gesichtsverrenkungen auf. »Darüber habe ich einen Beitrag im Fernsehen gesehen, das ist ein Trend aus … Korea? Japan? Na ja, Asien jedenfalls!« Ich schüttelte ungläubig den Kopf, und wir gingen zurück zu unserem Platz an der Bar. Die Auszählung der Stimmen würde noch wenige Minuten in Anspruch nehmen, also blieb uns genug Zeit für ein letztes leckeres Getränk. Gerade, als wir bestellen wollten, spürte ich eine Hand auf meiner Schulter und dachte zunächst, dass es Dean wäre. Doch als ich mich umdrehte, blickte ich in das Gesicht von Tim Petersen, der überhaupt nicht erfreut aussah.

»Kommt ihr zwei mal kurz mit?«, sagte er. Anhand der Betonung seiner Worte ging ich davon aus, dass uns keine frohe Botschaft erwartete. Wir folgten ihm in sein Büro und tauschten schweigend Blicke aus, da niemand von uns beiden eine Ahnung hatte, worum es bei dieser Sache gehen konnte. Tim setzte sich hinter seinen Schreibtisch und bat uns, auf den Stühlen vor ihm Platz zu nehmen.

»Wir haben hier seit kurzem einige Auffälligkeiten an Bord«, verkündete er und knetete mit der rechten Hand sein Kinn. Sofort dachte ich an die Diebstähle und die internen Ermittlungen, die ich seit ein paar Tagen durchzuführen versuchte. Bestimmt hatte Irene mit Tim gesprochen. Hatte sie deswegen so nervös gewirkt? Wahrscheinlich wollte er jetzt Lynn und mich als Maulwürfe einsetzen, damit wir die Vorfälle so schnell wie möglich aufklären konnten.

»Ach, was soll's, ich will auch gar nicht lange um den heißen Brei herumreden«, ergänzte er und atmete laut hörbar aus. »Marie?« Aufmerksam schaute ich ihn an. »Würdest du bitte deine Tasche öffnen und den Inhalt hier auf meinen Schreibtisch legen? Schütte sie am besten einfach aus.« Diese Aufforderung kam mir seltsam vor. Was hatte der Inhalt meiner Tasche mit den Ermittlungen zu tun? Oder verdächtigte er mich etwa, dass ich im Vorbeigehen einige Wertgegenstände hatte mitgehen lassen? Verunsichert befolgte ich seine Anweisungen. Zum Vorschein kamen mein Portemonnaie und mein Handy, drei Lippenstifte, Bonbons, von denen eines bei meiner Ankunft auf dem Schiff Tims Finger verklebt hatte, Taschentücher und ein kleiner Stein, von dem ich keine Ahnung hatte, wie er dort gelandet war.

»Hmmm«, grübelte er. »Darf ich mal?« Beherzt griff er nach meiner Tasche und durchwühlte sie. Ich fand die ganze Aktion bereits ziemlich unverschämt, strengte mich jedoch an, meinen Mund zu halten. Lynn und ich tauschten verwunderte Blicke aus. Offensichtlich suchte Tim etwas, das er aber bei mir nicht finden konnte.

»Ok, dann könnt ihr gehen«, sagte er schließlich, machte allerdings nach wie vor einen skeptischen Eindruck.

»Darf ich fragen, was das Ganze sollte?«, fragte ich, während ich die einzelnen Gegenstände wieder in meine Tasche beförderte. Der Stein war wirklich hübsch.

»Ja, darfst du«, antwortete Tim. »Aber ich werd's dir nicht beantworten.« Ich hatte schon die Türklinke in der Hand, da überlegte er es sich noch mal anders.

»Wartet ... Lynn, wärst du so nett?« Schulterzuckend wiederholte sie dasselbe, was ich soeben getan hatte. Auch in Lynns Tasche befand sich der übliche Kram. Eine Cremedose, ein Kamm, ein Taschenspiegel, Schokolade und ...

»Aha! Hab ich's doch geahnt«, triumphierte Tim und zitierte mich zurück auf den Stuhl. Neben all den anderen Gegenständen befand sich eine durchsichtige Plastiktüte auf dem Tisch. In ihr waren zahlreiche kleine Tabletten zu erkennen.

Kapitel 19

»Wie kannst du mir das erklären?«, fragte Tim und hielt den Beutel hoch.

»Gar nicht«, sagte Lynn und sah erst ihn, dann mich überfordert an. »Das sind nicht meine«, ergänzte sie.

»Und was machen sie dann in deiner Tasche?«, hakte Tim nach, der mit dieser Antwort alles andere als zufrieden war.

»Das weiß ich nicht.« Lynn hob unwissend die Hände. »Ich habe sie noch nie zuvor gesehen und kann mir das nicht erklären.« Tim seufzte.

»Die habe ich gekauft«, sagte ich und nickte euphorisch. »In Edinburgh. Das sind Kopfschmerztabletten, und wahrscheinlich habe ich sie vorhin statt in meine in Lynns Tasche gesteckt.«

»Und das soll ich dir glauben?« Tim runzelte die Stirn. »Kopfschmerztabletten in einem durchsichtigen Tütchen, ohne Packungsbeilage und ohne Verpackung? Das ist …«

»Ja, die habe ich umgefüllt, damit sie nicht so viel Platz einnehmen«, log ich und merkte bereits, wie mir die Hitze ins Gesicht stieg. Lügen war definitiv nicht meine Stärke, aber ich musste Lynn doch irgendwie helfen. Es stand zu viel auf dem Spiel. Sie liebte ihren Job hier, und ich durfte nicht riskieren, dass sie rausgeworfen wurde.

»Marie, ich schätze es nicht sonderlich, wenn man mich anlügt. Wir tun jetzt so, als hättest du einfach nichts gesagt. Behalt deine Ammenmärchen lieber für dich.« Ich presste meine Lippen aufeinander und spürte, wie ich von einem Hitzeschwall überwältigt wurde. Lynn nahm doch keine Drogen? Das passte überhaupt nicht zu ihr, nach allem, was sie mir über sich erzählt hatte. All die Medikamente, die ihr als Kind verordnet wurden.

»Lynn, da du schon so lange bei uns bist und ich dich sehr gut kenne … Zumindest dachte ich das … Will ich nicht ganz so streng sein, wie ich es eigentlich sollte.« Er ließ die Tüte in einer seiner Schreibtischschubladen verschwinden. »Den Beutel mit den Tabletten muss ich untersuchen lassen, damit wir Klarheit darüber bekommen, worum genau es sich handelt. Ich gebe dir eine offizielle Verwarnung. Wenn also etwas Ähnliches noch mal vorkommt, dann war es das für dich hier auf dem Schiff. Hast du das verstanden?« Lynn hatte ihren Kopf gesenkt und knetete nervös die Hände in ihrem Schoß. Sie war deutlich angespannt und sagte kein Wort mehr. Stumm verließen wir Tims Büro, und gerade, als ich mit Lynn sprechen wollte, lief sie ohne weitere Erklärungen los.

»Lynn, warte doch! Lass uns darüber reden, ich glaube dir!« Eilig folgte ich ihr. Sie stürmte immer weiter durch die Flure, bis sie durch eine Tür zum Außendeck hastete. Erst dort blieb sie am Geländer stehen und blickte auf das schwarze Meer, das in der Dunkelheit nur vage zu erkennen war. Ich war völlig aus der Puste und hatte

Seitenstiche bekommen, daher brauchte ich eine Pause, ehe ich mich an Lynn wandte.

»Jemand ...« Ich musste noch mal verschnaufen. »Jemand hat es auf uns abgesehen.« Ich überlegte, und etwas kam mir ganz und gar nicht schlüssig vor.

»Moment ... oder auf mich? Tim wollte zuerst den Inhalt meiner Tasche sehen. Es ging eigentlich um mich!« Lynn blickte weiterhin in die Ferne. Langsam drehte sie sich zu mir und nahm meine Hände in ihre.

»Ich nehm keine Drogen! Ich hab das Zeug noch nie gesehen und kann mir nicht erklären, wie es in meine Tasche kommt!« Die pure Verzweiflung durchzog ihre Stimme. Im Schein der Lampen blitzten ihre Augen panisch auf.

»Ja, ich weiß«, sagte ich mit Nachdruck. »Daran habe ich keinen Moment gezweifelt. Ich hab diesen merkwürdigen Beutel auch zum ersten Mal gesehen. Die Frage ist jetzt doch, warum er in deiner Tasche war und wieso Tim überhaupt auf uns aufmerksam geworden ist? Da ist doch was faul!« Lynn fing an zu schluchzen, und ich nahm sie in den Arm.

»Beruhige dich, die Sache wird sich schon noch aufklären«, flüsterte ich ihr ins Ohr.

»Die werden mich vom Schiff werfen!«, schniefte sie und versenkte ihr Gesicht in meiner Bluse, die sich schon nach Kurzem überaus nass anfühlte.

»Ach Quatsch!«, erwiderte ich. »Du hast Tim gehört, vorerst hast du eine Verwarnung. Da passiert erst mal gar nichts! Jemand hat uns einen üblen Streich gespielt, und noch mal wird es nicht so weit kommen.« Auf einmal beschlich mich das Gefühl, dass dieser Abend noch nicht vollends vorbei war. Es gab etwas, das ich zu erledigen hatte.

»Geh am besten in die Kabine und ruh dich aus. Morgen wird wieder ein anstrengender Tag.«

»Kommst du nicht mit?«, fragte Lynn und wischte sich die Tränen mit ihrem Ärmel weg.

»Noch nicht«, sagte ich. »Ich habe noch etwas vor. Ich werd's dir später erzählen.«

»Okay, wenn du meinst.« Allmählich hatte Lynn wieder zu sich gefunden. Ihr Gesicht war vom Weinen gerötet, doch sie atmete nach und nach normal, und der erste Schock schien überwunden zu sein. Ich schaute ihr eine Weile nach, als sie sich auf den Weg in unser Zimmer machte. Dann steuerte ich die entgegengesetzte Richtung an. Mein Ziel war die *New York City Bar*. Dort hatte ich mit einer gewissen älteren Dame noch ein Hühnchen zu rupfen, und mit nur etwas Glück würde ich sie auch eben da vorfinden.

Kapitel 20

Tatsächlich saß Irene wieder an demselben Platz in der Bar. In der einen Hand schwenkte sie ein Whiskeyglas, und in der anderen hielt sie ein Buch, in das sie erkennbar vertieft war. Da Ben und Dean bei der Show aufgetreten waren, arbeiteten andere Kollegen an der Bar, die ich nicht kannte, und das Klavierspiel wurde durch Musik aus den Lautsprecherboxen ersetzt. Energisch marschierte ich zu Irene, doch sie bemerkte meine Ankunft nicht. Erst als ich mich auf den Stuhl gegenüber von ihr setzte und mir eine Handvoll Erdnüsse nahm, ließ sie das Buch in ihren Schoß sinken.

»Wir müssen dringend über etwas sprechen«, sagte ich und schob mir die geschälten Nüsse in den Mund. Die Aktion eben war selbst an mir nicht spurlos vorbeigegangen, und ich hatte das Verlangen nach Nervennahrung.

»Gut, dass Sie da sind. Wir haben uns ja schon ein Weilchen nicht mehr gesprochen und sollten dringend die neuesten Ereignisse austauschen. Also, folgendes ...«

»Nein, Sie sollten jetzt mir zuhören!«, unterbrach ich sie. Irene betrachtete mich entgeistert und legte das Buch endlich beiseite.

Ich ging davon aus, dass die Befragung von Tim eben gerade sowie der Beutel samt dubiosen Tabletten in irgendeiner Weise mit den Diebstählen an Bord verknüpft waren. Noch wusste ich nicht, wie genau, doch es war der einzige Ansatz, den ich bisher hatte. Wie konnte ich vor einigen Tagen bloß so naiv dem Vorschlag von Irene folgen, auf eigene Faust Untersuchungen im Hinblick auf die Diebstähle zu unternehmen? Ich hatte mich dermaßen von dem Wunsch, Frau Ostrowski eins auszuwischen, leiten lassen, dass ich nicht an die möglichen Auswirkungen meines Handels gedacht hatte. Und nun saß ich hier voller Schuldgefühle gegenüber Lynn, schon wieder, und das alles nur, weil eine ältere Dame hatte Detektiv spielen wollen. Warum fiel es mir manchmal so schwer, einfach nein zu sagen?

»Sie haben mich da in etwas mit hineingezogen. Und noch viel schlimmer: Jetzt muss eine Freundin von mir die Konsequenzen tragen! Das hätte nicht passieren dürfen!« Irene blinzelte und starrte mich ungläubig an.

»Haben Sie also auch noch etwas herausgefunden?«, fragte sie, und ich verlor so langsam meine Geduld. Was tat ich hier überhaupt? Ich kannte diese Frau doch gar nicht! Vielleicht war sie dement oder paranoid oder gar beides. Oder hatte sie etwa …? Ich konnte nicht ausschließen, dass Irene womöglich in die ganze Sache verwickelt war. Vielleicht wollte sie mir etwas unterschieben? Oder sie wollte von sich und ihren Handlungen ablenken? Ja, im schlimmsten Fall war sie sogar selbst für die Diebstähle verantwortlich und hatte sich die ganze Zeit nur nach einem Sündenbock umgesehen. Das würde erklären, warum sie den Kontakt zu mir gesucht hatte. So fügte sich die Geschichte für mich jetzt jedenfalls zusammen. Sie musste die Handtaschen von Lynn und mir verwechselt haben, als wir uns während der Show auf der Toilette begegnet waren. So war der Beutel mit den Tabletten bei Lynn gelandet. Dann würde es auch Sinn ergeben, dass Irene so in Eile gewesen war. Schnell hatte sie Tim den Tipp gegeben, sich unsere Taschen genauer anzusehen. Nur ging der Plan nicht ganz auf und statt mir saß nun Lynn mächtig in der Klemme. Ich seufzte angestrengt.

»Nein, meiner Freundin wurde etwas angehängt, womit sie ganz bestimmt nichts zu tun hat. Doch so lange wir dies nicht beweisen können, wird man denken, dass sie tatsächlich falsch gehandelt hat.«

»Sie sprechen in Rätseln«, sagte Irene und bediente sich ebenfalls bei den Nüssen.

»Sie müssen die Angelegenheit auch nicht im Detail kennen, wenn Sie das nicht ohnehin schon tun«, entgegnete ich aufgebracht.

»Aber wie soll ich dann den Zusammenhang zu den Diebstählen bei den Passagieren verstehen? Die Lage spitzt sich zu und …«

»Nein, die Lage hat schon ihre Spitze erreicht«, verkündete ich und befahl mir, nicht so laut zu sprechen, auch wenn die Emotionen in mir hochkochten. Es war besser, dass niemand sonst erfuhr, worüber ich mich hier mit Irene unterhielt.

»Das hier ist kein Spiel, und ich hätte Ihnen anfangs nicht so naiv begegnen und einfach Ihrer Idee folgen sollen. Ich habe mich und andere in Gefahr gebracht, und das kann ich nicht zulassen. Ich kann nicht mehr für Sie Mäuschen spielen, das sollten wir den wirklichen Experten überlassen und damit basta!« Ich kaute die Nüsse eine Spur zu intensiv, sodass ich mir auf die Lippe biss. Ich hasste den Geschmack von Blut, aber wenigstens musste ich mir nicht ansehen, wie es mir über die Hand lief.

Ich konnte Irene nicht einschätzen. War sie jetzt gekränkt oder fassungslos? Oder gar traurig, dass ich ihr Vorhaben, auf eigene Faust zu ermitteln, nicht mehr weiter unterstützte? Sie war doch sonst nicht um Worte verlegen oder diejenige, die sich die Stirn bieten ließ? Aber was sollte es mich kümmern? Ich hatte mit ihr abgeschlossen und hielt ihre Ausrede, die Diebstähle auf dem Schiff auf eigene Faust zu klären, nicht mehr für wahr.

»Gut, dann wäre das ja geklärt«, stellte ich fest und erhob mich. Geradewegs steuerte ich den Ausgang der Bar an. Ich hätte jetzt direkt wieder auf mein Zimmer gehen können, die Sache ohne Weiteres auf sich beruhen lassen. Doch mein Bauchgefühl sagte mir etwas anderes. Das Ganze war noch nicht abgeschlossen. Mich plagten die Schuldgefühle wegen Lynns Situation, für die ich verantwortlich war, und ich hatte die Befürchtung, dass ein nächster Angriff folgen würde. Jetzt, da der Plan, mich zu beschuldigen, gescheitert war, war Lynn zwangsweise ein neues Opfer geworden. Ich konnte nicht riskieren, dass Lynn am Ende die Schuld in die Schuhe geschoben wurde und sie ihren Job auf dem Schiff verlor. Also musste ich handeln.

Ich versteckte mich in einem Abstellraum unweit der Bar, der für die Lagerung von Putzutensilien vorgesehen war. Jetzt musste ich nur noch warten und darauf hoffen, dass vorerst niemand genau hier nach einem Feudel suchte. Na ja, zur Not suchte ich eben einen Wischmopp und hatte die klemmende Tür nicht mehr aufbekommen. Irgendeine Ausrede würde mir schon einfallen.

Irene ließ sich höllisch viel Zeit, und ich hatte beinahe schon Angst, sie verpasst zu haben oder dass sie einen geheimen Ausgang benutzt hatte. Wer wusste, wozu sie in der Lage war. Ich gähnte andauernd, und allmählich wurden meine Augenlider schwerer und schwerer. Durch das runde Fenster beobachtete ich dennoch die ganze Zeit über den Flur. Es war kaum etwas los, vereinzelt waren einige Passagiere unterwegs, doch insgesamt herrschte alles andere als hektische Stimmung.

Dann, endlich. Die Tür zur Bar schwang auf, und Irene watschelte gemächlichen Schrittes den Korridor entlang. Mit der einen Hand hielt sie ihre Handtasche, mit der anderen stützte sie sich auf ihrem Gehstock ab. Ich passte den richtigen Moment ab, verließ den sicheren Schutz der Abstellkammer und begann mit einem großen Abstand die Verfolgung von Irene. Wohin ging sie wirklich, oder mit wem traf sie sich?

Die ersten Meter verliefen recht reibungslos, doch dann gelangten wir in einen Bereich des Schiffs, der weitaus besser besucht war. Hier beim Theater, dem Casino, dem Kino und der Spielhalle herrschte reger Betrieb. Ich musste mich gleichzeitig darauf konzentrieren, Irene in dem

Getümmel nicht aus den Augen zu verlieren und unauffällig in der Menge unterzugehen. Niemand der Mitarbeiter durfte nur den Hauch einer Idee davon bekommen, was ich vorhatte, und ich hoffte inständig, dass Tim längst im Bett lag und tief und fest schlief.

An einem der blinkenden Automaten blieb Irene stehen und sprach einen Mann an, der in diesem Moment dabei war, Münze für Münze in das aufleuchtende Gerät zu werfen. Leider konnte ich nicht erkennen, was sie sagten, da ich ihre Lippen wenn überhaupt nur zur Hälfte sah. Ich begutachtete einen Flipper-Automaten wie ein Ausstellungsstück in einer Vitrine in einem Museum und bemühte mich, in diesem Gewimmel nahezu unsichtbar zu werden. Nach dem kurzen Gespräch setzte Irene ihren Weg fort, leider immer noch in einem übertrieben gemächlichen Tempo. Sie schien sich in Sicherheit zu wähnen, doch genau dies war die Chance, die ich zu nutzen hatte. Verbrecher begingen meistens dann Fehler, wenn sie gar nicht erst davon ausgingen, aufzufliegen. So war das zumindest immer in meinen Krimiserien.

Das bunte Paradies der Sünden lag nun hinter uns, und ich schlich mich weiter durch das Schiff. Als wir an einer anderen Bar vorbeikamen, krakeelte jemand eine ohrenbetäubende Version von *Tina Turners Simply The Best* in ein Mikrophon. *Heute Karaoke-Nacht* stand auf einer Tafel geschrieben, und ich sah, wie Irene mit der einen Hand an ihrem Ohr herumfummelte. Diese Geste erinnerte mich an meine Omi und daran, dass diese in unangenehmen Situationen ihr Hörgerät gerne leiser oder gar ausgestellt hatte.

Gar nicht so unpraktisch. Vielleicht nahm Irene ja aber stattdessen zu irgendjemandem Funkkontakt auf? Nein, ich sollte rational bleiben. Möglicherweise war sie eine Gangster-Oma, eine Kleinkriminelle. Das machte sie aber noch lange nicht zu einer Hightech-Spionin.

Nachdem wir die Bar hinter uns gelassen hatten, befanden wir uns wieder auf einem simplen Verbindungsflur. Irene bog um eine Ecke, und ich nutzte die Gelegenheit, mich dahinter zu verstecken. Langsam neigte ich meinen Kopf zur Seite. Sie stand vor einem der Fahrstühle und wartete auf dessen Ankunft. So ein Mist! Ich durfte sie jetzt nicht verlieren. Mir blieb keine andere Möglichkeit. Ich musste darauf warten, dass Irene in den Fahrstuhl stieg und dann die Anzeige beobachten, um herauszufinden, auf welchem Deck sie wieder ausstieg. Im Anschluss musste ich, so schnell ich konnte, die Treppe hoch eilen und beten, dass ich sie wieder erwischen würde.

Mit einem nicht zu überhörenden *pling* kam der Fahrstuhl an, in dem Irene dann verschwand. Ich hielt mich an meinen Plan und rannte, als gäbe es kein Morgen. Fünf Decks waren eine ordentliche Anzahl. Ich stolperte fast über meine eigenen Füße und konnte das Treppenhaus nicht sofort verlassen, da mein lautes Keuchen mich ansonsten verraten hätte.

Erneut spähte ich durch das Türfenster, und dort stand tatsächlich Irene, die ein paar Worte mit einem alten Mann wechselte. Er war ein Passagier, und wenn ich mich recht erinnerte, war er ebenfalls bei dem Ausflug nach Edinburgh dabei gewesen. War er etwa ihr Komplize? Oder hielt er die Fäden in der Hand, und Irene war nur eine Art Laufbursche? Das Gespräch, das ich beobachtete, war leider nicht sehr aufschlussreich. Ich erkannte nur die Worte *Fischsuppe* und *ein bisschen zu viel Fisch*. Vielleicht benutzten sie eine verschlüsselte Sprache oder Codenamen? Vielleicht war der Mann aber auch nur einer von der Sorte, die sich über Fisch in der Fischsuppe beschwerten.

Sie verabschiedeten sich wieder voneinander und gingen getrennte Wege. Schnell huschte ich auf den Flur und sah im letzten Moment, wie Irene an einer Tür stand, ihre Schlüsselkarte benutzte und dann im Inneren des Raumes verschwand.

Verdammt! Natürlich konnte sie ihre Pläne um einiges leichter und vor allem unbeobachtet in ihrem Zimmer abwickeln. Das war also die kriminelle Keimzelle, in der sie plante und organisierte. Bewahrte sie hier die gestohlenen Gegenstände auf? So befände sich alles an ein und demselben Ort.

Verzweifelt lehnte ich mich gegen die Wand und ließ mich an dieser herabsinken. Es war zum Verrücktwerden. Wie sollte ich ohne jeglichen Beweis Tim davon überzeugen, dass Irene für all dies verantwortlich war? Denn genau hier setzte mein Problem an: Im Moment hatte ich nur einen Verdacht, aber nichts gegen Irene in der Hand. Ich grübelte und suchte intensiv nach Antworten. War ich vorhin etwa zu forsch gegen sie vorgegangen? Stand ich jetzt erst recht auf ihrer Abschussliste? Mir lief die Zeit davon, und ich konnte niemandem von meinem Verdacht erzählen. Lynn würde ich so nur weiter in Schwierigkeiten bringen, und alle anderen würden mich wohl für übergeschnappt erklären. Das war das Letzte, was ich gebrauchen konnte.

Zimmernummer 12020. Immerhin wusste ich nun, wo Irene sich aufhielt. Musste ich etwa …? Ja, es gab keinen anderen Weg. Es bestand nur diese Möglichkeit, Beweise zu finden, Lynn zu retten und Irene das Handwerk zu legen. Aber wie? Ich war mir im Klaren darüber, dass mir erneut eine schlaflose Nacht bevorstand. Doch ich konnte mir jetzt keine Fehler erlauben. Morgen stand alles auf dem Spiel.

Kapitel 21

Wie erwartet hatte ich die halbe Nacht oder zumindest den Rest davon, der mir nach der Aufregung geblieben war, wachgelegen. Stunde für Stunde zerbrach ich mir den Kopf darüber, wie ich am kommenden Tag am besten vorgehen sollte. Meine Ideen waren vage und unpräzise, doch mehr als diese hatte ich nicht. Leider konnte ich mich nicht ewig in diese stille Grübelei vertiefen. Gleich nach dem Aufstehen musste ich handeln. Zumindest Lynn hatte geschlafen und erst, nachdem sie in aller Herrgottsfrühe für ihre Schicht aufgestanden war, schlief auch ich ein, bis mein Wecker klingelte.

Gerädert schlüpfte ich in meine Arbeitskleidung und begab mich mit flauem Magen zum Frühstückssalon. Es war ungewöhnlich für mich, dass ich damit kämpfte, mein Toastbrot überhaupt herunterzubekommen. Erschöpft hielt ich mich an meiner Kaffeetasse fest. Dann, endlich, betrat die Zielperson den Raum. Sie war meine einzige Chance.

Raquel nahm einige Tische von mir entfernt Platz und schwatzte ausgelassen mit ihren Kolleginnen. Mit leicht zittrigen Händen griff ich nach meinem Tablett und marschierte zu ihnen herüber.

»Hey, ist bei euch noch frei?«

»Klar, setz sich!«, bot Raquel mir an. Aus ihrer Hosentasche ragte ein langes Schlüsselband hervor. An diesem musste sich ihre Universal-Schlüsselkarte befinden, die alle Mitarbeiter des Housekeepings besaßen, um die Zimmer der Gäste herrichten zu können.

»Und wie läuft es? Hast du dich inzwischen schon eingewöhnt?« Ich machte gute Miene zum bösen Spiel und ratterte Standardsätze und Floskeln hinunter. In Wahrheit galt meine gesamte Aufmerksamkeit etwas ganz anderem.

»Sag mal, hast du etwas Genaueres von Lynn gehört? Irgendwie scheint sie in eine unschöne Geschichte verwickelt zu sein.« Raquel und ihre Kolleginnen tauschten vielsagende Blicke aus. Der Griff um meine Tasse wurde kräftiger. Konnte es sein, dass Gerüchte hier sogar schneller die Runde machten als in Westerby?

»Nein, keine Ahnung, was du meinst«, antwortete ich und nahm einen großen Schluck Kaffee. Wie schaffte diese halbgare Information es überhaupt, hier die Runde zu machen?

»Oh, na dann haben wir uns wohl getäuscht. War nett mit dir zu plaudern, aber wir müssen uns jetzt an die Arbeit machen. Die Zimmer räumen sich ja nicht von selbst auf.« Raquel türmte ihr Geschirr auf das Tablett.

Beinahe hätte ich noch einen blöden Spruch rausgelassen, von wegen, dass sich unsere Kunden genauso wenig selbst behandelten. Doch etwas anderes war von größerer Wichtigkeit, und ich hörte das Ticken einer imaginären Uhr in meinem Hinterkopf. Ich musste aktiv werden, jetzt.

Also tat ich das, was ich am besten konnte. Aus Versehen rutschte mir die Tasse aus den Händen, und die heiße schwarze Flüssigkeit spritzte in alle Richtungen. Ich gab vor, mich so heftig zu erschrecken, dass ich im Versuch, die Tasse aufzufangen Raquels Geschirrturm umstieß. Die Reste von Orangensaft, Marmelade, Eierschalen und Tee wirbelten anschließend ebenfalls über den Tisch, und die Überbleibsel des Frühstücks verteilten sich in alle Richtungen. Hysterisch kreischten die Mädels auf, als hätte sich eine übergroße Vogelspinne zu uns gesellt. Ich schnappte mir eine Serviette, die mittlerweile ebenfalls lebensmitteldurchtränkt war.

»Oh sorry, das tut mir so leid! Ich bin so ein Tollpatsch!« Energisch versuchte ich, die Flecken von Raquels Bluse zu wischen, sorgte allerdings nur dafür, dass sie tiefer als ohnehin schon in den Stoff eindrangen. Das Schlüsselband ließ ich nicht aus den Augen.

»Lass gut sein, lass gut sein, Marie! Spätestens jetzt muss ich mich sowieso umziehen.«

»Ja, und wir auch.« Von der anderen Seite des Tisches kassierte ich wütende Blicke, und auch Raquels Gesichtsfarbe ähnelte nun dem Hummer, den ich vor einigen Tagen zu essen versucht hatte.

»Soll ich helfen?« Ein Mitarbeiter des Küchenpersonals war auf das Chaos aufmerksam geworden und begann, das klebrige Fiasko zu beseitigen.

»Hattest du da schon die ganze Zeit einen Leberfleck, oder ist das Schokocreme?« Ich trat nah an Raquel heran. Jetzt oder nie. Genervt zog sie ihre Augenbrauen zusammen und wischte sich über das Gesicht. Aus dem Fleck war durch ihr Einschreiten eher ein Streifen geworden.

»Hm, da ist noch ein bisschen was. Und hier.« Ich bedeutete Raquel, an welchen Stellen noch Spuren des Missgeschicks zu finden waren.

»Nichts für ungut, Marie, aber ich sollte jetzt besser gehen. Wir sehen uns dann.« Ihre beiden Freundinnen waren inzwischen vorausgegangen. Schwungvoll drehte sich Raquel in Richtung des Ausgangs, und mit nur einer kleinen Handbewegung hielt ich das Schlüsselband fest. Energisch verließ sie den Frühstücksraum. Ich verschränkte die Arme hinter meinem Rücken und atmete erleichtert aus. Mein Herz pochte so laut, dass ich meine eigenen Gedanken kaum hören konnte. Endlich, als die Luft rein war, betrachtete ich die Beute meines Raubzugs. Jackpot.

Kapitel 22

Bei der Arbeit beschäftigte ich mich die ganze Zeit über in Gedanken damit, wie ich mich heute Abend am besten auf Irenes Zimmer schleichen sollte.

»Du bist heute so still. Ist alles gut bei dir?«, fragte Camilla, als wir gemeinsam eine Pause von der Arbeit einlegten.

»Ja, ich hab nur schlecht geschlafen«, entgegnete ich. Ich erwähnte weder die seltsamen Drogen, die in Lynns Handtasche gefunden wurden, noch Irene. Immerhin konnte ich nicht zulassen, dass auch Camilla mit in die Geschichte hineingezogen wurde. Je weniger sie wusste, desto besser. Camilla war heute nahezu redselig, und ich war froh, dass ich nur gelegentlich nicken und mit »Ja« oder »Nein« antworten musste. Grübelnd inhalierte ich meinen gefühlt zehnten Kaffee an diesem Tag und gab mir größte Mühe, das Rauschen in meinem Kopf zu ignorieren. Ich musste meine Kräfte sparen und durfte mich von den Auswirkungen des Schlafmangels nicht ausbremsen lassen. Nur zu gern hätte ich zwischendurch ein Nickerchen gehalten. Die Liegen im Kosmetikbereich sahen alle so einladend aus, doch ich durfte nicht einmal daran denken. Dann konnte ich gleich damit rechnen, von Frau Ostrowski hochkant von Bord geworfen zu werden. Stattdessen ertrug ich leidend und voller Neid das Geschnarche meiner Kunden.

Doch schließlich war es so weit. Die Termine für diesen Tag waren alle abgearbeitet, und es herrschte Aufbruchstimmung in unserer Abteilung.

»Hast du heute Abend schon etwas vor?«, fragte Camilla mich, als sie die Laken von einer Liege abzog. »Ich dachte, wir könnten heute in der Blauen Lagune was trinken gehen.«

»Tut mir leid, ich kann heute nicht«, erwiderte ich und setzte eine entschuldigende Miene auf. »Ich habe Lynn versprochen, heute eine kleine Gesichtsbehandlung bei ihr zu machen.«

»Oh, wie schade. Na, da sollest du aber Geld für nehmen. Sonst stehen bald alle bei dir Schlange und wollen sich gratis verwöhnen lassen.« Sie zwinkerte mir zu.

»Scheint, als sprichst du aus eigener Erfahrung? Na ja, bei Lynn mache ich eine Ausnahme ...«

»Ihr versteht euch gut, oder? Ich meine, das ist toll. Es ist nur so, dass ansonsten kaum jemand mit ihr zurechtkommt. Auf Dauer zumindest.«

»Ich weiß, am Anfang ging es mir auch so. Aber wenn ich eines von Lynn gelernt habe, dann hinter die Fassade der Menschen zu blicken. Es lohnt sich.«

»Okay. Ist das der Grund, warum du nicht mehr so mit Frau Ostrowski aneckst?« Ich zuckte mit den Schultern.

»Ich glaube, ich habe meine ganze Streitenergie am ersten Tag verbraucht. Auf lange Sicht kann ich so nicht arbeiten, also gehe ich lieber den Konflikten aus dem Weg.«

»Zen hat gesprochen.« Sie lachte. »Na ja, dann wünsche ich dir oder euch einen schönen Abend. Bis dann!« Camilla verschwand, und mir war bewusst, dass ich nun eine weitere Schwierigkeit zu bewältigen hatte. Natürlich verbrachte ich den Abend nicht mit Lynn, sondern hatte komplett andere, heiklere Pläne. Ich durfte mich nachher nicht von Camilla erwischen lassen. Allmählich gingen mir die Ausreden aus.

Bevor ich mich in Irenes Zimmer schleuste, musste ich zunächst herausfinden, ob die Luft rein war. Also stattete ich der *New York City Bar* einen Besuch ab und hoffte, sie würde sich dort genau wie gestern mit Whiskey und Wälzer bewaffnet aufhalten. Wenn sie erneut so lange dortblieb, hatte ich genug Zeit, um mich in ihrem Zimmer umzusehen und herauszufinden, wer Irene wirklich war. Ich nutzte meinen Vorteil als Mitarbeiter des Schiffes und betrat die Bar durch den Gastronomie-Eingang, um von Irene nicht entdeckt zu werden. Hier rotierte das Personal zwischen Kisten und Regalen.

»Na, möchtest du den Bereich wechseln?« Ben überprüfte die Kartons und war allem Anschein nach auf der Suche nach etwas Bestimmtem.

»So ein Blick hinter die Kulissen kann ja nicht schaden«, antwortete ich. »Toller Auftritt gestern übrigens! Ich hab nur leider nicht mehr mitbekommen, wer am Ende gewonnen hat.« Ben verzog das Gesicht.

192

»Wir nicht ... Diese Abba-Gruppe ist es geworden. Die Leute lieben Abba. Ich kann's mir nicht erklären. Verstehst du das?«

»Ist wohl Geschmacksache ...«

»Ja, wahrscheinlich. Du, ich habe gerade wirklich keine Zeit, wir können später noch ein bisschen plaudern. Du kannst dich auch gerne noch hier umsehen, aber komm nicht auf die Idee, etwas mitgehen zu lassen. So was fällt mir sofort auf!«

Ich hob unschuldig die Hände und fragte mich, ob man mir bereits ansah, dass ich etwas relativ Illegales plante.

Ben war wieder verschwunden. Vorsichtig öffnete ich die Tür, die zum Tresenbereich führte, einen Spaltbreit und spähte zur Bar. Jetzt verstand ich auch die Hektik, die hier herrschte, da der Saal proppenvoll war. Es sah ganz nach Happy Hour aus, oder es gab irgendein anderes Angebot, das die Gäste scharenweise angelockt hatte. Ich sah zahlreiche Menschen und doch kein einziges bekanntes Gesicht. Vor allem nicht das, nach dem ich suchte. Ein glatzköpfiger Mann beschwerte sich lautstark bei Ben. Es ging darum, dass seiner Meinung nach die vom Angebot ausgeschlossenen Cocktails deutlicher gekennzeichnet werden mussten. Die kleinen Sternchen auf der Karte konnte ja niemand erkennen. Und wie konnte es überhaupt sein, dass manche Cocktails nicht inbegriffen waren? Dann könne man sich das Angebot ja gleich schenken.

Der Mann zog die Aufmerksamkeit der anderen auf sich, und sein Kopf lief immer stärker rot an. Er erinnerte mich an den alten Teekessel meiner Omi, der auf dem Herd quietschend vor sich hin pfiff, wenn das Wasser kurz vorm Kochen war. Ich hatte jedes Mal Angst, dass der Kessel gleich explodierte, und bei dem Mann ging es mir genauso.

Da. Auf einmal entdeckte ich Irene, die sich ebenfalls in das Gespräch einmischte. Wenn ich alles fehlerfrei verstand, sollte der Mann sich ihrer Meinung nach nicht so aufführen und würde den ganzen Betrieb aufhalten. Perfekt. Ich machte die Tür wieder zu und freute mich, dass Irene in dieses Spektakel involviert war. Es würde bestimmt noch einige Zeit dauern, bis sie ihren Whiskey bekäme, und genau das spielte mir in die Karten.

»Ich hab dich schon vermisst.« Eine wohlbekannte Stimme erklang hinter mir. Im ersten Moment kam ich mir jedoch bei meinen Beobachtungen ertappt vor und zuckte zusammen.

»Hab ich dich erschreckt?« Ich drehte mich um. Es war Dean, der mich mit einer Flasche Bier in der Hand mit großen Augen ansah.

»Nein, sagte ich. Es ist nur …« Ja, was war denn überhaupt? Ich überlegte, was und wie viel ich Dean sagen sollte. Doch es galt das gleiche Prinzip wie bei allen anderen auch. Ich musste ihn schützen. Aber vielleicht konnte er mir helfen? Wann würde ich endlich aus dieser Zwickmühle herausfinden?

»Wir können da weitermachen, wo wir gestern leider aufhören mussten«, schlug er vor und grinste. Im nächsten Augenblick quetschte sich jemand vom Barpersonal an uns vorbei.

»Vielleicht herrscht hier ein bisschen wenig Privatsphäre«, sagte ich.

»Wahrscheinlich … Und ich muss gleich auch wieder
ans Klavier. Aber was machst du hier eigentlich?«, fragte
er mich.

»Ich … Ich …« Überfordert druckste ich herum und
wedelte unkontrolliert mit meinen Armen. Mein Körper
spielte total verrückt. Bei diesen Bewegungen rutschte die
Universalkarte aus meiner Hosentasche und fiel auf den
Boden. Dean bückte sich und betrachtete sie eindringlich,
ehe er sie mir wiedergab.

»Wozu brauchst du die denn?«, fragte er, und ich konnte
mir vorstellen, wie merkwürdig das wirkte.

»Eine der Damen … Irene … Sie hat Geburtstag, und
ich soll etwas vorbereiten bei ihr. Es wird eine Überraschung.« Es gefiel mir nicht, Dean anlügen zu müssen.
Doch sobald ich meine Mission erfüllt hatte und die kriminellen Machenschaften dieser Rentnerin endlich aufge-
deckt waren, konnte ich allen die Wahrheit sagen. So lange
musste ich noch warten.

»Also psst.« Ich legte meinen Zeigefinger auf die
Lippen und machte so verständlich, dass die ganze Aktion
ein Geheimnis bleiben sollte. Dean rückte näher zu mir.

»Alles klar«, flüsterte er in mein Ohr. Seine Lippen
streiften meine Wangen, und anschließend gab er mir einen
flüchtigen, aber nicht weniger intensiven Kuss. Genau das,
was ich brauchte.

»Dann mal viel Erfolg«, hauchte er und machte sich auf
den Weg zu seinem Arbeitsplatz, dem Flügel der *New York*

City Bar. Ich verharrte für einen Moment und genoss diese zärtliche Berührung. Plötzlich fühlte ich mich unbesiegbar.

Kapitel 23

Ich hatte eine Strecke über das Schiff ausgewählt, von der ich ausging, dass die geringste Anzahl Menschen auf diesen Fluren unterwegs war. Je weniger Personen mich heute Abend sahen, umso besser. So nahm meine Route zwar etwas mehr Zeit in Anspruch, aber nun stand ich hier, vor Irenes Kabine. Meine Hände zitterten, und ich blickte mich um, damit ich sicher sein konnte, dass mich niemand beobachtete. Als ich nach oben zur Decke sah, fiel mir auf, dass ich vergessen hatte, ein Detail zu beachten – die Überwachungskameras. Doch wenn es für das Personal keinen Grund gab, sich die Aufnahmen anzusehen, würden diese hoffentlich nicht zu meinen Gegenspielern werden.

Ich atmete einmal tief durch. Aufgeregt hielt ich die Schlüsselkarte gegen das Lesegerät. Ein leises Klicken ertönte, und das Lämpchen über der Türklinke leuchtete grün. Ich war drin.

Irenes Zimmer war überaus geräumig und besser als eine Suite zu beschreiben. Alles war ordentlich aufgeräumt, und ein dezenter Pfefferminzgeruch erfüllte die Luft. Diese albernen Bonbons, dachte ich und entschied mich dagegen, das Licht einzuschalten. Stattdessen verwendete ich die Taschenlampenfunktion meines Handys und überlegte, wo genau ich anfangen sollte zu suchen. Wo würde ein Dieb seine Beute verstecken?

Mit raschen Bewegungen tastete ich hinter den Kissen auf diversen Möbelstücken entlang und schlug die Teppichkante des Vorlegers auf dem Boden um. Nichts. Anschließend legte ich mich hin und leuchtete unter das Bett. Nichts. Ich betrat das Badezimmer, schaute in die Schubladen und ging als Nächstes zum Kleiderschrank. Nichts. Der einzige Ort, an dem ich mir einen vielversprechenden Fund vorstellen konnte, war der Tresor. Doch den würde ich nicht öffnen können. Verdammt. Hier war alles so auffällig unauffällig, dass mich eine Welle der Panik übermannte. Zuletzt blieb nur noch der Schreibtisch übrig. Eilig öffnete ich die Schubladen des Tisches und entdeckte tatsächlich Irenes Reisepass. Mit meinen schwitzigen Händen schlug ich ihn auf. Vielleicht hieß sie ja überhaupt nicht Irene? Gebannt las ich die Worte auf dem Dokument. Ihr voller Name lautete Irene Viktoria von Hessen. Von Hessen? Eine Adlige also? Ich suchte weiter und entdeckte einen Briefumschlag. Das Papier war auffallend fest und mit einer schnörkeligen Handschrift beschrieben. Auf der Vorderseite war der Brief mit einem Siegel verklebt, das sich bereits etwas von dem Papier abgeschält hatte. Der Brief war geöffnet. Ich zögerte einen Moment und biss auf meine Unterlippe. Dann nahm ich das Papier heraus und begann zu lesen.

Liebe Irene,

wie schön zu hören, dass Du Dich von dem Eingriff wieder erholt hast und in der Reha genesen bist. Wir haben Dich bei den Festspielen in Bayreuth sehr vermisst.

Woodley Castle macht zur Zeit eine Menge Arbeit, da wir um eine Renovierung nicht mehr herumgekommen sind. Trotzdem erfreuen sich die Gäste noch immer an den Rundgängen durch dieses Stück Geschichte, was die Hauptsache ist.

Perry hat übrigens eine neue Frau. Sie trug einen grässlichen Hut beim Pferderennen in Ascot, aber vielleicht sollte ich ihr noch eine Chance geben. Da Du auf deiner Reise in Edinburgh vorbeikommst, sende ich Dir mit diesem Brief eine Einladung zur Vernissage von Hector. Seine Kunst ist gewöhnungsbedürftig, aber ich habe ihm bereits zugesagt. Es würde mich sehr freuen, wenn Du ebenfalls kommst. Eine herrliche Tasse Tee mit meiner besten Freundin hat doch bisher jedes Event erträglich gemacht. Ich umarme Dich und melde mich, sobald unser Telefon wieder angeschlossen ist.

Bis dahin,

Deine Eleonora

Der Absender des Briefes war eine Countess of Berwickshire. Lag ich etwa die ganze Zeit so falsch? Irene hieß mit Nachnamen von Hessen, und ihre beste Freundin war eine Countess. Sie stand in Kontakt zum britischen Landadel? Eine solche Person hatte es doch nun wirklich nicht nötig, andere zu bestehlen.

Mit hektischen Bewegungen fummelte ich den Brief zurück in das Kuvert. Ich legte alles so, wie ich es vorgefunden hatte in die Schublade und wurde auf ein Foto aufmerksam, das unter Irenes Reisepass lag. Es zeigte eine Handvoll schick zurechtgemachter Damen vor einem historischen Gebäude. Möglicherweise eine Burg oder ein Gutshaus. Alle trugen farblich auf ihre Kostüme abgestimmte Hüte, teilweise groß und ausladend oder auch klein, aber dafür mit umso mehr Federn. Diese Aufnahme könnte genauso in einer der Adleszeitschriften abgedruckt sein, die bei Betty immer im Wartebereich auslagen. Ein plötzliches Klopfen an der Tür ließ mich zusammenzucken.

»Zimmerservice!«, rief jemand. In Sekundenschnelle legte ich das Foto zurück und schloss die Schublade des Schreibtisches. Übelkeit übermannte mich. Wie konnte es sein, dass der Zimmerservice Irene etwas brachte? Sie war doch gar nicht hier? Aber egal, wer den Raum gleich betreten würde, es wäre besser, wenn die Person mich nicht zu Gesicht bekäme.

Nervös blickte ich mich um. Mir blieb nichts anderes übrig, ich musste mich verstecken. Als Erstes sah ich zu den langen, schweren Vorhängen. In den meisten Filmen, die ich gesehen hatte, ging diese Art des Untertauchens jedoch nicht glimpflich aus. Nein, ich brauchte etwas anderes. Leise schlich ich einige Schritte auf den Balkon zu. Nein, ich würde es nicht riskieren, gefühlte hundert Meter tief zu fallen und als Fischfutter im Meer zu enden. Vielleicht die sicherste Variante, um nicht ertappt zu werden, aber nicht für mich.

Das Klopfen ertönte ein weiteres Mal, und ich befürchtete, dass mir ab jetzt nur noch Sekunden blieben. Verunsichert drehte ich mich im Kreis und stürmte zum Bett. Es gab keinen anderen Ausweg. Flink kroch ich unter das Möbelstück und achtete darauf, dass ich komplett unter diesem verschwand. Jeder Schatten, jedes noch so kleinste Stückchen Fuß oder Ellenbogen könnte mich verraten. Gerade als ich mich so klein gemacht hatte, wie es nur ging, hörte ich ein Surren und anschließend das Piepsen des elektronischen Türschlosses. Schritte. Jemand war im Zimmer. Ich wagte kaum zu atmen und wünschte mir nichts mehr, als dass die Person sich beeilen würde und sofort wieder verschwand.

»Siehst du etwas?«, fragte eine männliche Stimme, und ich erblickte einen Schuh neben dem Bett. Jeder noch so winzige Muskel meines Körpers war angespannt.

»Auf den ersten Blick nicht. Schau du mal im Bad nach, ich gehe auf den Balkon.« Nanu? Es waren zwei Personen hier? Und ganz eindeutig handelte es sich nicht um den Zimmerservice, sondern sie waren auf der Suche nach … mir? Meine Haut brannte, und das Blut rauschte in meinen Ohren. Mein Herz schlug so schnell, dass ich Angst hatte, gleich zu hyperventilieren. Ich musste versuchen, lautlos zu bleiben. Wahrscheinlich verstrichen nur einige Sekunden, doch für mich fühlte es sich an wie eine Ewigkeit, in der ich gefangen war.

»Draußen ist auch nichts«, sagte der Mann, und ich erkannte seine Stimme. Es war Tim. Er suchte tatsächlich nach mir. Oder nach Lynn? Aber …? Hatte ich etwa die Überwachungskameras unterschätzt?

»Ich habe auch nichts weiter gefunden, keine Auffälligkeiten«, entgegnete der andere Mann.

»Gut, es gibt auch keinerlei Spuren einer Durchsuchung. Wir lassen die Sache also vorerst auf sich beruhen und beeinträchtigen die Privatsphäre des Gastes nicht weiter.« Wieder schwere Schritte, die sich jetzt aber in Richtung der Zimmertür bewegten. Ein kurzes Innehalten, und ich war wieder allein in Irenes Zimmer.

Als ich mich sicher fühlte, atmete ich laut aus und versuchte, meinen Körper, sofern mir das überhaupt möglich war, zu entspannen. Das war knapp. Viel zu knapp. Ich wollte nur noch eines, und zwar hier raus. Mühevoll und unter Ächzen und Stöhnen verließ ich mein Versteck. Einen Moment lang zögerte ich an der Tür und lauschte, ob Tim und der andere Mann auf dem Flur zu hören waren. Doch nichts regte sich. Ich drückte die Klinke herunter und trat aus dem Zimmer. Mir war schwindelig, und ich wollte schnurstracks zum Außendeck gehen, um frische Luft zu schnappen und das eben Erlebte erst einmal verdauen zu können.

»Hey Marie! Kann ich dir helfen? Suchst du etwas?« Es war die Stimme von Tim.

Kapitel 24

Mir gefror das Blut in den Adern. Ich traute mich kaum, mich umzudrehen. Die ungeahnte Lautstärke seiner Stimme ließ mich zusammenzucken und verriet mir, dass er bereits direkt hinter mir stand. Er hatte mich entdeckt. Ich suchte mein Pokerface und hatte gleichzeitig Angst davor, dass jetzt alles vorbei war. Er konnte eins und eins zusammenzählen, und egal, was ich in diesem Moment sagte, es würde die Situation nur noch verschlimmern. Ich war geliefert, konnte direkt im nächsten Hafen auschecken und mich auf den Weg nach Hause machen. Vielleicht würde noch eine Anzeige dazukommen? Und was war mit Lynn? Die Gedanken rasten durch meinen Kopf, doch ich musste diese Schockstarre mit allen Mitteln durchbrechen und zumindest versuchen, mich aus dieser Lage zu retten.

»Oh hey«, sagte ich, und es folgte eine lange Pause. Ich hatte mich zu Tim gewandt und lächelte ihn an. Er beäugte mich misstrauisch, und die beste Ausrede, die mir einfiel, war, dass ich mich verlaufen hatte. Gerade als ich weitersprechen wollte, erklang das hohe *pling* des Fahrstuhls und dessen Türen öffneten sich. Irene trat heraus und kam auf uns zu.

»Frau Brook, wie schön, dass Sie schon da sind!«, sagte sie freudestrahlend, und in meinem Inneren sang ich ein

Loblied auf diese Dame. Keinen Moment zu früh. Tim schaute irritiert erst zu mir, dann zu Irene.

»Eine kleine Privatbehandlung«, entgegnete Irene und zwinkerte Tim zu. Der wiederum zuckte nur mit den Schultern, murmelte, dass er uns viel Spaß wünschte, und machte sich aus dem Staub. Dankbar betrachtete ich Irene. Mir schien, als hätten wir etwas zu besprechen.

Um unser Gespräch nicht in aller Öffentlichkeit auf dem Flur führen zu müssen, öffnete Irene ihre Zimmertür und wir traten ein. Beschämt ließ ich meinen Kopf hängen und erklärte ihr unter ständigem Räuspern, dass ich soeben in ihre Suite eingebrochen war. Diese Beichte war mir so unangenehm, dass ich befürchtete, dass sich in immenser Geschwindigkeit hektische Flecken an meinem Hals ausbreiteten.

»Wie um alles in der Welt kommen Sie darauf, hier bei mir herumzuschnüffeln?« Energisch klopfte Irene mit ihrem Stock auf den Boden.

»Ich hatte Indizien und …«, versuchte ich, mich zu rechtfertigen, konnte ihren Ärger aber bestens verstehen.

»Sie waren zu vorschnell. Sie hätten mich gestern in der Bar auch zu Wort kommen lassen sollen, dann hätten Sie es besser gewusst.« Sie schüttelte den Kopf.

»Ich hatte meine Gründe«, erklärte ich. »Meiner Freundin und Mitbewohnerin wurden Drogen untergeschoben! Direkt nachdem wir Sie bei dem Konzert auf Toilette getroffen haben!« Ich bemerkte, dass ich wieder bei Null angekommen war und nicht begreifen konnte, wer mir oder Lynn so etwas antun würde.

»Na ja, und dann habe ich eben die Kleinigkeiten zusammengefügt und bin zu dem Schluss gekommen …«

»Moment, Ihnen wurden Drogen untergejubelt, sagen Sie?«, fragte Irene und zog eine ihrer Augenbrauen in die Höhe. »Jetzt ergibt das alles einen Sinn.«

»Ja«, entgegnete ich verzweifelt. »Aber wo ist da der Sinn? Ich verstehe das alles nicht! Ich hatte das Bedürfnis, mehr über Sie herauszufinden und …«

»Und? Bin ich eine Drogenbaronin?«

»Ich denke, nicht. Baronin vielleicht, aber … Ja, ich lag komplett falsch.«

»Gräfin, ich bin eine Gräfin«, klärte Irene mich auf.

»Aber das tut jetzt nichts zur Sache. Viel wichtiger ist, was ich Ihnen nun zu berichten habe. Ich habe schon darauf rumgegrübelt, wie ich dieses Puzzleteil einzusetzen habe, doch jetzt begreife ich so langsam …« Ich war gespannt, was Irene offenbaren würde. Wir setzten uns nebeneinander auf das Sofa und ich bemühte mich, das Vergangene hinter mir zu lassen, um mich ganz auf diese neuen Informationen konzentrieren zu können.

»Gestern Abend habe ich noch eine interessante Beobachtung gemacht. Ich habe diese überaus laute Musikveranstaltung verlassen und mir noch etliche Prospekte für diese überteuerten Ausflüge angeschaut.« Irene rollte mit den Augen. »Was man nicht an Geld ausgeben kann, um sich ein Paar alte Steine anzusehen und in einem scheußlichen Café verköstigt zu werden.« Ich wünschte mir, sie würde die Geschichte nicht lang und breit ausschmücken, sondern bald zum Punkt kommen.

»Ich blätterte also durch die Flyer, da hörte ich, wie hinter der Ecke gesprochen wurde. Die Person sagte etwas wie *Ja, er ist drauf angesprungen* und *Das sollte es für sie gewesen sein.*«

»Wer hat das gesagt?«, fragte ich neugierig. »Und zu wem?«

»Es war ihre Kollegin ... Die, die mir damals so freundlich die Kiste mit den Fundsachen gezeigt hat.« Mir blieb der Mund offen stehen. Das konnte doch nicht wahr sein. Camilla? Sie hatte das alles eingefädelt? Sie wollte mich loswerden? Aber warum? Ich dachte an unseren gemeinsamen Nachmittag, an dem wir uns in der Einkaufspassage die Uhren angesehen hatten. Offenbar schwebte ihr ein anderer Lebensstil vor, den sie aber unmöglich mit ihrem derzeitigen Gehalt führen konnte. Daher die Diebstähle? Hatte sie also von meinen heimlichen Ermittlungen oder meinem Kontakt zu Irene Wind bekommen?

»Mit wem hat sie gesprochen?«, fragte ich erneut und hoffte, dass Irene eine Antwort hatte.

»Das kann ich Ihnen leider nicht sagen. Sie hat telefoniert, und das Gespräch war außerordentlich kurz. Leider habe ich mich wohl etwas zu weit nach vorn gebeugt, um besser um die Ecke schauen zu können, da fielen einige der Hefte aus dem Ständer.«

»Sie hat Sie also bemerkt? Das ist nicht gut ...«

»Na ja, ich habe dann einfach so getan, als wäre ich nur eine tüddelige alte Oma. Was kann eine demente Frau ihr denn schon anhaben. Beziehungsweise, wer würde meinem Wort schon Gewicht beimessen? Ich hatte meinen Verdacht ja auch dem Personal gemeldet, doch anscheinend spiele ich meine Rolle zu oft. Und dann immer diese Kriminalromane ...« Verunsichert deutete sie auf das dicke Buch, das auf ihrem Nachttisch lag.

»An der Rezeption hat man sich zwar geduldig meine Geschichte angehört, aber ich habe gleich gemerkt, dass mir niemand wirklich glaubte. Ich bin eben nur eine verwirrte, alte Frau, die Fantasie und Realität nicht mehr voneinander unterscheiden kann.« Mürrisch verschränkte Irene ihre Arme.

»Tja, und die Geschichte von einer Privatbehandlung hat Tim uns doch auch nicht wirklich abgekauft. Es würde rein gar nichts bringen, wenn ich mich auch noch mal bei ihm melde.« Schweigend grübelten wir.

»Es geht nicht anders«, sagte ich schließlich. »Ich muss es noch mal selbst in die Hand nehmen und darf es dieses Mal nicht versemmeln. Camilla und ich arbeiten zusammen, da sollte ich doch irgendwie an ein Beweisstück kommen. Mehr brauchen wir ja nicht.« Ich erinnerte mich daran, wie ich nachts durch den Wellnessbereich geschlichen war und unabsichtlich das Telefonat von Frau Ostrowski belauscht hatte. Camilla war auch zu dieser ungewöhnlichen Uhrzeit dort aufgetaucht, also lag es nahe, dass sie im Wellnessbereich etwas versteckte oder die beiden womöglich zusammenarbeiteten.

»Rein oberflächlich haben Camilla und ich ein freundschaftliches Verhältnis. Das kann ich zu unserem Vorteil nutzen.«

»Schaffen Sie das denn?«, fragte Irene. »Ich meine …
Meine Erfahrung sagt mir, dass mit Menschen, die mit
Drogen zu tun haben, nicht zu spaßen ist. Ich habe so ein
ungutes Gefühl, dass dieser Fall doch größer ist, als ich es
ursprünglich angenommen hatte.« Ihre Fürsorge berührte
mich, und ich fühlte mich dadurch noch schlechter, in
ihren privaten Unterlagen herumgewühlt zu haben.

»Na ja, in fremde Zimmer eindringen können Sie ja
immerhin schon«, entgegnete sie, und wir mussten beide
schmunzeln.

»Waren Sie früher eigentlich mal eine echte Detekti-
vin?«, fragte ich, da mich Irenes Sinn für Ermittlungen
immer wieder überraschte.

»Nein, nur privat, wenn es um die Nachbarn oder die
Familie ging. Dabei hat dieses kleine Hilfsmittel keine
unwesentliche Rolle gespielt.« Irene öffnete ihre Handtasche und holte ein Opernglas hervor. Auffordernd nickte
sie mir zu und überreichte mir den Gegenstand.

»Nehmen Sie es, vielleicht kann es Sie morgen unterstützen. Mir jedenfalls hat es schon treue Dienste erwiesen.
Und was meine weiteren Erfahrungen mit kriminellen Ver-
wicklungen angeht … Mein Mann hat beim MI6 gearbeitet.« Ich machte große Augen. Es war kaum zu glauben,
was für Geschichten sich hinter dieser älteren Dame ver-
bargen.

»Wow, der britische Geheimdienst? Das ist ja der
Hammer!«

»Ach, so viel gibt es dazu eigentlich gar nicht zu erzählen. Das meiste musste streng geheim gehalten werden,

und mein Mann war nur selten zu Hause und oft im Einsatz.«

»Das war sicherlich gefährlich. Ist er ... Ich meine ...?«

»Ob er bei einem Einsatz umgekommen ist? Nein, das wäre mal eine Story! Er ist an einem ganz unspektakulären Herzinfarkt gestorben, da war er schon lange in Rente.«

»Das tut mir leid«, entgegnete ich.

»Kommen Sie, wir trinken einen auf meinen Henry, und dann biegen wir die Geschichte morgen schon zurecht.« Irene erhob sich und öffnete die Minibar. Sie schenkte Whiskey in zwei Gläser und reichte mir eines.

»Auf Henry und die erfolgreiche Aufklärung der Verbrechen!«

Mein Rachen brannte noch immer, als ich Irenes Kabine verlassen hatte. In Gedanken spielte ich verschiedene Szenarien durch, wie der morgige Tag ablaufen könnte. Als ich auf meinem Zimmer ankam, war von Lynn keine Spur. Hatte sie etwa eine weitere Nachtschicht? Das Timing war ausgesprochen schlecht, da ich ihr erzählen wollte, das alles gut werden würde. Sorgfältig verstaute ich das Opernglas in meiner Tasche, damit ich morgen bloß nicht vergaß, es mitzunehmen. Ich löschte das Licht und schlief unruhig. Immer wieder wachte ich auf, da ich stets darauf wartete, dass Lynn zurückkam. Doch ich blieb allein.

Kapitel 25

Am nächsten Tag erkundigte ich mich an der Rezeption nach Lynn. Allmählich machte ich mir Sorgen, meine Zimmergenossin gar nicht mehr anzutreffen.

»Sie muss sich zur Zeit ein wenig schonen«, antwortete mir ein Mitarbeiter, der für das Personal zuständig war.

»Irgendwas hat sie mächtig aus der Bahn geworfen, das ist gestern bei der Arbeit aufgefallen. Sie liegt jetzt vorübergehend auf der Krankenstation, aber was genau sie hat, darf ich dir nicht sagen.« Ich bedankte mich bei ihm für die Informationen, die mir überhaupt nicht weiterhalfen. Ganz im Gegenteil verstärkten sie sogar mein Unwohlsein. Ich zwang mich regelrecht dazu, etwas zu essen. Der Gedanke an Lynn, die unschuldig in diese Angelegenheit mit hineingezogen wurde, sorgte dafür, dass mir übel wurde. Mit einem genauso unschönen Gefühl machte ich mich auf den Weg zur Arbeit. Routiniert ging ich meine Abläufe durch, und noch erschien alles wie an einem absolut gewöhnlichen Tag.

»Machen wir heute zur gleichen Zeit wie immer Pause?«, fragte ich Camilla.

»Sorry, ich kann heute nicht«, entgegnete sie und sah mich entschuldigend an. »Ich nutze meine lange Pause heute, um eine Freundin in Dublin zu besuchen.« Eine Freundin also, soso.

»Ach, wie schade«, antwortete ich. »Aber ich wünsche euch einen schönen Tag!«

»Du solltest dir auch unbedingt die Stadt ansehen!«, empfahl sie mir. »Sie ist wunderschön, und es gibt an jeder Ecke etwas zu entdecken.«

»Mal sehen.« Ich widmete mich dem Terminkalender. Es blieb mir während der langen Pause mehr Zeit als genug. Also würde ich mich Camilla an die Fersen heften und herausfinden, was sie wirklich in Dublin vorhatte.

»Ich werde mich nachher spontan entscheiden«, erklärte ich und wollte das Thema vorerst auf sich beruhen lassen.

»Ein leckeres Guinness in Temple Bar, das wäre doch eine nette Abwechslung.« Sie lächelte mich so freundlich wie immer an. Ich gab mein Bestes, es ihr gleichzutun, auch wenn diese Geste für mich einen üblen Beigeschmack hatte. So wie dieses muffige, abgestandene Bier. Ich mochte Bier generell schon nicht sonderlich gern, aber diese schwarze Brühe spielte noch mal in einer komplett anderen Liga.

Die Stunden plätscherten nur langsam vor sich hin, und ich überlegte ständig, ob ich für meine Beschattung überhaupt ausreichend ausgerüstet war. Das Opernglas von Irene und mein Handy mussten genügen. Zum größten Teil musste ich mich auf mich selbst verlassen.

***

Dann war es so weit. Ich war schnell in Jeans und Pullover geschlüpft und machte mich auf den Weg zum Ausgang des Schiffes.

»Ein bisschen frische Luft schnappen?«, fragte Tim mich, der an der Rezeption die Stadtpläne sortierte. Ich hätte ihn auf Lynns Situation ansprechen können. Oder auf gestern Abend generell. Doch stattdessen nickte ich nur stumm, nahm mir einen der Pläne und versuchte, in der großen Anzahl von Touristen unterzugehen. Flüchtig betrachtete ich den Stadtplan. Es würde nicht leicht werden, in einer Stadt, in der ich mich nicht auskannte, jemanden unentdeckt zu verfolgen. Das war ja ohnehin schon keine leichte Aufgabe.

In Dublins Hafen ging es äußerst turbulent zu. Gleich mehrere Kreuzfahrtschiffe lagen hier, und schon vom Terminal aus konnte ich das große Getümmel der Reisenden beobachten. Ich hatte nie zuvor so viele verschiedene Menschen um mich gehabt wie auf dem Schiff, in Edinburgh oder jetzt in diesem Hafen. Die Leute drängelten, quetschten sich nah an einen heran, und ich vermisste einen gewissen Mindestabstand, der meine Privatsphäre nicht einschränkte. Das meinten die Menschen also, wenn sie sagten, sie fuhren aufs Dorf, um mal wieder frei atmen zu können.

Nachdem ich nachdenklicher als je zuvor den Shuttlebus betreten hatte, sah ich in einer der hinteren Reihen Camilla sitzen. Nun war sie wieder diejenige, die ich voll und ganz fokussierte. Sie hatte einen Rucksack neben sich gestellt, hörte Musik und sah abwesend aus dem Fenster.

Komisch, ein Rucksack passte überhaupt nicht zu ihr. Eine schicke Lederhandtasche mit goldenen Akzenten, ja, aber dieser Rucksack ließ mich stutzen. Vielleicht befand sich ein Teil von den gestohlenen Gegenständen darin? Auch ich nahm Platz und studierte ungeduldig erneut die Karte.

Kurz darauf setzte sich der Shuttlebus in Bewegung. Dieser startete seinen Weg zum zentral gelegenen *Trinity College*. Der Stadtplan beschrieb in kurzen Worten das außerordentlich sehenswerte, imposante Bauwerk der Universität, und tatsächlich war das keine Übertreibung. Ich staunte nicht schlecht, während wir den Gebäudekomplex passierten, und es kam mir so vor, als handele es sich hierbei eher um eine Kathedrale oder ein altehrwürdiges Kloster. Auf den Straßen herrschte jede Menge Betrieb, sodass ich immer nervöser wurde. Zwar half mir diese Tatsache dabei, nicht entdeckt zu werden, doch ich musste umso mehr aufpassen, Camilla nicht aus den Augen zu verlieren. Unter zischenden Geräuschen öffneten sich die Türen des Busses und die Gäste verließen das Fahrzeug, um ihre Erkundungstour zu starten. Ich erhob mich von meinem Sitz und trat ins Freie. Gerade überlegte ich, wo ich am besten unauffällig auf Camilla warten konnte, da hatte sie mich entdeckt.

»Hey, du siehst dir also doch die Stadt an! Sehr gute Entscheidung!«, verkündete sie glücklich und band sich ihre Haare zu einem Pferdeschwanz.

»Ja, ich werde einen kleinen Stadtrundgang machen«, erwiderte ich.

»Perfekt! Wenn du nach Temple Bar möchtest, musst du da vorne einfach nur immer weiter der Fleet Street folgen, dann findest du es schon von ganz alleine.« Camilla deutete auf eine der Abzweigungen.

»Also, ich muss dann los. Wir sehen uns später!« Sie umarmte mich und marschierte am Bus vorbei. Ich musste wachsam bleiben. Vorsichtig lehnte ich mich an das hintere Ende des Busses und schaute um die Ecke. Mit wippendem Pferdeschwanz stolzierte Camilla über den Bürgersteig. Viel größer durfte ich die Distanz zu ihr nicht werden lassen. Also überquerte auch ich die Kreuzung und erschrak, als knapp vor mir ein Auto mit quietschenden Reifen zum Stehen kam. Mit wilden Gesten und Handbewegungen entschuldigte ich mich beim Fahrer, da es mein Fehler war und ich zur falschen Straßenseite geschaut hatte. Der Fahrer schüttelte nur den Kopf. Ich konnte es ihm nicht übelnehmen, wenn die hohe Dichte von Touristen in dieser Stadt ihn nervte. Wahrscheinlich waren die meisten Einwohner schon auf die Unwissenheit der Reisenden eingestellt. Vielleicht wäre dieser Vorfall ansonsten auch nicht ganz so glimpflich ausgegangen.

Ich atmete kurz durch, musste mich aber sofort wieder sputen und hoffte, dass diese Aktion nicht Camillas Aufmerksamkeit erregt hatte. Doch zum Glück ging sie unbeirrt weiter die Straße entlang. Ich tat es ihr gleich, las Schlagzeilen der Zeitschriften, die an den Gehwegen in Zeitungsständern ausgestellt waren, oder verweilte hin und wieder vor einem Schaufenster. Im Geschehen untergehen und unauffällig bleiben, war mein Ziel. Die Backwaren und Törtchen, die in den Auslagen drapiert waren, ließen mir das Wasser im Mund zusammenlaufen. Bei der Aufregung hatte ich das Essen ganz vergessen, und jetzt machte sich ein deutliches Hungergefühl bei mir bemerkbar. Bloß nicht ablenken lassen.

Auf der linken Seite befand sich offenbar noch immer das Gelände des *Trinity Colleges*. Doch inzwischen waren die verschnörkelten Fassaden einem grünen Park gewichen. Wurde dieser als Sportfeld genutzt? Es musste sich erstaunlich erhaben anfühlen, in einer solch prunkvollen Institution zu studieren. Doch für Tagträumereien blieb keine Zeit, auch wenn ich Dublin zu gerne besser kennengelernt hätte.

Die Sonne strahlte mit voller Kraft und blendete meine Sicht. Schützend hielt ich eine Hand über meine Augen und beobachtete Camilla, die an einer roten Ampel wartete. Während dieses kurzen Augenblicks fielen mir die hübschen Hauseingänge neben mir auf. Dunkelblau gestrichene Türen mit goldfarbenen Hausnummern waren von leuchtend weißen Säulen umrahmt, und ich hatte das Gefühl, dass das, was auch immer sich hier befand, nur exquisit sein konnte. *Merrion Square* las ich auf dem Straßenschild, das über mir an der Hauswand prangte. Das war also mein aktueller Standort. Ich hatte keine Zeit dazu, diesen auf meiner Karte abzugleichen, da die Ampel soeben auf Grün geschaltet hatte und Camilla sich wieder in Bewegung setzte.

Weiter ging's. Auf der anderen Straßenseite erstreckte sich eine kleine Grünanlage, eingerahmt von einem dünnen schwarzen Zaun. Durch einen schmalen Eingang betrat Camilla den Park, und ich beschloss, von einer anderen Seite eben diesen zu betreten, da ich mir hier mehr Sichtschutz erhoffte. Zu meiner Verwunderung war Camilla urplötzlich stehengeblieben und las einige der Schilder, die dort aufgestellt waren. Sie war doch nicht wirklich für etwas Sightseeing hierhergekommen? Ich brauchte dringend eine bessere Position, von der ich ihre nächsten Handlungen beobachten konnte.

Der große Fels, auf dem eine bemalte Statue thronte, kam wie gerufen. Leichtfüßig schlich ich dahinter und nahm noch aus dem Augenwinkel das am Stein befestigte Informationsschild wahr. Bei der Statue handelte es sich der Beschriftung nach um Oscar Wilde. Seine Skulptur verweilte in lässiger Pose über mir, während ich Camilla weiterhin nicht aus den Augen ließ. Mit meinem Fuß stieß ich gegen einen harten Gegenstand, der anschließend klirrend umfiel. Erst zu spät hatte ich die zahlreichen Flaschen auf dem Boden neben mir entdeckt. Offenbar war dieses lauschige Plätzchen zu gewissen Uhrzeiten ein Treffpunkt für Jugendliche, die sich hier gerne zum Biertrinken trafen. Hatte ich mich durch den Lärm verraten? Verkrampft presste ich die Lippen aufeinander, doch Camilla sah sich noch immer seelenruhig auf dem Platz um.

Vorsichtig schob ich mit dem Fuß weitere Flaschen beiseite und hockte mich hinter den Felsen. Das Versteck war perfekt. Von hier aus hatte ich Camilla erstklassig im Blick und konnte davon ausgehen, dass sie mich nicht sah. Sie ging langsam den kleinen Sandweg auf und ab, als wartete sie auf jemanden. Traf sie ihre Kontaktperson, zum Austausch von Informationen? Oder wollte sie das Diebesgut an einen Fremden übergeben, der ihr im Gegenzug Bargeld in die Hand drückte? Ich hielt mein Handy bereit, sodass ich von diesem Ereignis, was auch immer es sein mochte, ein Beweisfoto schießen konnte.

Plötzlich wurde es unverhältnismäßig voll auf dem kleinen Platz. Die angenehm beschauliche Atmosphäre war damit zerstört, und die vielen Menschen erschwerten mir die Arbeit. Eine Reisegruppe, bestehend aus mindestens dreißig Leuten, marschierte ohne Umwege auf mich zu. Oder viel mehr: auf die Statue von Oscar Wilde. Jeder von ihnen zückte seinen Fotoapparat und lichtete etliche Male den gemütlich liegenden Mann ab.

Ich tauchte weiter hinter dem Felsen ab, es musste nicht unbedingt sein, dass einer von ihnen auf mich aufmerksam wurde. Doch es schien ganz so, als hätten sie nur Augen für die angemalte Statue.

Ein weiteres Problem erschwerte mir die Arbeit. Durch diese kulturinteressierte Meute verlor ich die Sicht auf Camilla. Sie befand sich weiterhin zwischen der knipsenden Masse, was ich an ihrem langen, dunklen Pferdeschwanz erkannte, der ab und zu sichtbar wurde. Erneut hätte das Timing besser sein können, doch ich musste dranbleiben. Außerdem waren jetzt andere Mittel gefragt, da es in diesem Durcheinander unmöglich war, auch nur an ein Beweisfoto zu denken. Ich wühlte in meiner Tasche nach dem Opernglas, das Irene mir gegeben hatte. Zwar konnte Camilla perfekt in dem Gewusel untertauchen, doch Gleiches galt für mich. Ganz ungeniert richtete ich meinen Blick auf sie.

Etwas passierte. Endlich. Camilla holte ihr Handy hervor und begann ein Gespräch mit der Person auf der anderen Leitung. Den Anfang hatte ich nicht ganz mitbekommen, es dauerte immer etwas, bis ich mich auf die Lippenbewegungen konzentrieren konnte. Die Entfernung erschwerte die Sache zusätzlich. Ich erkannte das Wort *Übergabe*, doch alles weitere waren nur vage Vermutungen. Ich ärgerte mich über diese miese Ausgangslage, doch es ließ sich nun mal nichts daran ändern. Das Gespräch war noch nicht zu Ende. Eine Weile schwieg Camilla und hörte sich womöglich nur Anweisungen oder Pläne für weitere Vorgänge an.

Komm schon, antworte, dachte ich, während mir allmählich die Knie dadurch schmerzten, dass ich hier unbequem hinter dem Felsen hockte. Ich brauchte dringend eine handfeste Information.

Heute Abend, 23 Uhr im Wellnessbereich. Ich werde da sein. Bis dann.

Mein Flehen wurde erhört. Hätte ich die Möglichkeit dazu gehabt, wäre ich spätestens jetzt jubelnd eine Runde durch den Park gelaufen. Camilla traf heute weitere Vorkehrungen mit ihrem Komplizen. Oder ihrer Komplizin. Sofort dachte ich wieder an Frau Ostrowski. Ich konnte es kaum erwarten, die Gesichter der beiden zu sehen, wenn sie feststellten, dass ihnen das Handwerk gelegt wurde. Von mir, der Neuen und einer alten Dame, die man tunlichst nicht unterschätzen sollte. Doch vorerst musste ich es wieder heil aus diesem Versteck herausschaffen.

Meine Beine waren inzwischen komplett eingeschlafen. Sie kribbelten und fühlten sich an wie aus Gummi. Sie durften jetzt nicht versagen, denn Camilla setzte sich in Bewegung. Ich musste ihr folgen, vielleicht konnte ich so noch mehr herausfinden. Als sie sich bereits ein ordentliches Stück vom Eingang des Parks entfernt hatte, sprang ich aus dem Gebüsch hervor. Ich schob mich durch die Touristen, die hier immer noch pausenlos Selfies produzierten.

»Hello, pictures?« Jemand packte mich an der Schulter.

»No«, sagte ich knapp und schüttelte den Kopf. Der Mann, der mich angesprochen hatte, grinste immer noch freundlich.

»Yes, take a picture here«, entgegnete er und hielt mir seine Digitalkamera direkt vor das Gesicht.

»No!«, erwiderte ich erneut, diesmal bestimmter, und nahm die Kamera nicht entgegen. Diese Geste verstand er schon etwas besser.

»No like pictures?«, fragte er traurig, und ich hörte das Durchreißen meines Geduldsfadens.

»Chief Inspector Brook«, entgegnete ich kühl.

»Secret Mission, need to leave fast!« Jetzt blickte der Mann mich entgeistert an. Mir war nicht klar, ob er mich verstanden hatte oder welche Information zu ihm durchgedrungen war, doch er ließ von mir ab und bewegte einige seiner Mitreisenden dazu, mir Platz zu machen. Mich beschlich das Gefühl, dass die Touristen sich augenblicklich nicht mehr wohl an diesem Ort fühlten. Geschockt japsten sie auf und starrten mich mit weit aufgerissenen Augen an.

Doch ich ließ mich nicht weiter ablenken, eilte aus dem Park und sah mich nach Camilla um. Die Straßen waren ausgesprochen belebt, und ich hatte keine Zeit mehr, lange nach ihr zu suchen. Vielleicht war sie auch längst auf und davon. Ich überquerte die Kreuzung und suchte immer weiter. Nichts. War da nicht …? Ja, der lange, dunkle Pferdeschwanz wippte neben einer Bushaltestelle auf und ab. Das musste sie sein. Ich setzte zur Verfolgung an, doch meine Motivation währte nur kurz. Camilla stieg in eines der schwarzen Taxis, und binnen weniger Sekunden war sie über alle Berge. Das war es also vorerst. Aber eigentlich hatte ich jetzt ja schon genau das, was ich brauchte.

Kapitel 26

Die restlichen Stunden bei der Arbeit waren im Schneckentempo vergangen. Unentwegt schwebte mir nichts anderes als Camillas abendliches Treffen vor, bei dem ich endlich erfahren würde, wer außer ihr für die kriminellen Taten auf dem Schiff verantwortlich war.

Nach dem Feierabend saß ich auf meinem Zimmer und hoffte, dass es Lynn den Umständen entsprechend gut ging. Bei der Krankenstation hatte man mir gesagt, dass sie noch viel Ruhe brauche und deshalb zur Zeit keinen Besuch empfangen dürfe. Die Gerüchte, die sich unter den Mitarbeitern über sie verbreiteten, ließen mich immer wütender werden. Wenn nur eine Person von ihnen ihr wahres Ich kannte, würden sie wissen, dass Lynn niemals auch nur wagte, daran zu denken, Rauschmittel zu konsumieren. Nach heute Abend wäre dann endlich alles vorbei.

Ich griff nach meinem Handy und las eine kurze Mitteilung von meiner Mutter. Sie hatte ein Foto von sich und meinem Vater geschickt und sendete mir sonnige Grüße. Zum Antworten war ich jedoch zu aufgewühlt. Mit schwitzigen Händen steckte ich das Telefon in meine Hosentasche zurück. Kurz bevor ich mich auf den Weg machte, warf ich schnell einen flüchtigen Blick in den Spiegel, redete mir Mut zu, straffte die Schultern und verließ anschließend meine Kabine. Doch bevor ich mich zum Wellnessbereich begeben konnte, musste ich rasch Irene auf den neuesten Stand bringen.

Im Augenblick waren die Bar und das Schiff an sich relativ leer, da heute erst gegen Mitternacht abgelegt wurde. Wahrscheinlich trieben sich die meisten Gäste so lange wie möglich in den Pubs rund um *Temple Bar* herum oder spazierten durch die belebten Gassen der Innenstadt. Da ich inzwischen das Gefühl hatte, andauernd beobachtet zu werden und nirgends mehr sicher zu sein, hatte ich den ermittelten Treffpunkt und die Uhrzeit auf einem Zettel notiert, den ich Irene nun ganz diskret zukommen lassen würde. Doch von ihr war keine Spur zu sehen. Nervös setzte ich mich an den Tresen und fing an, die ersten Erdnüsse zu schälen und mir in den Mund zu stopfen.

Ich konnte spüren, wie das kleine Zeitfenster, das mir bis zum Treffen im Wellnessbereich blieb, sich immer weiter verengte. Ich durfte hier nicht ewig auf Irene warten, sondern musste unbedingt rechtzeitig an Ort und Stelle sein. Zwar hatte ich mir bereits ein Versteck für die Observation von Camilla und ihrem mysteriösen Komplizen überlegt, doch wenn diese Aktion erfolgreich sein sollte, musste ich mich auch genau an diesen Plan halten. Nachdenklich betrachtete ich die aufgebrochenen Schalen der Erdnüsse. Vielleicht … Ja, es könnte durchaus funktionieren. Und darüber hinaus war es meine einzige Möglichkeit. Wie in einem chinesischen Glückskeks verpackte ich den Zettel in zwei Enden der Erdnussschalen und drückte diese wieder aufeinander. Erstaunlicherweise hielten sie besser, als ich erwartet hatte. Ich ging unmittelbar vor der Bar auf und ab, zögerte einen kurzen Augenblick und drapierte die Nuss schließlich auf dem Tresen, direkt dort, wo Irene gesessen hatte, als sie mich das erste Mal ansprach. Jetzt blieb mir nicht mehr als zu hoffen, dass sie meinen Hinweis bemerken und so auf die Notiz stoßen würde. Und, dass ihr niemand zuvorkommen würde, der mit dieser Nachricht nichts anfangen konnte. Was auch immer nun mit der kleinen Notiz passieren mochte, lag nicht mehr in meinen Händen. Dieser Erkenntnis musste ich mich schweren Herzens beugen.

Ich blickte mich um und sah, dass Dean damit beschäftigt war, seine Noten zusammenzupacken. Offenbar hatte er Pause. Langsam schritt ich auf ihn zu, und mein Herz pochte wie verrückt. Ich wollte ihm alles erzählen, was geschehen war, mich in seine Arme fallen lassen und ihm zuhören, wie er mir sagte, dass alles gut würde.

»Hey«, begrüßte er mich und strahlte über das ganze Gesicht.

»Du kommst gerade rechtzeitig, ich habe heute früh Feierabend. Wenn du möchtest, können wir den gemeinsam verbringen?« Sein Angebot war unwiderstehlich, und ich wollte nichts mehr, als »Ja« schreien, doch es war unmöglich.

»Ich kann nicht ...«, sagte ich zerknirscht. »Es war ein anstrengender Tag, und ich sollte heute rechtzeitig ins Bett gehen.« Die Lügen, in die ich mich verstrickte, gefielen mir immer weniger. Aber was sollte ich tun?

»Okay, ich verstehe«, entgegnete Dean und ließ den Kopf hängen. »Also wenn ich dir auf die Nerven gehe … «

»Nein, das hat doch nichts mit dir zu tun!« Ich fühlte mich wie bei einem Spaziergang auf einem Minenfeld. Egal, wohin ich trat, die nächste Explosion war nie weit entfernt. Und je mehr Munition in die Luft gegangen war, desto schlimmer wurde alles.

»Ich mein ja nur, vielleicht ging das alles zu schnell und …« Seine dunklen Augen glänzten in der schummrigen Beleuchtung. Mir wurde ganz elend zumute.

»So ein Quatsch«, dementierte ich seine Annahme. »Ich bin nur wirklich sehr müde und hoffe, du verstehst das.«

»Natürlich. Aber einen Drink nimmst du noch mit mir, oder?« Dean erhob sich von dem Klavierhocker und deutete in Richtung der Bar.

»Gegen einen kleinen Schlummertrunk ist wohl nichts einzuwenden.« Wahrscheinlich war ein starker Schnaps genau das, was ich jetzt brauchte. Das und das Wissen, dass Dean für mich da war. Wir betraten den Bereich hinter dem Tresen, der für das Personal vorgesehen war.

»Also da wir gerade in Irland sind, empfehle ich den Connemara.« Lächelnd hob er eine bauchige Flasche in die Luft. »Wenn wir den trinken, ist das quasi wie ein bisschen Länderkunde.« Wir lachten, und Dean schenkte uns zwei kleine Gläser voll. Er reichte mir eines, und wir prosteten uns zu.

»Darauf, dass wir uns kennengelernt haben«, verkündete er, und wir schauten uns lange und intensiv in die Augen.

»Und darauf, was wir noch zusammen erleben werden«, entgegnete ich. Unsere Gläser klirrten aneinander. Der feurig brennende Geschmack des Whiskeys brachte mein Gesicht zum Glühen. Ich kniff die Augen zusammen und stellte fest, dass ich nie verstehen würde, wie derartige Getränke von so vielen Menschen mit Genuss und Hingabe getrunken wurden. Womöglich ließen sich damit genauso Wunden desinfizieren. Dean legte seine Hand an meine Wange und kam mit seinem Gesicht ungeheuer nah an meines. Nur wenige Zentimeter trennten uns voneinander. Ich spürte seinen Atem auf meiner Haut, der nach dem intensiven Whiskey roch. Ich schloss meine Augen, blendete alles um mich herum aus und nahm nur noch ihn wahr, seine Lippen, die meine berührten und seine Finger, die mit einer meiner Haarsträhnen spielten. Er sagte etwas auf Französisch, das ich nicht verstand, doch ich brauchte auch keine Worte, um Dean zu verstehen. Ich vertraute ihm und hatte mich lange nicht mehr so geborgen gefühlt. Ich inhalierte diesen kostbaren Augenblick förmlich und wollte mich gar nicht mehr von Deans liebevollen Zärtlichkeiten befreien.

»Sucht euch ein Zimmer!« Ich schrak auf und sah, dass Ben mal wieder die Bar aufstocken wollte und Nachschub aus dem Lagerraum holte. Frech grinste er uns zu, und Dean verdrehte die Augen.

»Hat man hier denn nirgends ein bisschen Privatsphäre?« Ich spürte, wie mein Gesicht rot anlief und konnte nicht genau sagen, ob dies ebenfalls eine Wirkung des Whiskeys war oder daran lag, dass wir soeben erwischt worden waren.

»Ich sollte sowieso gehen«, sagte ich schließlich zu Dean, stellte mich auf die Zehenspitzen, gab ihm einen flüchtigen Kuss auf die Wange und ließ ihn in dem Lagerraum zurück. Auf dem Weg zum Wellnessbereich fuhr ich mir mit meinen Fingern über meine Lippen und genoss das nachhallende Prickeln in meinem Körper.

Kapitel 27

Ich war nur wenige Meter von der Eingangstür zum Wellnessbereich entfernt und hatte mein Ziel fast erreicht. Fast. Mit schnellen Schritten kam Tim mir auf dem Flur entgegen. Der hatte mir gerade noch gefehlt.

»Ah Marie, gut, dass ich dich treffe! Ich wollte nämlich noch mal mit dir sprechen.« Erst jetzt bemerkte ich seine zerzauste Frisur. So wie es aussah, arbeitete er zur Zeit überaus lange, und seine Erholung kam viel zu kurz. Sollte es bei dem Gespräch um meine Anwesenheit gestern vor Irenes Kabine gehen? Was auch immer es sein mochte, jetzt war der absolut falsche Zeitpunkt dafür. Ich hatte mich schon von Dean ablenken lassen, jetzt konnte ich mich nicht in ein langes Gespräch mit Tim vertiefen. Es half nichts. Schmerzverzerrt verzog ich das Gesicht, hielt mir die Hände auf den Bauch und krümmte mich.

»Was ist passiert, hast du Schmerzen?«, fragte er und stützte mich. Leidend stöhnte ich auf.

»Ich hab mich vertan! Ich bin so ein Volltrottel!« Ich sackte förmlich in mich zusammen und stemmte mich mit ganzer Kraft gegen Tim, der standhaft blieb.

»Ich hab in der Kantine die falsche Milch genommen, ich vertrag doch keine echte Kuhmilch!«, jaulte ich auf.

»Das ist natürlich ungünstig«, bestätigte er, blieb aber die Ruhe selbst, während ich mir vorkam wie in einem Shakespeare-Drama der Neuzeit.

»Kann ich dir irgendwie helfen?«

»Ich … Ich muss …« Ich quälte mich, was das Zeug hielt und hoffte, dass dieses Schauspiel nun endgültig die letzte faule Ausrede war, die ich nutzen musste.

»Soll ich dich auf dein Zimmer begleiten?«, fragte Tim, noch immer beruhigend und verständnisvoll.

»Nein, das schaffe ich nicht mehr! Ich muss zur nächsten Toilette! Dringend!« Kaum hatte ich ausgesprochen, hievte Tim mich hoch. Halb auf ihn gelehnt und halb aus eigener Kraft taumelte ich über den Flur, bis wir die nächste Toilette an Bord erreicht hatten.

»So, das hätten wir«, verkündete Tim und öffnete mir die Tür.

»Den Rest schaffe ich alleine«, presste ich hervor. »Ich werde hier erst mal beschäftigt sein …« Die Situation war mehr als unangenehm, aber mein Plan ging auf. Verlegen kratzte Tim sich am Hinterkopf.

»Gut, dann will ich dich nicht weiter aufhalten«, entgegnete er. »Wir sprechen dann einfach morgen.«

Schnell schloss ich die Tür, verschwand in eine der Kabinen, die ich verriegelte, und setzte mich auf den Toilettendeckel. Ich stützte den Kopf auf meine Hände und zählte die Sekunden. Ein kurzes Zeitfenster blieb mir noch, ehe ich endlich den Wellnessbereich aufsuchen sollte. Ich wollte es tunlichst vermeiden, Tim erneut in die Arme zu laufen, denn irgendwie hatte ich den Eindruck, mein Kontingent an Täuschungen aufgebraucht zu haben.

Nach kurzem Warten öffnete ich die Tür zum Gang einen Spaltbreit und linste auf den Flur. Die Luft war rein, also spurtete ich zum Korridor, zückte meine Schlüsselkarte und betrat meinen leeren Arbeitsplatz. Vorsichtig sah ich mich im Dunklen um. Kein Mucks war zu hören. Erleichtert atmete ich aus. Offenbar war ich doch nicht zu spät. Mit flinken Bewegungen öffnete ich die Tür des Schrankes, der für die Lagerung von Handtüchern und Bademänteln vorgesehen war. Ich schob einige der Teile beiseite und quetschte mich ins Innere des Schrankes. Vorsichtig schloss ich die Tür wieder. Noch schien ich hier allein zu sein, doch jedes Geräusch oder jede andere Auffälligkeit konnte auf mich aufmerksam machen. Durch die drei länglichen Schlitze in der Tür, die für eine anständige Belüftung des Schrankes sorgen sollten, hatte ich einen Überblick über den gesamten Eingangsbereich. Auf dem Tresen ruhte das glänzende Sparschwein, das in der schummrigen Dunkelheit die wenigen Lichter reflektierte, die sich hierher verirrten. War es vielleicht die Antwort auf meine vielen Fragen?

Anders als ich erwartet hatte, ging mein Puls nicht schneller als sonst. Ganz im Gegenteil fühlte ich mich seltsam ausgeglichen und ruhte förmlich in mir selbst. Merkwürdig. Womöglich war ich inzwischen regelrecht abgehärtet durch all die abenteuerlichen Vorkommnisse, die ich bisher erlebt hatte? Ich dachte an Camilla und fragte mich, ob es ihr genauso ging. Hatte sie sich so sehr an das Lügen und die falschen Spiele gewöhnt, dass sie sie nicht mehr von der Wahrheit unterscheiden konnte? Sie waren quasi zu ihrer Wahrheit geworden.

Wenn ich eines aus der ganzen Geschichte gelernt hatte, dann war es, dass eine Lüge niemals allein blieb, sondern es nur zu leicht war, von dieser in die nächste und wieder in die nächste zu stolpern. Ein gefährlicher Mechanismus, der sich nur zu schnell verselbstständigte. Die Gedanken rotierten in meinem Kopf, und ich spürte, wie mich eine erdrückende Müdigkeit überkam. Ich befahl mir, hellwach zu bleiben. Es mochte jetzt wichtiger sein als jemals zuvor. Um mich abzulenken, holte ich mein Handy hervor und vergewisserte mich, dass ich es auf lautlos gestellt hatte. Nicht, dass es während meines Vorhabens anfing zu klingeln, auch wenn ich nicht wusste, wer mich um diese Uhrzeit anrufen sollte. Ich öffnete die App mit den Sprachnotizen und startete die Aufnahme. Falls irgendetwas schiefgehen sollte, hätte ich so wenigstens Tonaufzeichnungen und könnte das Vorgehen von Camilla und ihrem Komplizen beweisen.

Wie gelähmt starrte ich auf den Bildschirm. Vor meinen Augen verschwammen die Symbole und Farben der Icons. In meinem Kopf schien sich alles zu drehen, und ich merkte, dass meine Gliedmaßen sich anfühlten wie Blei. Es war, als würde ich von tausend Gewichten immer weiter in Richtung des Bodens gezogen. Doch ich blieb standhaft und stützte mich nur leicht mit den Armen an einem Regalbrett ab. Irgendetwas stimmte hier nicht. Mein Kopf erschien mir so, als wäre er mit Watte vollgestopft. Dichter

Nebel umhüllte mich, und egal, wie sehr ich mich anstrengte, ihn zu vertreiben, so nahm er mich doch immer mehr ein. Meine Augen fielen immer wieder zu, und ich kämpfte darum, sie offenzuhalten. Aber die Abstände zwischen Zufallen und Öffnen wurden immer länger, bis sie schließlich geschlossen blieben. Ich hatte den Eindruck, etwas gehört zu haben. Hatte jemand den Raum betreten? Ich meinte, Stimmen zu hören, doch sie wurden immer dumpfer und leiser, bis sie letztendlich komplett verebbten und ich nichts weiter wahrnahm als ein tiefes schwarzes Loch, das mich soeben in sich aufgesogen hatte.

Kapitel 28

»Na, gut geschlafen?« Ich war noch immer benommen. Zunächst hörte ich lediglich das Rauschen des Meeres und das Kreischen der Möwen. Wellen brachen, und mich beschlich das Gefühl, dass ich irgendwo draußen war. Langsam öffnete ich meine Augen. Um mich herum war es dunkel, ich konnte nicht viel erkennen außer einigen schemenhaften Umrissen. Noch war ich nicht in der Lage, meine Umgebung scharf zu stellen.

Ich wollte mich aufrichten und wurde sofort von etwas daran gehindert. Mit aller Anstrengung versuchte ich, mich zu bewegen. Sinnlos. Meine Arme und Beine waren mit einem Tau zusammengebunden. Mit ganzer Kraft kämpfte ich gegen den Widerstand an, doch vergeblich.

»Mach dir keine große Mühe, das sind Segelknoten«, sagte die Stimme wieder. Ich musste nicht lange überlegen, um herauszufinden, wem sie gehörte. Ein Teil in mir zerbrach. Das durfte nicht sein. Die Person beugte sich näher zu mir herab. Im schwachen Schein der Laterne erkannte ich ihn. Dean, der triumphierend lächelte.

»Was soll das?«, brach es aus mir heraus. »Das kannst du doch nicht ernst meinen! Bind mich los!« Erneut hatte ich mich täuschen lassen und verfluchte mich dafür. Mein Mund wurde von einem bitteren Geschmack erfüllt. Erst vor wenigen Stunden hatten seine Lippen meine berührt. Ich hatte ihm vertraut. Wie hatte ich nur so blind sein können?

»Du gehst nirgendwohin, Dummerchen«, entgegnete er kühl, und seine Worte schnitten wie Messer direkt in mein Herz.

»Es hätte ja alles gar nicht so weit kommen müssen, aber manche Menschen gehen eben weiter, als gut für sie ist.« Wieder kam er ganz dicht an mich heran.

»Ach, wärst du doch mal in deinem schönen Dorf geblieben. Das hätte dir eine Menge erspart ... und mir auch.« Er ging einige Schritte zurück und rollte eines der Seile auf. Anscheinend hatte es weniger Material benötigt, mich zu fesseln, als er vermutet hatte. Nun entdeckte ich auch Camilla, die mit verschränkten Armen an der Reling lehnte.

»Ihr zwei seid ...?« Ich sprach den Satz nicht aus, doch allmählich fügten sich die einzelnen Versatzstücke zu einem vollständigen Bild in meinem Kopf zusammen. Camilla und Dean hatten also die ganze Zeit über zusammengearbeitet.

»Letztendlich bist du geradewegs in unsere Falle getappt. Es war fast zu einfach.« Zufrieden rieb Camilla ihre Handflächen aneinander.

»Falle?« In mir herrschte ein gehöriges Durcheinander.

»Ja, der Ausflug nach Dublin ... Unsere Idee war es, dich zu ködern und tada! Hier bist du!« Camilla kicherte, sichtlich amüsiert über mein Scheitern.

»Und die Drogen?«, fragte ich panisch. Ich hatte keine Ahnung, was die beiden mit mir vorhatten, aber es war nichts Gutes. Im besten Fall konnte ich noch etwas Zeit schinden. Dean seufzte.

»Damit habe ich nichts zu tun. Frag sie!« Camilla zuckte mit den Schultern.

»Du hast dich an Dean rangeschmissen. Euer Kuss im Technikraum! Ich habe alles gesehen! Da wollte ich dich eben loswerden.«

»Ja, und hast damit noch mehr auf uns aufmerksam gemacht … Das passiert, wenn du meinst, etwas im Alleingang regeln zu können.« Dean pampte Camilla von der Seite an, während er in einem Rucksack kramte. Sie ließ ihren Kopf hängen und wirkten mit einem Mal nicht mehr so kühn und selbstbewusst.

»Ich habe mich nicht an ihn rangeschmissen!«, wehrte ich mich. »Wir haben eine nette Zeit miteinander verbracht und …« Ich hatte mich in ihn verliebt. Ich sprach es nicht aus. Das brachte ich nicht übers Herz.

»Verarschen kann ich mich selbst!« Camilla lachte auf. »Als ob er auf so ein Mauerblümchen wie dich stehen würde. Erzähl mir doch keine Märchen!« Ich bebte innerlich. Dass Camilla mich zum Narren gehalten hatte, war schon Enttäuschung genug. Aber Dean? Er hatte mit meinen Gefühlen gespielt. Er hatte meine Zuneigung schamlos ausgenutzt, sie für seine Zwecke beansprucht und mich letztendlich manipuliert. Mit Tränen in den Augen starrte ich Camilla an. Mit ihr hatte er das Gleiche getan. Sie war zu seiner Marionette geworden. Eine Spielfigur, die sich ohne Gegenwehr oder Einwände beliebig einsetzen ließ.

»Du bist einfach zu weit gegangen«, giftete sie mich an. »Ich wollte nichts weiter, als dich loswerden, damit es niemanden mehr gibt, der sich zwischen Dean und mich stellt.«

»Halt die Klappe, Camilla! Ich versuche hier zu arbeiten.« Dean werkelte noch immer herum. Auf einmal war er alles andere als der feine Gentleman, für den ich ihn gehalten hatte. An Camillas Blick sah ich, dass sie ungeheuerlich litt. Die Arme hatte komplett ihr Herz an diesen Dreckskerl verloren. Und für einen kurzen Augenblick konnte ich sie verstehen. Doch jetzt, da er sein wahres Gesicht zeigte, trauerte ich nicht mehr um ihn, sondern um mich.

»Und wenn dein Plan aufgegangen wäre und du mich losgeworden wärst, dann wäre alles perfekt gewesen?« Ich versuchte, Zweifel in Camilla zu wecken. Doch ich wusste allzu gut, wie sehr die rosarote Brille einem das Gehirn vernebeln konnte.

»Dann wäre doch eine andere gekommen und wieder eine andere … Und es liegt keinesfalls an dir, sondern an ihm! Er liebt es, angehimmelt zu werden. Und die Tatsache, dass er jede haben kann, wenn er das möchte.« Meine Stimme zitterte und war brüchig. Gleichzeitig wurde mein Hass auf Dean immer größer. Der kalte Wind blies mir die Haare ins Gesicht, und ich fröstelte. Das Schiff musste inzwischen abgelegt haben. Wütend ließ Dean einen Gegenstand klirrend zu Boden fallen.

»Und du hältst am besten auch deine verdammte Klappe!« Der Zorn in seinem Blick jagte mir eine ungeheure Angst ein. Seine Hände packten mich an den Schultern. Ich versuchte, dem schmerzhaften Druck auszuweichen, jaulte jedoch nur auf. Ganz anders als vor wenigen Stunden widerte seine Berührung mich an. Meine Haut fühlte sich an, als würde sie brennen, und eine heftige Übelkeit überkam mich.

»Was glaubst du eigentlich, wer du bist?«, fragte er mich, doch natürlich erwartete er keine Antwort.

»Kannst einfach hierherkommen und meine Existenz zerstören? Nein, so läuft das nicht.« Er fing an zu kichern, und es klang unheimlich. Er war wahnsinnig.

»Dabei hat doch alles so schön begonnen mit uns beiden. Wir hatten Spaß und eine tolle Zeit. Hätten ein Team werden können. Aber nein, du freundest dich lieber mit einer alten, verwirrten Lady an und machst mir das Leben schwer.« Tadelnd schnalzte er mit der Zunge.

»Und das kann ich leider nicht dulden. Außerdem bin ich gar keiner von den Bösen. Eigentlich habe ich nie jemandem geschadet.« Er ließ meine Schultern los und strich mir mit den Fingern über das Gesicht. Ich wollte ihn von mir wegschieben, doch ich konnte mich noch immer nicht bewegen. Stattdessen wich ich mit meinem Kopf nur wenige Zentimeter zurück und drückte gegen das harte Plastik der Liege.

»Ehrlich gesagt verstehe ich mich als ein moderner Robin Hood. Ich nehme von denen, die im Übermaß besitzen. Dinge, die sie gar nicht brauchen. Wenn jemand

236

zehn Uhren besitzt, warum sollte er dann traurig sein, wenn er auf einmal nur noch neun hat? Genau das Gleiche gilt für Ketten, Ringe und so weiter. Nein, diese Sachen sind in den Händen anderer doch viel besser aufgehoben.« Er stand auf und stellte sich ebenfalls an die Reling. In der Ferne am Horizont konnte ich Lichter erahnen. Dort musste der Hafen von Dublin sein, von dem das Schiff inzwischen abgelegt hatte.

»Stattdessen mache ich lieber anderen eine Freude mit diesen Schönheiten. Und ganz nebenbei verdiene ich mir ein nettes Sümmchen dazu. Was ist denn schon dagegen einzuwenden?« Er glaubte wirklich den Quatsch, den er da erzählte. Mit denselben Argumenten hatte er wohl auch Camilla auf seine Seite ziehen können. Ich nutzte die Gelegenheit, dass die beiden im Moment kein Auge auf mich hatten, und versuchte weiter, die Fesseln zu lockern. Doch sie bewegten sich kein Stück. Ich brauchte einen scharfen Gegenstand, eine Kante, irgendwas. Suchend sah ich mich um, aber mir blieb vorerst nichts anderes übrig, als weiter und weiter an den Seilen zu rütteln. Die Fasern rieben an meinen Handgelenken, sodass es schmerzte.

»Nein, ich verstehe das trotzdem nicht«, wandte ich ein. »Ihr arbeitet doch hier genauso auf dem Schiff wie alle anderen auch. Verdient damit euer Geld. Warum müsst ihr dann zusätzlich auch noch kriminell werden?« Abrupt drehte Dean sich um und presste mich weiter gegen die Liege.

»Siehst du das denn nicht?«, fragte er. »Diese Ungerechtigkeit? Diejenigen, die hier sind, keinen Finger rühren, sich bedienen lassen und alles haben? Was ist mit uns, die von solchen Sphären, die für sie ganz normal sind, nur träumen können? Wer macht denn die ganze Arbeit, schuftet und schuftet, damit es ihnen gut geht für diesen miesen Hungerlohn? Ich sag dir was: Wenn du nie fragst, wird dir niemals jemand etwas geben. Nichts kommt einfach so zu dir, du musst es dir schon selbst nehmen. Und ich wollte auch endlich ein Stück vom Kuchen abhaben, also habe ich es mir genommen!« Er blickte nach oben. Im nachtblauen Himmel war ein glitzerndes Sternenmeer zu erkennen.

»Hier auf der Erde gibt es nichts, was die Menschen voneinander unterscheidet. Wir sind alle gleich, und trotzdem haben manche alles und manche gar nichts. Das kann man akzeptieren, dann ist man so wie du. Ein kleines Zahnrad innerhalb dieses riesigen Systems, das nur durch die Arbeit der Kleinen erhalten wird. Oder man kann sich zur Wehr setzen, so wie ich.« Dean war komplett übergeschnappt. Diese Tatsache ließ mich unruhig werden. Die Art, wie er redete und wie er sich gab, sagte mir, dass er zu allem fähig war und vor nichts zurückschreckte. In Gedanken formulierte ich ein letztes Stoßgebet und hoffte, dass meine Fesseln sich aus einem unerklärlichen Grund doch noch im allerletzten Moment lösen würden.

»Ich habe es satt«, setzte er fort. »Ich war immer für mich selbst verantwortlich. Alles, was ich kann, habe ich mir selbst beigebracht. Ich war mir selbst immer am nächsten. Und alles, was ich aus eigener Kraft erreicht habe, soll ich mir von dir kaputtmachen lassen? Niemals. Weißt du, das ist eigentlich schade. Du bist ein ganz nettes Mädchen. Ein bisschen tollpatschig vielleicht, aber nett. Du hättest mich nicht so weit bringen müssen. Aber so ist das nun mal. Im Nachhinein ist man immer schlauer.«

Panik stieg in mir auf, gleichzeitig empfand ich so etwas wie Mitleid für Dean. Er war immer unterwegs gewesen und hatte kein echtes zu Hause. Er war nie irgendwo angekommen, geerdet. Wahrscheinlich klaffte deswegen ein so großes Loch in seinem Inneren, das er ständig zu füllen versuchte.

Hatten seine Eltern überhaupt jemals gewusst, wo er gerade war oder wie es ihm ging? Hatte es sie auch nur im Entferntesten interessiert, oder hatte sein Leben schon immer in dieser traurigen Einsamkeit stattgefunden?

Ich dachte an meine Eltern. Bestimmt lagen sie gerade friedlich in ihrem Bett und schliefen. Mama hatte wahrscheinlich ihre Ohropax in Gebrauch, da Papa schnarchte wie ein Sägewerk. Ich erinnerte mich an den Tag, als sie mich zum Bahnhof begleiteten und ich mich von ihnen verabschiedet hatte. Die Nachricht meiner Mutter, die ich vorhin unbeantwortet gelassen hatte. Was würde ich nur dafür geben, ihnen noch einmal sagen zu können, wie sehr ich sie liebte.

Die Tränen liefen mir über das Gesicht. Ich hatte panische Angst, war traurig und wütend. Ich wollte bloß hier weg, doch ich konnte nichts gegen meine Situation ausrichten. Ich war Dean machtlos ausgeliefert, und mein Schicksal hing ganz allein daran, wie seine Entscheidung ausfallen würde, weiter mit mir vorzugehen. Nach seiner

Rede war mir klar, dass es zwecklos war, an seinen gesunden Menschenverstand zu appellieren.

»Das Boot ist so weit vorbereitet«, sagte Dean schließlich zu Camilla. »Pack alle Sachen ein, und dann nichts wie weg von hier.«

»Wo soll es denn hingehen?«, fragte ich, doch dies ließ Dean nur wieder auflachen.

»Für dich nirgendwohin. Wir machen uns schön aus dem Staub. Müssen wir ja, nachdem du deine Nase etwas zu tief in unsere Angelegenheiten gesteckt hast. Und du …« Sein Blick richtete sich auf das Meer.

»Kleiner Unfall?« Das war's. Er wollte mich tatsächlich über Bord werfen.

»Warum?« Meine Stimme war schon beinahe ein Kreischen. Mit der flachen Hand versetzte er mir einen Hieb.

»Noch sind wir hier nicht fertig, und bis dahin lenkst du lieber keine weitere Aufmerksamkeit auf uns!« Mein Gesicht schmerzte. Ich war wie gelähmt. Dean kannte keine Grenzen mehr. Aus dem Augenwinkel erkannte ich, dass auch Camilla von dieser aufkommenden Brutalität geschockt war.

»Lass sie hier«, sagte sie. »Wir verschwinden, und niemand wird eine Ahnung haben, wo wir uns aufhalten.« Energisch ging Dean auf Camilla zu. Seine Hände umfassten ihre Kehle.

»Warum glaubst du auf einmal, mir eine Ansage machen zu können? Du machst einfach, was ich dir sage und hörst besser damit auf, mir auf die Nerven zu gehen!«

Er ließ wieder von ihr ab und ging ein weiteres Mal zum Rettungsboot.

»Hier ist alles so weit. Hilf mir nur noch, sie loszuwerden, und dann war es das für uns hier.« Er überprüfte einige Sicherungsgurte, dann kam er wieder zu mir.

»Noch irgendwelche letzten Worte? Jemand, den du grüßen möchtest?« Grinsend sah er auf mich herab.

»Damit wirst du nicht durchkommen«, knirschte ich.

»Ach, hör doch auf, mich mit deinen Kalendersprüchen zu langweilen. Ich hätte etwas mehr Kreativität von dir erwartet. Für dich geht es jetzt noch eine Runde planschen, ehe du zu Fischfutter wirst. Aber wenn du Glück hast, bist du vorher schon ertrunken oder erfroren. Das kann man vorher nicht so genau sagen.«

»Wenigstens wird man mich vermissen!«, schrie ich ihn an. »Ich habe eine Familie und Freunde, die mich lieben! Du hast niemanden und wirst für immer alleine sein! Also kannst du mir nur leidtun mit deinen erbärmlichen Robin Hood Geschichten, die aus dem verkümmerten Herzen eines traurigen Jungen sprechen!« Mir war gleichzeitig heiß und kalt. Ich spürte das Blut in meinen Schläfen heftig pulsieren. Ich hatte nichts weiter als bloße Verabscheuung für Dean übrig und wollte es mir nicht nehmen lassen, ihm in meinen letzten Augenblicken diesen Zorn ins Gesicht zu schreien.

»Na, na, wir wollen doch nicht gleich beleidigend werden«, erwiderte er. Es machte den Eindruck, als wäre das alles für ihn bloß ein Spiel. Ein Spiel, bei dem es jetzt um Menschenleben ging.

»Aber so gefällst du mir schon besser. Ja, ich könnte mich glatt in dein wütendes Ich verlieben, das steht dir außerordentlich gut!« Er lachte unaufhörlich.

»Aber man soll ja immer aufhören, wenn es am meisten Spaß macht. Das haben wir ja schon festgestellt. Los jetzt, Camilla, bringen wir die Sache endlich zu Ende.« Ich spürte Griffe um meine Schultern und sah Camillas Gesicht über mir. Sie zitterte am ganzen Körper, und ihre Augen waren weit aufgerissen.

»Es tut mir leid«, flüsterte sie kaum hörbar.

»Das macht jetzt auch keinen Unterschied mehr«, entgegnete ich.

»Haltet ihr da jetzt noch ein Kaffeekränzchen oder was?«, fragte Dean gereizt. »Los, beeil dich, Camilla! Wir haben nicht ewig Zeit.«

»Ich kann das nicht.« Ihr Griff wurde lockerer, und ich sackte wieder ein Stück zurück in die Liege.

»Was hast du gesagt?« Dean war alles andere als amüsiert. »Da bitte ich dich einmal um einen Gefallen und du …?« Camilla schluchzte. Es war unübersehbar, dass sie mit den Nerven am Ende war.

»Er macht dich zu einer Mörderin«, entgegnete ich. »Siehst du nicht, wie der über dich bestimmt? Du bist doch nichts weiter als ein Werkzeug für ihn und gerade gut genug für die Sachen, für die er sich nicht die Hände schmutzig machen will.« Camilla war vielleicht mein letzter Ausweg, doch noch das Ruder herumzureißen. Ich erkannte, wie sie sich allmählich wieder sammelte. Waren meine Worte zu ihr durchgedrungen?

»Was laberst du da?« Dean war nicht mehr zu halten. Er stürmte auf Camilla zu und presste sie gegen die Wand.

»Fang jetzt bloß nicht an, das zu vermasseln! Wir haben keine Zeit mehr für irgendwelche Sentimentalitäten! Wir entfernen uns immer weiter vom Hafen und haben nur diese eine Möglichkeit für eine erfolgreiche Flucht. Also reiß dich gefälligst zusammen!« Camilla wimmerte leise, als Dean wieder von ihr abließ. Er warf erst einen Rucksack, dann eine Reisetasche in das Rettungsboot. Camilla kam erneut zu mir und rollte die Liege gefährlich nahe an die Reling. Unter mir tosten die Wellen, ein schwarzer Abgrund, der mich jeden Augenblick verschlingen konnte.

»Tu das nicht«, flehte ich Camilla an und bemühte mich, leise zu sprechen, damit Dean nichts von diesem Gespräch mitbekam.

»Ich kann nicht anders«, entgegnete sie. »Ich habe keine Wahl.« Ihre Augen waren gerötet.

»Man hat immer eine Wahl«, erwiderte ich. »Was auch immer passiert ist, in dieser Geschichte gibt es nur einen wahren Bösen. Wach auf, Camilla!« Als ich die Worte aussprach, wurde mir erst richtig bewusst, wie aussichtslos meine Situation war.

»Du verstehst das nicht …«, sagte sie und wischte sich mit dem Handrücken über das Gesicht. Ruckartig hievte sie die Liege auf das Geländer. Es fühlte sich an, als würde ich fliegen. Wie grotesk. Ich schloss meine Augen und dachte an zu Hause. Ich sah alle ganz deutlich vor mir. Meine Eltern, meine Schwester, Omi, Betty, Leila… sogar Jonathan und Paula Marquardt. Sie alle strahlten mich

243

fröhlich an. Ich erinnerte mich an all die schönen Momente, die wir gemeinsam erlebt hatten, und nahm ganz plötzlich ein seltsames Gefühl der Wärme in mir wahr. Ich war immer von Liebe umgeben gewesen und genau jetzt unendlich dankbar dafür. Ich war nicht bereit zu gehen und wollte nicht akzeptieren, dass es das gewesen sein sollte. Doch wie erfüllt musste mein bisheriges Leben im Gegensatz zu dem von Dean gewesen sein? Wusste er überhaupt, was wahre Liebe war oder wie sie sich anfühlte? Oder hatte er irgendwann angefangen, sie mit purem Egoismus zu verwechseln?

»Na gut«, stammelte ich. »Dann muss ich dir ganz zum Schluss noch recht geben. Aus dir wäre wirklich eine grandiose Schauspielerin geworden. Nichts hier ist wahr oder echt, sondern ihr habt euch in einer bösartigen Traumwelt verloren«, raunte ich Camilla zu und sah, wie sie zögerte. Angestrengt presste sie die Lippen aufeinander, sodass diese sich zu einem schmalen Strich verzogen. Ihr war klar, dass das, was sie tat, falsch war. Aber offensichtlich konnte sie sich nicht gegen die Macht wehren, die Dean über sie hatte. In Gedanken zählte ich die Sekunden und suchte nach den richtigen Worten, Camilla davon zu überzeugen, das Richtige zu tun. Aber hatte ich nicht schon alles gesagt? Ich öffnete meinen Mund, doch ich blieb stumm. Schweigend starrte ich Camilla an. Sie verharrte weiter in einer neutralen Position, und ich hätte schon fast gedacht, dass sie jetzt einen Rückzug machen würde. Doch dann festigte sich ihr Griff wieder und sie schob mich weiter über das Geländer. Es hatte nicht gereicht.

»Glaub nicht, dass ich das gerne mache«, sagte sie.

»Aber ich würde alles für die Liebe tun.« Entschlossener als zuvor setzte sie ihr Vorhaben fort. Hier war ich auf einem überwältigenden Kreuzfahrtschiff, wollte ursprünglich nur der Langeweile von zu Hause entfliehen und meine gescheiterte Beziehung vergessen. Ich wollte mich kopfüber in ein Abenteuer stürzen, ja, aber ich hatte niemals geplant, dass dieses in einem solchen Drama enden würde. Die Liege unter mir ächzte und knatschte, als bäumte sie sich ein letztes Mal auf, um mir zu helfen.

»Halt, keine Bewegung!« Ohne Vorwarnung flog die Balkontür auf. Von meiner Position aus konnte ich nicht viel erkennen, ich sah lediglich ein Paar weißer Hosenbeine.

»Wo kommt der denn her?« Dean machte sich sofort auf den Weg zu dem Unbekannten. Er zückte einen länglichen Gegenstand hervor.

»Vorsicht!«, rief ich, dabei hatte ich keine Ahnung, wovor ich meinen potenziellen Retter warnen wollte. Ich wusste nur, dass Dean gefährlich und in einem Zustand war, in dem er keine Skrupel zeigte.

»Scheiße …«, stammelte Camilla, löste ihren Griff von der Liege, sodass ich zumindest mit den Füßen wieder auf dem sicheren Schiffsboden landete. Ich dankte, wenn ich nicht komplett falschlag, zum ersten Mal in meinem Leben meinen wohlgeformten Hüften, die mir soeben das Leben gerettet hatten. Jetzt erkannte ich, dass Tim uns gefunden hatte. Wie auch immer musste mein Hinweis zu ihm oder zu Irene gelangt sein. Gott sei Dank! Doch ich durfte mich nicht zu früh freuen. Camilla und Dean waren noch in einer eindeutig besseren Position.

»Du machst mir keinen Strich durch die Rechnung«, fluchte Dean und ging auf Tim los. Geschickt wehrte er den Angriff ab, doch er verlor das Gleichgewicht und fiel zu Boden. Mit den Füßen schaffte er es, sich Dean vom Hals zu halten und rollte hastig zur Seite.

»Was hab ich nur getan?« Geschockt hielt Camilla sich die Hand vor den Mund. Offenbar war sie gerade aus ihrem Trancezustand erwacht, der sie alles hätte tun lassen, was Dean befahl.

»Binde mich los!«, rief ich ihr zu. Dean war abgelenkt, und so konnte ich diese Gelegenheit nutzen, mich endlich aus dieser Gefangenschaft befreien zu lassen. Camilla überlegte kurz, machte sich dann aber an den Seilen zu schaffen. Tim und Dean waren weiterhin in ihr Gerangel vertieft, und ich hoffte, dass Tim wenigstens eine Art Alarm ausgelöst hatte und nicht als Einziger hier erschienen war. Denn es sah nicht gut für ihn aus. Dean hatte ihn gegen die Wand gedrückt und hielt ihm drohend ein Messer unter die Kehle.

»Man mischt sich nicht in Dinge ein, die einen nichts angehen. Lass dir das eine Lehre sein.« Er zischte die Worte regelrecht. Inzwischen hatte Camilla mich von den Fesseln befreit, und ich war dabei, meine steif gewordenen Gliedmaßen zu lockern. Verwirrt sah Dean zu mir.

»Was machst du da, du nichtsnutzige Kuh?« Mit Erschrecken stellte er fest, dass Camilla mich doch nicht über Bord geworfen hatte. Tim nutzte diese Ablenkung und verdrehte Deans Arm. Schmerzerfüllt schrie dieser auf.

»Ihr seid doch alle verrückt geworden!«, schrie er mit hochrotem Kopf. Ich war froh, dass Tim die Lage endlich unter Kontrolle hatte, da verrenkte Dean sich erneut und ging mit dem Messer auf Tim los. Es traf seinen Oberarm.

Panisch schrie ich auf und näherte mich den beiden instinktiv. Nun ließ Dean von Tim ab, der mit einer Hand auf die Wunde drückte und geschwächt zu Boden sank. Ich wollte ihm helfen, doch stattdessen sah Dean mich mit seinem wahnsinnigen Blick an.

»Das ist alles deine Schuld«, sagte er und ging weitere Schritte auf mich zu. Ich wich zurück, bis sich das Metall der Reling wieder in meinem Rücken bohrte.

»Lass es. Lass uns einfach verschwinden«, bettelte Camilla. War sie nach alldem dazu bereit, mit Dean zusammen zu sein?

»Ich soll schuld sein? Ich habe nicht andere Menschen bestohlen, die halbe Besatzung manipuliert und mit den Gefühlen anderer gespielt«, entgegnete ich standhaft. Jetzt bloß nicht einknicken. Diese Genugtuung wollte ich ihm nicht geben.

»Kommt immer ganz auf die Perspektive an, und an welche Wahrheit man glaubt, nicht? Na ja, ich habe keine Lust mehr auf dieses Gerede.« Energisch drückte er mich nach hinten. Mit aller Kraft versuchte ich, mich gegen ihn zu stemmen, doch er war einfach zu stark.

»Sie kann doch nichts dafür!« Camilla packte Dean am Ärmel und bemühte sich, ihn von mir wegzuziehen. Was nur dazu führte, dass er ihr einen heftigen Schlag versetzte und sie ebenfalls zu Boden fiel.

»Die Chance für deine letzten Worte hattest du ja bereits. Also mach's gut!« Erneut hörte ich das Rauschen der Wellen und das Tosen des Windes eine Spur zu laut für meinen Geschmack. Ich rutschte immer weiter nach hinten.

Doch auf einmal verdrehten sich Deans Augen seltsam. Sein Griff lockerte sich, bis er mich gar nicht mehr zu berühren schien. Stattdessen sackte er in sich zusammen, bis auch er auf dem Boden lag. War das ein Herzinfarkt? Ich war perplex und paralysiert. Das waren zu viele Nahtod-Erfahrungen in zu kurzen Abständen hintereinander. Erst jetzt erkannte ich Irene im Türrahmen. Sie hielt ihren Gehstock in meine Richtung, wie eine Waffe. Hatte sie mit etwas auf Dean gezielt?

»Kommen Sie, beeilen Sie sich! Wir haben hier Verletzte! Den Offizier und die jungen Damen zuerst, der da hinten ist nicht so wichtig!« Das Personal stürmte auf den kleinen Balkon, und die Ersthelfer begannen mit der Versorgung. Jetzt, da vorerst alles geregelt zu sein schien, wurde mir unbeschreiblich schwindelig. Die Umgebung um mich herum vermischte sich zu undefinierbaren Farben und Formen, und zu guter Letzt sackte auch ich ganz langsam in Richtung Boden.

Kapitel 29

3 Monate später

Diese furchtbare Nacht lag nun ungefähr drei Monate zurück. Glücklicherweise war ich mit dem Schrecken und nur einigen blauen Flecken und Schrammen davongekommen. Allen anderen Beteiligten ging es ebenfalls den Umständen entsprechend gut, bis auf Camilla und Dean, auf die ein langwieriger Prozess mit einem anschließenden Gefängnisaufenthalt wartete. Für Dean empfand ich nichts weiter als pure Abscheu. Wie schamlos er mit mir und meinen Gefühlen gespielt hatte. Ich seufzte und hörte damit auf, zu kräftig die imaginären Flecken vom Tisch zu wischen. Doch noch immer, wenn ich an Dean dachte, überkam mich diese hitzige Wut. Ich ließ den Lappen zurück in den Eimer fallen und blickte konzentriert durch den Raum. Hatte ich an alles gedacht? Zu viele Blumen? Oder hatte ich mich doch für die falschen Farben entschieden?

Es war einige Tage her, dass ich einem Gericht meine Aussagen über die Vorfälle an Bord geschildert hatte, und ich fühlte mich ziemlich durch den Wind. Die ganze Geschichte war wieder in mir hochgekommen, und ich wusste, dass ich noch länger daran zu knabbern haben würde. So schnell würde ich mich nicht noch einmal auf einen Mann einlassen.

Langsam schritt ich durch die hellen Zimmer und überprüfte, ob alles zu meiner Zufriedenheit war. Auf meinem Schreibtisch stand das glänzende Sparschwein aus dem Wellnessbereich des Kreuzfahrtschiffes. Gedankenverloren strich ich über die glatte Oberfläche. Frau Ostrowski hatte es mir am Tag meiner Abreise übergeben.

»Hier, für Sie. Sie waren sehr mutig und mussten viel durchmachen. Ich schenke es Ihnen als Glücksbringer für alles, was noch auf Sie zukommen mag.« Bei diesen Worten hatte meine schwierige Chefin das erste Mal auf eine solche Art gelächelt, dass ich es ihr auch tatsächlich abkaufte. Oberflächen konnten äußerst trügerisch sein, das hatte ich inzwischen verstanden. Sie konnten die kühnsten und schillerndsten Träume widerspiegeln, die sich dann vom einen auf den anderen Moment in Luft auflösten.

Ich war Frau Ostrowski dankbar für diese Geste, dass sie mir das Sparschwein überlassen hatte. Doch alles andere, was ich bei ihr und von ihr gelernt hatte, war ebenso kostbar. Sie hatte zwar eine überaus harte Schale, in etwa so wie der Hummer. Doch ihr Kern war dafür umso weicher und wertvoller. Apropos Hummer: Irene hatte meine Geschichte über das Dinner-Desaster mit dem roten Kerlchen so köstlich gefunden, dass sie mir ein ganz besonderes Bild geschenkt hatte. Es zeigte eine Zeichnung von Oscar Wilde, der mit einem Hummer an der Leine durch die Straßen Londons spazierte. Diese Darstellung des Exzentrikers, der im 19. Jahrhundert tatsächlich mit dem eigentlichen Meerestier Gassi ging, war ihrer Meinung nach künstlerisch die perfekte Zusammenfassung meines Abenteuers. Grinsend schüttelte ich den Kopf.

Noch immer war es schwer für mich zu begreifen, wie sich alles entwickelt hatte. Nicht auszudenken, wie die Geschichte hätte enden können, wenn Tim damals nicht so mutig eingeschritten wäre. Oder erst Irene ... Ich schmunzelte bei dem Gedanken an diese resolute alte Dame, die so einiges auf dem Kerbholz hatte. An ihrer Seite konnte man sich nur sicher fühlen. Es kam mir vor, als sei es gestern gewesen, dass sie Tim, Lynn und mich im Krankenzimmer auf dem Schiff über alle Vorkommnisse aufgeklärt hatte.

»Das war ein perfider Plan, den die beiden da ausgeheckt haben, das kann ich euch sagen!« Irenes Augen funkelten vor lauter Aufregung.

»Aber dann war er eben doch nicht gut genug, um nicht doch noch durchschaut zu werden.« Sie lächelte triumphierend.

»Deine Nachricht in der Erdnuss war wirklich Gold wert, Marie. Nur habe nicht ich sie gefunden, sondern Ben. Ohne zu zögern las er die Nachricht auf dem Papier, doch er konnte sich nicht vorstellen, was um diese Uhrzeit im Wellnessbereich so wichtig sein sollte. Aber er hat eins und eins zusammengezählt. Er wusste, dass du und ich uns regelmäßig trafen, und da die Erdnuss an einem meiner Stammplätze platziert war, konnte die Botschaft nur für mich bestimmt sein. Außerdem hatte er so ein Gefühl, dass etwas nicht recht stimmte. Die Turteleien zwischen dir und Dean kamen ihm komisch vor, da er wusste, dass er eigentlich mit Camilla zusammen war. Als Barkeeper war er über alles mögliche recht gut informiert, wie ich finde ... Wie dem auch sei, trotz der inzwischen vorangeschrittenen Zeit war ich noch immer nicht in der Bar. Sofort machte er sich auf die Suche nach mir, aber es fehlte jede Spur. In der Nähe meines Zimmers traf Ben dann schließlich auf Tim und erzählte ihm die ganze Geschichte. Tim hat sich dann ohne weiter Zeit zu verlieren auf den Weg zum Wellnessbereich gemacht, und Ben hat weiter nach mir gesucht. Es ist mir ein bisschen unangenehm, aber ja, ich bin auf einen wirklich billigen Trick reingefallen. Wie eine alte, tüddelige Oma, die ich ja nur dann bin, wenn es mir gerade ganz gut passt.« Konzentriert wühlte sie in ihrer Handtasche herum und holte das mir wohlbekannte Döschen mit den Pfefferminzpastillen hervor.

»Ich kann es nicht leugnen, früher am Abend habe ich mich doch tatsächlich von Dean ablenken und in eine dieser Abstellkammern für die Putzsachen locken lassen. Er hatte irgendeinen komischen Vorwand, und ehe ich mich versah, war ich in dem kleinen Raum. Dean war weg, und die Tür war zu und ließ sich nicht mehr öffnen. Nachdem ich mich kurz über mich selbst geärgert hatte, begann ich unablässig zu rufen und gegen die Tür zu klopfen. Leider befand ich mich in einem eher wenig belebten Teil des Schiffes, doch irgendwann, endlich, kam Ben und befreite mich aus diesem muffigen Gefängnis. Was ziemlich ironisch ist, da ja nur Putzutensilien dort gelagert werden. Tja, ich wusste, dass die Situation mehr als brenzlig war und wir uns keine Trödeleien erlauben durften.

Also eilten wir zum Wellnessbereich, und da sah ich das ganze Chaos und wie Dean kurz davor war, dich über Bord zu schubsen.« Sanft berührte Irene meine Hand, die auf der weißen Bettdecke ruhte.

»Also blieb mir nur noch eine Möglichkeit. Mein Mann, Gott habe ihn selig, hat mich für gefährliche Situationen bestens ausgestattet. Das ist ganz normal, wenn man beim MI6 war, dann weiß man, dass überall Katastrophen lauern können. Also hat er mir vor einigen Jahren diesen Gehstock etwas modelliert. Wenn ich am Griff diese Sicherung löse und anschließend diesen unauffälligen Knopf hier betätige, dann schießen aus dem unteren Ende winzige Betäubungspfeile heraus. Das ist überaus praktisch, da der Täter außer Gefecht, aber nicht ernsthaft verletzt ist und die Gefahr in den meisten Fällen somit gebannt werden kann. Ja. Und den Rest kennt ihr ja bereits.«

Letztendlich konnten wir so auch beweisen, dass Camilla die Drogen ursprünglich in meiner Handtasche verstecken wollte. Im ganzen Trubel von *The Show Must Go On* hatte sie sich jedoch vertan, und das Rauschmittel landete in der Tasche von Lynn. So konnte diese sich endlich von allen Gerüchten und ungerechten Anschuldigungen freimachen und in Ruhe wieder zu sich finden. In weiteren Gesprächen hatte sich dann ebenfalls herausgestellt, dass es Dean gewesen war, der mich bei Tim verpfiffen hatte, als ich mir Zugang zum Zimmer von Irene verschafft habe. Von wegen Überwachungskameras. Es war ebenfalls Dean gewesen, der ein Schlafmittel in den angeblichen Schlummertrunk gemischt hatte, bevor ich mich auf den Weg zum Wellnessbereich gemacht hatte.

Wir hatten alle nicht schlecht gestaunt, als Irene ihre Erzählungen beendete und sich nach und nach die noch offenen Fragen klärten. Camilla und Dean hatten in verschiedenen Bereichen des Schiffs unauffällig wertvolle Gegenstände von Passagieren verschwinden lassen und diese bei jeder passenden Gelegenheit an dubiose *Kollegen* in unterschiedlichen Städten verhökert.

Auch Tim schien die gesamte Situation merklich zugesetzt zu haben. Noch Tage später fragte er mich immer wieder, ob all dies wirklich genau so passiert war, oder er sich die Geschichte im Dämmerzustand, ausgelöst durch verschiedene Medikamente, zusammengeträumt hatte. Ich hingegen hatte mich nach kurzer Zeit gut regeneriert. Dennoch wurde mir zunächst empfohlen, mich ordentlich auszuruhen. Das Schiff hatte mir die Möglichkeit angeboten, mich vorerst zu Hause bei meinen Eltern von diesem Schock zu erholen, ehe ich wieder meinen Dienst antreten würde. Doch ein undefinierbares Gefühl in mir sagte mir, dass ich genug von Kreuzfahrten hatte. Es waren dieses Ziehen im Nacken und dieser unangenehme Magendruck, die mir meine Entscheidung sehr leicht machten. Irene ging es ähnlich.

»Ich muss sagen, es war zwar ein Erlebnis. Aber nun habe ich das auch mal ausprobiert, und fürs Erste reicht es mir«, verkündete sie, während wir die Gangway zum Hafen hinunterstiegen. Wir ließen diese verrückte Welt hinter uns. Ich trat zum wiederholten Male einer neuen und zunächst ungewissen Zukunft entgegen. Doch vielleicht bestand die Kunst nicht darin, alles im Voraus genau zu wissen, sondern möglichst selbstbewusst den Irrungen und Wirrungen des Lebens zu begegnen.

»Und, wie weit bist du?« Ich hatte gar nicht gehört, wie Irene den Raum betrat. Nun stand sie im Türrahmen und betrachtete mich erwartungsvoll.

»Es ist alles fertig. Wenn ich jetzt noch weiter überlege, fange ich bloß noch an, wieder alles umzuändern.« Mit einem Handgriff arrangierte ich noch zum gefühlt zweihundertsten Mal an diesem Tag die Blumen in der Vase und beschloss, es dabei zu belassen.

»Sehr schön, deine Eröffnung morgen kann nur ein voller Erfolg werden. Komm, lass uns noch die letzten Minuten draußen genießen, so lange es hell ist.« Die Luft war inzwischen sehr kühl und die Tage außerordentlich kurz. Doch mich störte es nicht, ganz im Gegenteil. Ich hatte das Gefühl, endlich wieder klare Gedanken fassen zu können. Jetzt in diesem Moment erschien mir alles so richtig wie schon lange nicht mehr. Von Männern hatte ich erst mal die Nase voll. Lieber konzentrierte ich mich ganz auf mich selbst, und etwas sagte mir, dass ich karrieretechnisch bald so richtig durchstarten würde. Zwar tauschte ich hin und wieder Nachrichten mit Tim aus, doch mehr als Fotos von fernen Orten, die er gerade bereisen durfte, und der übliche Smalltalk waren nicht drin.

»Ich freu mich schon auf deine Mutter. Sie kann so wunderbare Anekdoten erzählen.« Irene bückte sich und sammelte eine dunkelbraune Kastanie vom Boden auf. Insgeheim fragte ich mich, wie lange mich eine solche Farbe, wie die der Kastanie, an Deans Augen erinnern würde.

Ich strich mir über die Arme und fröstelte ein wenig. Meine Mutter und Irene hatten sich auf Anhieb bestens verstanden, und ich hatte das Gefühl, Mama war im Geheimen ein bisschen stolz darauf, mit einer echten Gräfin befreundet zu sein. Es war gut, dass ich meine Eltern nun in der Nähe hatte. Ich brauchte mich nur in mein Auto zu setzen und konnte in ungefähr dreißig Minuten bei ihnen sein. Vielleicht war auch das eine Art von Freiheit.

»Seid ihr fertig? Also ich ja! Ich habe auch schon wieder mächtig Kohldampf. Wer einmal selbst den halben Tag ausgemistet hat, weiß bestimmt, was ich meine.« Mit einem breiten Lächeln im Gesicht kam meine Lieblingsquasselstrippe um die Ecke. Lynn war mit uns gekommen. Zusammen lebten wir hier auf dem Gut, das Irene verwaltete. Es gab Tage, da hatte ich das Gefühl, wir waren der chaotischste Haufen weit und breit. Jede von uns war auf ihre Art speziell und höchstwahrscheinlich auch ein bisschen durchgeknallt. Doch ehrlich gesagt konnte ich mir nichts Schöneres vorstellen, als genau hier jeden Moment zu genießen. Morgen war es dann so weit, ich eröffnete mein eigenes Kosmetikstudio. Um dem ganzen Anwesen mehr Pfiff zu verleihen, wie Irene es nannte. In Gedanken sah ich sie schon feuchtfröhliche Ladys Nights organisieren.

Lynn arbeitete in den angegliederten Stallungen. Das Gut war bekannt für seine spezielle Pferdezucht. Die Arbeit mit den Tieren schien Lynn gutzutun. Sie lernte noch einmal etwas komplett Neues und wurde von Tag zu Tag ausgeglichener.

Hier standen wir, drei Frauen, von der jede einzelne ihre ganz eigene, bewegende Geschichte hatte. Vielleicht waren wir die verrückteste WG weit und breit. Aber durch diese beiden Frauen hatte ich gelernt, wer und was mir wirklich wichtig war. Ich beobachtete, wie die beiden gemütlich zurück zum großen Haupthaus schlenderten. Regungslos verharrte ich für einen Moment, schloss die Augen und ließ die letzten Sonnenstrahlen des Abends über mein Gesicht tanzen. Was auch immer mich erwarten würde – ich war bereit.

Danke

Ich danke meiner Familie und meinen Freunden.

Meinem Papa, für deine Liebe zur Literatur und zur englischen Sprache, die auch ich durch dich gefunden habe.
Meiner Mama dafür, dass du nicht ausschließlich meine Mutter, sondern auch eine meiner besten Freundinnen bist.
Meinem Bruder, für die philosophischen Gespräche und lustigen Anekdoten am Mittagstisch. :)
Meinen Großeltern, für all das, was sie aus dem Nichts aufgebaut und geschaffen haben.

Meiner ersten Liebe dafür, dass du meine Nervenzusammenbrüche und Lebenskrisen nicht nur aushältst, sondern gemeinsam mit mir meisterst.
Deinen Eltern, weil ich bei euch immer willkommen bin, und unsere Diskussionen so herrlich lebhaft sind.

Meinen Freunden, weil sie mein Selbstbewusstsein wieder aufbauen, wenn ich mich wie ein kleines Häufchen Elend fühle. Danke, dass 4- bis 10-minütige Sprachnachrichten nicht nur angehört, sondern detailreich beantwortet werden.

Euch allen habe ich zu verdanken, dass mein Herz gefüllt mit Liebe ist, wenn ich an zu Hause denke. So weiß ich, wie sich die Zerrissenheit zwischen Fern- und Heimweh anfühlen kann.

Ohne euch in meinem Rücken hätte ich dieses Projekt wahrscheinlich nicht fertigstellen können.

Schließlich danke ich allen Leser:innen, die ich auf eine (hoffentlich) unterhaltsame Reise entführen durfte.

Danke

Zu guter Letzt: Es wird gemunkelt, dass die gemeinsame Reise von Marie, Lynn und Irene weitergehen wird ...